# DIE MONTGOMERY MILLIARDÄR SERIE

EINE MILLIARDÄR LIEBESROMAN

MICHELLE L.

# INHALT

Veröffentlicht in Deutschland:

Von: Michelle L.

© Copyright 2021

ISBN: 978-1-64808-881-0

❀ Erstellt mit Vellum

Sloan Whitlow ist eine vielbeschäftigte Frau. Sie steht kurz vor dem Abschluss ihres Studiums und konzentriert sich ganz auf ihre Arbeit, aber als ein Missverständnis ihr Leben bedroht, ändert sich alles.

Lucas Montgomery ist einer der reichsten und erfolgreichsten Männer in der Stadt, und er ist nicht daran gewöhnt, das Wort Nein zu hören. Als er Sloan im Club 9 sieht, weiß er, dass er sie haben muss. Sie ist eine Vision der Unschuld, und er sehnt sich verzweifelt danach, von ihr zu kosten.

Jemand will Lucas ruinieren, und Sloan wird selbst zur Zielscheibe, weil die Person im Hintergrund sehen kann, dass Lucas Sloan mit mehr als ein wenig Interesse betrachtet.

Entführungen, versuchte Morde und mehr kommen zwischen die beiden, als sie allen Widerständen zum Trotz versuchen, eine Art Beziehung zu führen. Dann geschieht das Unvorstellbare, und sie finden Liebe jenseits der Lust.

Kann dieses Paar doch noch glücklich werden? Können ihre sturen Persönlichkeiten kooperieren, um nicht nur ihr Leben, sondern auch ihre Beziehung zu retten? Oder wird die Person, die hinter dem Plot steckt, den attraktiven Milliardär zu ruinieren, ihr Ziel erreichen?

# 1

## WENN ER BEGEHRT

SLOAN

Die Musik dröhnte durch die Lautsprecher, und ich schwankte leicht auf meinen Fußballen. Ich war noch nie eine begabte Tänzerin gewesen, aber es sah nicht so aus, als ob sonst jemand im Club tanzen konnte. Die Tanzfläche war so voll, dass Körper sich gegeneinander rieben, als sie herumhüpften und sich drehten. In eine Ecke gedrängt umklammerte ich eine Flasche Bier mit einer Hand und mein Handy mit der anderen.

Verschwitzt und mehr als ein wenig betrunken tanzte meine Mitbewohnerin Randi zu mir und griff nach meinem Bier. Sie trank einen langen Schluck und runzelte die Stirn. „Sloan, ich hoffe, du hast das Handy deshalb in der Hand, weil du die Telefonnummern von heißen Typen sammelst", rief sie mir zu.

„Ich überprüfe nur, ob es noch da ist", schrie ich über den Bass der Musik zurück. „Das Kleid ist so verdammt kurz, dass ich fürchte, es könnte herausfallen!" Weil das Kleid, das sie mich zu tragen gezwungen hatte, keine Taschen besaß, hatte ich meine Kreditkarte, meinen Autoschlüssel und mein Handy in einem kleinen Beutel an meinem Oberschenkel festgeschnallt. Es war ein wenig unangenehm, aber ich wusste, dass ich eine Handtasche verlieren würde, wenn ich versuchte, eine mitzubringen.

„Mädchen, das Kleid sieht höllisch sexy aus!" Sie gab mir mein Bier zurück und drehte sich um, um den Mann anzulächeln, der neben mir stand. Randi war eine exotische Schönheit. In einer Stadt künstlicher Bräune war ihre Latino-Haut immer dunkel und glatt. Ihr gesträhntes dunkles Haar fiel auf die Mitte ihres Rückens, und sie hatte perfekte, volle Lippen. Überall, wo wir hingingen, zog sie die Aufmerksamkeit der Männer auf sich.

Und wenn ich ehrlich war, auch die Aufmerksamkeit einiger Frauen.

Ich hingegen war leicht zu übersehen. Egal wie sehr ich es auch versuchte, meine irische Haut weigerte sich, braun zu werden. Mein langes kastanienbraunes Haar lockte sich an guten Tagen, aber normalerweise war es ein verworrenes, gekräuseltes Durcheinander. Um es zu zähmen, trug ich es üblicherweise im Nacken hochgesteckt oder zu einem Pferdeschwanz zusammengebunden. Ich hatte einmal versucht, es zu schneiden, aber das Resultat war eine einjährige Katastrophe gewesen. Ich war nicht die Art von Frau, die viel Zeit vor dem Spiegel damit verbrachte, sich zurechtzumachen, so dass mein Haar ein Chaos war, das nicht gezähmt werden konnte.

Ich war keine komplette Katastrophe. Ich hatte schöne grüne Augen, aber ich war bereits gezwungen, eine Lesebrille zu tragen. Als Studentin steckte meine Nase in der Regel in einem Buch, und die Brille fühlte sich wie eine dauerhafte Befestigung auf meinem Gesicht an.

Mein Aussehen war mir überhaupt nicht wichtig. Ich stand ein Semester vor dem Abschluss meines Pädagogikstudiums. Ich hatte jede Menge zu tun.

Heute war Randis Geburtstag, und sie hatte mir mit allem möglichen gedroht, wenn ich nicht mit ihr ausgehen würde. Weil sie von den meisten meiner eigenen Kleider angewidert war, quetschte sie meine Kurven in ein kurzes, schmales grünes Kleid. Ich fühlte mich völlig entblößt.

„Seit ich hier bin, hast du nicht mit einem Mann getanzt", sagte sie vorwurfsvoll. „Wir sollten Spaß haben!"

„Du solltest Spaß haben", korrigierte ich sie. „Und soweit ich sehe, hast du eine Menge Spaß. Lass mich dir einen Drink holen, und du suchst in der Zwischenzeit dein nächstes Opfer."

„Du bist unmöglich", knurrte sie, aber sie hielt mich nicht auf, als ich mich über die Bar lehnte und den Barkeeper herwinkte. Das Gute an meinem Outfit war, dass ich nicht auf meine Drinks warten musste. Meine Brüste quollen praktisch aus meinem Ausschnitt, und der Barkeeper konnte nicht damit aufhören, sie anzusehen.

„Einen Tequila für meine Freundin. Ohne Limette", bestellte ich. Er starrte beim Einschenken auf mein Dekolleté.

„Du solltest ihm deine Nummer geben", murmelte Randi mir ins Ohr.

Ich schüttelte nur den Kopf. Während ich vorgab, Spaß zu haben, las ich tatsächlich die neueste E-Mail von Professor Elliot durch. Mein Betreuer hatte meine Idee für meine Diplomarbeit regelrecht zerfetzt. Nur um dann am Ende ausgezeichneter Start zu schreiben

Was zur Hölle bedeutete das überhaupt? Ich konnte nicht aufhören, darüber nachzudenken

Randi kippte den Tequila hinunter und beobachtete die Menge. Ich wusste, dass sie nach ihrem nächsten Tanzpartner suchte, aber plötzlich griff sie nach meinem Arm. „Sloan", schrie sie mir ins Ohr. „Der Kerl dort starrt dich an."

„Er sieht wahrscheinlich dich an", sagte ich abwesend, während ich meine leere Bierflasche hochhielt. Der Barkeeper löste den Verschluss von einer neuen Flasche und reichte sie mir.

Ihre Nägel gruben sich fast schmerzlich in meine Haut. „Glaube mir, ich wünschte, er würde mich ansehen. Er ist der heißeste Kerl weit und breit."

Neugierig drehte ich mich um, um ihrer Sichtlinie zu folgen. Über uns, auf dem Balkon im zweiten Stock, lehnte der Mann sich über das Geländer. Randi hatte nicht gelogen. Er sah aus wie die personifizierte Sünde. Dunkles Haar fiel tief über durchdringende blaue Augen und lockte sich an seinem Nacken. Sein Dreitagebart betonte seinen starken Kiefer, und es war offensichtlich, dass er groß und muskulös war.

Ein Schauder lief mir über den Rücken. Er schien mich anzustarren. Ich hatte an diesem Abend Pommes Frites gegessen. Vielleicht hing mir etwas davon in den Zähnen. Verlegen drehte ich mich um und strich mit meiner Zunge über sie, bevor ich von meinem Bier trank.

„Geh hin und rede mit ihm", drängte mich Randi.

„Verdammt, nein", murmelte ich. Es war zu leise, als dass sie es gehört hätte, aber ich bin sicher, dass sie genau wusste, was ich gesagt hatte. Randi war seit zwei Jahren meine beste Freundin und Mitbewohnerin. Sie kannte meine Schwächen und meine Grenzen. Ich sprach nicht mit Männern. In letzter Zeit hatte ich mich hinter der Tatsache versteckt, dass ich mit meinem Studium zu tun hatte, aber sie wusste, dass ich immer noch von meiner letzten Beziehung verletzt war.

Mein bislang einziger Freund, Victor Willis, hatte zwei Jahre damit verbracht, mich kleinzuhalten, bevor ich merkte, dass er mich betrog. Das war vor sechs Monaten gewesen, und ich hatte seitdem nicht einmal versucht, etwas mit jemandem anzufangen.

„Wie du willst. Ich gehe tanzen." Randi warf mir einen angewiderten Blick zu, bevor sie zurück auf die Tanzfläche stolzierte. Zwei ihrer Freundinnen hatten es bis an den Rand geschafft, und sie schob sich zwischen sie und zog für die Umstehenden eine Show ab.

Ich beneidete Randi um ihr Selbstvertrauen. Sie konnte ihren Körper wie eine Waffe einsetzen, aber sie war auch brillant. Als Studentin der Kinderpsychologie war sie oft die treibende Kraft hinter meinen Unterrichts-Theorien, aber während ich fast jede Minute pauken musste, konnte sie am Wochenende feiern gehen und ihre Prüfungen am Montag trotzdem glänzend bestehen.

Als sie verschwunden war, wandte ich meine Aufmerksamkeit wieder meinem Telefon zu. Ich tippte gerade eine schnelle Notiz für mich, als jemand mich rammte.

Keuchend stolperte ich zurück und verschüttete mein Bier auf mein Kleid.

„Verdammt", fluchte ich. Als ich nach oben schaute, versuchte ich, den Täter aufzuspüren, aber es waren zu viele Leute in meiner Nähe, und keiner beachtete mich.

„Wenigstens ist es nicht mein Kleid", brummte ich, als ich mich über die Bar lehnte, um einige Cocktailservietten zu holen. „Kann ich ein Glas Wasser bekommen?", fragte ich laut.

Zur Empörung einiger anderer wartenden Gäste, erfüllte der Barkeeper meine Bitte sofort. Mit meinem Handy zwischen den Zähnen, versuchte ich, durch die Menge zu manövrieren, bis ich auf der Terrasse war. „Ich hatte einen kleinen Unfall", erklärte ich dem Security-Mann dort, der mich anstarrte, als hätte ich den Verstand verloren. Während ich tief die frische Luft einatmete, tauchte ich die Serviette in mein Wasserglas und versuchte, damit an meinem Kleid herumzutupfen. Ich wusste nicht, was ich erwartet hatte. Es war nicht nur ein kleiner Fleck. Das Bier hatte sich von den Trägern bis zu meiner Taille ausgebreitet und drang langsam bis zu meiner Haut durch.

Mein Dekolleté war klebrig und roch nach Bier. Angeekelt warf ich die Servietten weg und ließ das Glas auf dem Tisch stehen. Ich hatte Kleider zum Umziehen im Kofferraum meines Wagens, unter anderem ein Tank-Top und eine Jeans, die mich durch den Rest der Nacht bringen würden. Als ich meine Schlüssel aus dem kleinen Beutel an meinem Oberschenkel gezogen hatte, öffnete ich das Tor der Terrasse und schlüpfte nach draußen.

Ich hatte gerade mein Auto erreicht, als ein dunkler Lieferwagen vor mir mit quietschenden Reifen zum Halten kam. Mein Herz blieb stehen, als die Tür aufging.

Scheiße. Ich war im Begriff, nicht mehr als 20 Meter von einem überfüllten Club entfernt entführt zu werden.

Der erste maskierte Mann sprang aus dem Lieferwagen, und ich spürte, wie seine Augen über mich huschten. „Verdammt. Lucas Montgomery wird für deine sichere Rückkehr gut bezahlen."

Wer zum Teufel war Lucas Montgomery?

„Ich habe kein Bargeld", sagte ich, als ich versuchte, meine Stimme ruhig zu halten. „Und ich kenne keinen Lucas Montgomery."

Der maskierte Mann kicherte. „So, wie er dich ansah, wette ich, dass er dich ganz genau kennt. Niemand sieht eine Frau so an, wenn er nicht schon jeden Zentimeter ihrer Haut geleckt hat."

Ich schauderte und ballte meine Hand um den Schlüssel zur Faust, so dass der Metallrand zwischen meinen Fingern hervorblitzte. Wenn er dachte, dass ich brav in den Lieferwagen einsteigen würde, irrte er sich gewaltig.

Die beiden versuchten, mich zu packen, und ich wehrte mich. Ich war kein Kung-Fu-Meister, aber ich hatte ein paar Dinge in den Kickbox-Kursen gelernt, in die Randi mich geschleppt hatte. Außerdem hatte ich einige Selbstverteidigungskurse absolviert. Ich versuchte, meinen Schlüssel in das Auge eines der beiden Kerle zu stoßen und ihn mit meinem Fuß zu treten. Als ich ihn genau zwischen den Beinen traf, schrie er auf und fiel auf die Knie.

Der andere Mann wich meinem Schlüssel aus, packte mich und stieß mich gegen das Auto. Angst durchflutete mich, und ich trat wieder zu. Ich hatte nichts getroffen, aber es war genug, um ihn abzuwehren. Er riss mich grob zu Boden und sah sich wild um. „Komm", schrie er, als er den anderen Möchtegern-Entführer packte, der noch auf dem Bürgersteig stöhnte.

Ich glaube, ich hatte eine zu große Szene gemacht. Als ich von dem losen Kies aufgestanden war, waren sie zurück in den Lieferwagen gesprungen und weggefahren.

## KAPITEL ZWEI

### Lucas

Sie war faszinierend. Ich konnte nicht umhin zu starren, als ich sie sah. Nach einem langweiligen zweistündigen Investment-Meeting war ich bereit für einen Drink, aber sie zu beobachten, war besser als ein Glas Whisky.

Es war offensichtlich, dass sie völlig fehl am Platze war. Wenn sie nicht auf ihr Telefon starrte, zog sie ständig ihr grünes Kleid zurecht. Zuerst zog sie es hoch, um ihr üppiges Dekolleté zu verbergen, und dann zog sie es herunter, um mehr von ihren samtigen Oberschenkeln zu bedecken. Ich war schnell in einer Phantasie über das verloren, was ich mit ihr tun würde, wenn wir allein wären.

Was würde ich zuerst berühren? Ihre Brüste bettelten förmlich darum, von mir gehalten zu werden, aber ich wollte auch unbedingt meine Handflächen auf ihren Hintern legen. Ich wollte die Haarklammer herausziehen, die ihre Locken zusammenhielt, und ihr Haar zurückziehen, bis ich meine Lippen an die Säule ihres Halses drücken konnte. Ich wollte ihr Kleid ausziehen und entdecken, was für Schätze sie darunter versteckt hatte. Versteckte sie einen schwarzen Spitzen-Tanga? Ein weißes Höschen mit Schleifen? Vielleicht war sie nackt darunter, und ich konnte meine Finger in sie sinken lassen.

Ich war die Art von Mann, der nicht lange nach einem schönen Körper suchen musste, um sein Bett zu wärmen, aber es hatte einen ausgeprägten Nachteil, so viele Frauen zur Auswahl zu haben. Es war normalerweise nicht so leicht, mich zu erregen, aber ein Blick auf sie, und mein Schwanz hob sich erwartungsvoll.

Scheiße. Nicht einmal die Blondine, die ich gestern Abend an mein Bett gefesselt hatte, hatte diese Wirkung auf mich gehabt, und sie war sehr talentiert mit ihrem Mund gewesen.

Die Freundin der geheimnisvollen Frau sagte ihr etwas ins Ohr, und sie sah mich an. Als ihr Blick auf meinen traf, sah ich, wie sich ihre Augen weiteten, als sie mich musterten. Ihre Lippen teilten sich überrascht, und sie wirbelte plötzlich herum. Amüsiert richtete ich mich auf und ging zur Treppe. Ich begehrte sie. Ich würde sie auf die Tanzfläche ziehen und sie festhalten. Es war so überfüllt heute Abend, dass ich leicht mit den Fingern über ihre Klitoris streichen konnte, bis sie inmitten all der anderen geilen Tänzer kam.

Dann würde ich sie mit nach Hause nehmen und sie ficken, bis sie schrie.

Gerade als ich die oberste Stufe der Treppe erreichte, packte ein Security-Mann meinen Arm. „Mr. Montgomery? Es gibt einen Anruf für Sie."

Natürlich. Mit einem Seufzen ging ich zurück zum VIP-Raum, wo mir die junge Kellnerin das Telefon reichte. Sie war eine niedliche kleine Brünette mit einem Lächeln, das darauf schließen ließ, dass sie sich ihrer Attraktivität bewusst war. Wenn es eine gute Sache gab, die ich über den Club sagen konnte, dann dass der Besitzer wusste, wie man Personal auswählte.

Die Glaswand trennte mich vom Rest der Clubbesucher, aber der Boden schwang immer noch bei dem drohenden Bass, und ich konnte noch schwach die Musik hören. Auf der Rückseite befand sich eine private Bar, die mit den besten und teuersten Likören gefüllt war.

„Montgomery", knurrte ich in den Hörer.

„Sie gehen nicht an Ihr Handy", knurrte Steinburg. Howard Steinburg war mein Vizepräsident, und er war wegen des Investment-Meetings beunruhigt gewesen. Obwohl es mein Geld war, mit dem ich tun konnte, was ich wollte, wäre eine Investition in Club 9 ein öffentlicher Vorgang gewesen. Er war besorgt darüber, wie es sich auf die Wahrnehmung meines Charakters und meiner Firma auswirken würde.

Steinburg machte sich zu viele Sorgen, aber deshalb behielt ich ihn in der Firma.

„Es ist ein Club", knurrte ich. „Ich kann kaum meine eigenen Gedanken hören, geschweige denn mein verdammtes Handy. Was ist so wichtig, dass es nicht bis zum Morgen warten kann?"

„Wie ist das Meeting gelaufen?" Steinburg war gut 20 Jahre älter als ich mit meinen 32 Jahren. Er sagte oft, dass er zu alt war, um sich mit irgendwelchen Floskeln aufzuhalten.

Ich drehte mich um, um die Tänzer unten zu beobachten. „Die Zahlen sind gut. Der Club ist in den letzten sechs Monaten gut gelaufen, aber ich habe das Gefühl, es ist nur ein Trend. In ein paar Monaten ist er nicht mehr neu und aufregend und stirbt, genauso wie die anderen 90 Prozent der Clubs in der Stadt. Ich sagte dem Besitzer, dass ich darüber nachdenke, aber ich glaube nicht, dass er mir Geld einbringen wird."

Steinburg seufzte erleichtert, und ich musste unwillkürlich lächeln. Ich war nicht gerade der Liebling der Medien, aber die Presse wühlte bei mir wenigstens nicht nach Skandalen. Die Stadt hatte mich als einen ewigen Junggesellen und Playboy kennengelernt, aber ich brach keine Herzen und verursachte kein Drama. Dennoch sorgte Steinburg dafür, dass meine PR-Agenten immer auf dem Laufenden blieben. Er war sauer gewesen, als ich ihm sagte, dass der Manager des Club 9 mich zu einem Investment-Meeting eingeladen hatte.

Ich war vorsichtig, wo ich mein Geld investierte, und ich lehnte fast wöchentlich Angebote ab. Es war selten, dass ich tatsächlich an diesen Meetings teilnahm, aber Club 9 war zur Zeit der letzte Schrei, und obwohl ich nicht in ihn investieren würde, war ich glücklich, dass ich dem Meeting zugestimmt hatte.

Als Steinburg sich darüber ausließ, dass ich die richtige Entscheidung getroffen hatte, wanderte mein Geist zu der verführerischen Frau im ersten Stock. „Steinburg", sagte ich plötzlich. „Das alles können Sie mir am Montag während der normalen Geschäftszeiten erzählen. Gehen Sie ins Bett. Andere Männer in Ihrem Alter sind schon seit Stunden im Bett."

„Wenn Sie Glück haben, werden Sie eines Tages mein Alter erreichen. Dann werden Sie nicht mehr denken, dass diese Witze lustig sind", schnappte er. Ohne sich zu verabschieden, legte er den Hörer auf. Ich grinste, als ich ebenfalls auflegte und aus dem Zimmer ging. Die kleine Lounge im zweiten Stock verfügte weder über eine Bar noch eine Tanzfläche, so dass sie vor allem von Leuten frequentiert wurde, die versuchten, Anrufe entgegenzunehmen oder sich vor aufdringlichen Verehren zu verstecken. Die Glasfenster trennten sie vom VIP-Raum, aber schwere Vorhänge behinderten die Sicht.

Ich lehnte mich wieder über das Treppengeländer und suchte den ersten Stock nach der Frau ab, aber sie war nirgends zu finden. Verärgert darüber, dass ich sie verloren hatte, ging ich zurück in die VIP-Lounge, um den Club durch den hinteren Privateingang zu verlassen.

Mein treuer Fahrer Danny O'Brien war seit fast fünf Jahren bei mir. Obwohl er vor mehr als einem Jahrzehnt aus Irland hergezogen war, hielt er immer noch an seinem irischen Akzent fest. Er erzählte mir, dass er es deshalb tat, weil die Frauen verrückt danach waren, aber ich hatte das Gefühl, dass Danny sich manchmal ein wenig verloren fühlte. Wie alle anderen brauchte er etwas, um ihn an seine Heimat zu erinnern. Er war Ende 40 und mit derselben Frau verheiratet, seit er 18 Jahre alt gewesen war.

Seine Frau ist schrecklich.

„Gehen Sie allein nach Hause, Mr. Montgomery?" Danny war einer der wenigen Mitarbeiter, die ungezwungen mit mir sprachen. Obwohl er immer höflich war, filterte er selten seine Worte.

Ich war nicht gerne auf dem Rücksitz. Wenn ich nicht gerade

irgendwo einen öffentlichen Auftritt absolvierte oder mit einem anderen Passagier fuhr, setzte ich mich fast immer vorn neben Danny. Der Fahrersitz wäre mir noch lieber gewesen, aber ich ließ mich immer von Danny fahren, wenn ich wusste, dass ich trinken würde.

„Es war keine erfolgreiche Nacht", murmelte ich, bevor ich in den Wagen stieg. Der dunkelgraue Bentley Continental GTC war mein Lieblingsauto in meiner Sammlung.

„Weil Sie allein nach Hause gehen oder weil die Investition nicht so funktioniert hat, wie Sie es wollten?", fragte Danny scherzhaft, als er das Auto startete. Der Motor schnurrte eher als dass er brüllte, und ich ließ mich zurück in den Ledersitz sinken.

„Beides", sagte ich trocken. „Ich hatte ein wunderschönes Mauerblümchen im Blick, aber Steinburg hat angerufen und mich abgelenkt. Ich habe sie aus den Augen verloren."

„Mauerblümchen? Mal was anderes", kommentierte Danny mit einem Grinsen.

Als wir auf die Hauptstraße hinunterfuhren, kamen uns mehrere Polizeiautos mit heulender Sirene entgegen. „Nur weil Sie jede Nacht nach Hause zu derselben Frau gehen müssen, haben Sie nicht das Recht, mein eigenes Liebesleben zu beurteilen", murmelte ich, als ich die Streifenwägen beobachtete. Sie fuhren auf den Club-Parkplatz. Was war passiert?

„Ich darf jede Nacht zu derselben Frau nach Hause gehen", korrigierte Danny. „Und es ist nicht wirklich ein Liebesleben, wenn man nicht mehr als einen One-Night-Stand hat."

„Drehen Sie um." Ich wollte sehen, was die ganze Aufregung bedeutete.

Danny gehorchte ohne Kommentar und nach wenigen Minuten parkte er in der Nähe der Streifenwagen. „Was ist hier passiert?"

„Das will ich herausfinden. Bleiben Sie hier und lassen Sie den Motor laufen. Ich werde nicht lange weg sein." Als ich das Auto verlassen hatte, ging ich langsam zum nächsten Polizisten, während ich mich umsah. Eine kleine Menschenmenge hatte sich versammelt, und die Polizei hatte einen Abschnitt des Parkplatzes mit Absperrband abgeriegelt. Mitten darin legte ein Polizist eine Decke über die Schultern einer Frau.

Mein Mauerblümchen. Als ich ihre zerwühlten Locken und ihr grünes Kleid sah, fühlte es sich an, als habe mir eine unsichtbare Faust einen Schlag in die Magengrube verpasst. „Entschuldigen Sie. Was ist hier los?"

„Keine Fragen", sagte der Polizist schroff, als er versuchte, mich wegzuwinken.

„Ich bin Lucas Montgomery", sagte ich ruhig. „Ich war vor ein paar Minuten hier." Es war selten, dass ich meinen Namen nannte. Normalerweise wussten die Leute, wer ich war, und wenn sie es nicht wussten, machte ich mir nicht die Mühe, es ihnen zu sagen.

Die Augen des Polizisten weiteten sich. „Haben Sie eben Montgomery gesagt? Warten Sie kurz. Bewegen Sie sich nicht." Er rannte zu jemand anderem hinüber und zeigte nach ein paar Sekunden des Gesprächs zu mir herüber. Ich duckte mich und ging unter dem Absperrband durch. Ein Mann kam auf mich zu.

„Mr. Montgomery, ich bin Detective Allen. Kennen Sie eine Sloan Whitlow?"

Ich bemerkte, dass der Detective einen Notizblock aufgeklappt hatte. „Nein", sagte ich langsam.

Der Detective zeigte auf die Frau hinter sich. Sanitäter kümmerten sich um Sloan. „Das ist sie. Sie haben keine Ahnung, wer sie ist?"

„Ich habe sie im Club gesehen. Zuvor hatte ich sie noch nie gesehen, und ich kannte ihren Namen nicht. Wenn Sie fragen, ob ich etwas als Zeuge beobachtet habe, ist die Antwort Nein. Ich bin nur aus Neugier hier."

„Neugier, hm? Sind Sie der Montgomery von Montgomery Industries?", fragte Allen. Seine Augen starrten mich scharf an.

Ich wusste, dass ich verhört wurde. Verärgert schüttelte ich den Kopf. „Ich antworte nicht, bis Sie mir sagen, was passiert ist. Sonst können Sie mit meinem Anwalt reden."

„Entschuldigung, Mr. Montgomery. Sie sind kein Verdächtiger, aber es hat mich überrascht, als Sie am Tatort aufgetaucht sind. Ms.

Whitlow hat ausgesagt, dass zwei Männer versucht haben, sie neben ihrem Auto zu entführen. Sie sagten, dass Lucas Montgomery für ihre Rückkehr bezahlen würde. Sie behauptet, dass sie keine Ahnung hat, wer Sie sind oder was Sie tun. Sie muss gekämpft haben wie die Hölle, um freizukommen."

„Geht es ihr gut?"

„Ein paar Kratzer vom Bürgersteig. Nichts Schlimmes. Sie hat wirklich Glück gehabt. Glauben Sie, dass sie weiß, wer Sie sind?"

Sofort biss ich die Zähne zusammen. „Wahrscheinlich sagt sie die Wahrheit. Ich habe sie im Club gesehen, und ich habe vermutlich Anzeichen von Interesse gegeben. Wer mich beobachtet hat, kann das missverstanden haben."

„Sind Sie zu ihr gegangen? Haben Sie mit ihr getanzt? Haben Sie ihr einen Drink gekauft?"

„Nein", sagte ich leise. „Sie war an der Bar im ersten Stock und ich war im zweiten Stock auf der Treppe, die zum VIP-Raum führt. Ich habe sie nur beobachtet."

„Es muss die Art sein, wie Sie sie angesehen haben", sagte der Detective ebenso leise. „Lassen Sie eine Telefonnummer hier, über die wir Sie kontaktieren können. Es gibt Kameras auf dem Parkplatz, aber anscheinend waren die Männer maskiert. Vielleicht haben wir noch weitere Fragen an Sie."

Ich ratterte meine Handy-Nummer herunter, während ich Sloan anstarrte. Als ob sie wüsste, dass ich sie beobachtete, drehte sie den Kopf und sah mir direkt in die Augen. Ihre Lippen teilten sich überrascht, und ich wusste, dass sie mich als den Mann aus der Bar erkannte.

Anstatt mit ihr zu reden, dankte ich dem Polizisten und ging zurück zu meinem Auto. Ich war noch nicht bereit dafür, mit ihr zu sprechen, aber ich musste mehr Informationen über sie bekommen. Wenn sie wegen mir geschädigt worden war, wollte ich sie im Auge behalten. Und wenn sie irgendein Spiel mit mir spielte, wollte ich es wissen.

Es war einfach etwas an ihr, das ich noch nicht loslassen konnte.

# KAPITEL DREI

### Sloan

Die blauen Lichter blitzten um mich herum, und ich wickelte die Decke fester um meinen Körper. Der Polizist nahm meine Aussage auf, und der Sanitäter drängte mich, ins Krankenhaus zu gehen. Die Attacke tauchte immer wieder in meinen Gedanken auf.

„Verdammt. Lucas Montgomery wird gut für deine sichere Rückkehr bezahlen."

Es konnte nicht länger als ein paar Minuten gedauert haben, aber es fühlte sich wie eine Ewigkeit an. Meine Haut brannte dort, wo ich sie mir auf dem Bürgersteig aufgekratzt hatte, und Kieselsteine klebten an meinen Handflächen.

Der Sanitäter unterbrach meine Gedanken, und ich blinzelte. „Es tut mir leid. Ich habe Sie nicht gehört."

„Das ist okay. Es gibt nicht viel, was wir für Sie tun können, aber wenn Sie irgendwelche ungewöhnlichen Schmerzen spüren, müssen Sie ins Krankenhaus. Verstehen Sie?"

Ich nickte und versuchte, ihn anzulächeln. Als er seine Tasche packte, fühlte ich die Hitze von jemandem, der mich anstarrte. Als ich den Kopf drehte, erstarrte ich geschockt. Der prächtige Fremde aus dem Club sprach mit dem Detective und beobachtete mich. Ich ließ die Decke von meinen Schultern fallen und machte ein paar Schritte auf ihn zu, aber er hatte sich schon umgedreht und verschwand in der Menge.

„Entschuldigen Sie, Detective? Wer war dieser Mann, mit dem Sie gerade gesprochen haben?"

Detective Allen sah mich nachdenklich an. „Warum? Erkennen Sie ihn?"

Sofort errötete ich. Nach allem, was geschehen war, fühlte es sich seltsam an, dem Detective zu sagen, dass ich den Namen des Mannes brauchte, der mich mit nur einem Blick feucht machte. „Er hat mich im Club beobachtet", sagte ich lahm.

„Ich wusste nicht, dass ein Mann so viel Ärger mit nur einem Blick verursachen kann", murmelte der Detective. „Das ist Lucas Montgomery."

„Was?", keuchte ich. „Ich verstehe das nicht. Ist er jemand Wichtiges?"

Der Detective schnaubte. „Er besitzt Montgomery Industries. Er ist einer der reichsten Männer der Stadt."

„Ich interessiere mich nicht allzu sehr für die Geschäftswelt", sagte ich leise. „Was hat er zu Ihnen gesagt? Weiß er, wer mich angegriffen hat?"

„Er wollte wissen, was passiert ist und ob es Ihnen gut geht. Er sagt, er kenne Sie nicht und wisse nicht, warum jemand denken sollte, dass er Lösegeld für Sie zahlen würde."

Ich rieb mir über die Arme und nickte. Ein wütender Schrei zog meine Aufmerksamkeit an dem Detective vorbei zu der Menge, wo Randi einen Polizisten anschrie.

„Sie ist meine Mitbewohnerin", sagte ich, als ich zu ihr rannte. „Es ist in Ordnung."

„Sloan!", schrie Randi. „Was zur Hölle ist passiert? Diese Arschlöcher ließen mich nicht mit dir reden. Bist du in Ordnung? Muss ich jemanden umbringen?"

„Heute ist ihr Geburtstag. Sie ist ein wenig betrunken", entschuldigte ich mich bei dem Polizisten, als ich ihren Arm packte. „Randi, vielleicht solltest du nicht davon reden, einen Polizisten zu töten. Mir geht es gut. Ich werde alles später erklären."

„Ms. Whitlow, möchten Sie, dass ein Polizist Sie nach Hause begleitet?"

Ein Schauder der Angst zog sich über meinen Rücken. War es möglich, dass die Männer wussten, wo ich wohnte? „Es wäre schön, wenn jemand uns folgen könnte." Ich schluckte hart und drückte Randis Arm.

„Officer Jackson wird Ihnen folgen", sagte der Detective mit einem Nicken. „Gehen Sie nach Hause und versuchen Sie zu schlafen. Ich lasse es Sie wissen, wenn ich weitere Fragen habe."

Nickend zog ich Randi durch den kleinen abgesperrten Bereich. Bevor ich in den Wagen steigen konnte, warf sie mir die Arme um den Hals.

„Ich hatte solche Angst, als ich die Polizei-Sirene hörte und dich nicht im Club finden konnte", flüsterte sie mir ins Ohr.

Ich hielt sie fest, und meine Augen hielten auf dem Parkplatz Ausschau nach irgendwelchen Anzeichen für die Möchtegern-Kidnapper oder für Lucas Montgomery. „Komm", murmelte ich. „Gehen wir nach Hause."

Ich brauchte dringend einen Schuss Tequila und eine lange heiße Dusche. Irgendetwas, um mir zu helfen, die Alpträume, die mich heute Nacht sicher heimsuchen würden, in Schach zu halten.

AM MONTAG HATTE ich die schrecklichen Ereignisse von Freitagnacht aus meinem Gedächtnis verbannt. Ich war entschlossen, mich auf mein Studium zu konzentrieren, und hatte den Großteil des Wochenendes in der Bibliothek verbracht. Das Einzige, was immer wieder vor meinem inneren Auge auftauchte, war Lucas Montgomery.

Egal wie sehr ich es auch versuchte, ich konnte nicht aufhören, an ihn zu denken. Er hatte mich angesehen, als sei ich ein Hauptgericht und er wolle mich verspeisen.

Ich wollte sein Hauptgericht sein.

„Hi, Sloan."

Ich schloss die Haustür zu meiner Wohnung hinter mir ab und wandte mich dem Klang der sanften Stimme zu. Matthew war unser Nachbar, aber wir wussten nicht viel über ihn. Er war wohl um die 30 und attraktiv auf eine dunkle, grüblerische Art und Weise, aber er sagte selten mehr als Hallo und Auf Wiedersehen. Ich hatte keine Ahnung, was er beruflich machte, und ich sah nie, dass jemand mit ihm die Wohnung betrat oder sie verließ. Er war zu seltsamen Tageszeiten unterwegs, und wir hörten nie auch nur einen Piep aus seiner Wohnung. Keinen Fernseher und keine Musik. Trish war sicher, dass er ein Serienmörder war.

„Hi, Matthew. Wie war dein Wochenende?"

„Gut." Ohne weitere Informationen zu geben, öffnete er seine Tür und ließ mich im Hof stehen.

Ich weiß nicht einmal, warum er sich überhaupt Mühe gab, Hi zu sagen. Grummelnd strich ich eine Haarsträhne hinter mein Ohr und ging auf mein Auto zu. Unser Apartmenthaus war drei Stockwerke hoch und umgab einen Hof. Die Wohnungsbaugesellschaft hatte gute Arbeit geleistet und einen kleinen Garten in die Mitte gesetzt, der immer schön anzusehen war. Die obersten zwei Stockwerke hatten Balkone, von denen aus man einen guten Blick auf die Umgebung hatte, aber wir Mieter im ersten Stock hatte eine kleine Terrasse, wo wir Gartenstühle aufstellen konnten. Weil wir so nah an der Universität waren, waren die meisten meiner Nachbarn Studenten, und wir waren alle locker miteinander befreundet.

Matthew war eine Ausnahme.

Als ich mein Auto erreichte, sah ich einen dunklen Wagen auf dem vollen Parkplatz in der Nähe meiner Wohnung. Er hätte nicht meine Aufmerksamkeit erregt, wenn er nicht schon das ganze Wochenende dort gewesen wäre. Jedes Mal, wenn ich ihn sah, wirkte es, als sitze eine Person darin.

Wie Überwachung. Detective Allen hatte mir Begleitschutz angeboten, falls ich das Gefühl hatte, mich in Gefahr zu befinden, aber es schien unwahrscheinlich, dass die Entführer wussten, wo ich wohnte. Vielleicht ließ Allen mich trotzdem überwachen.

Der dunkle Wagen blieb geparkt, als ich mein Auto von der Wohnanlage weglenkte, also dachte ich nicht mehr daran. Ich hatte heute drei Kurse, und ich hoffte, dazwischen genug Zeit zu finden, um an meiner Diplomarbeit zu schreiben.

Auf dem Campus war viel los, als ich zu einem der Studenten-parkplätze fuhr. Da es früh war, eilten die meisten Studenten mit Kaffeebechern in den Händen zu ihren Kursen. Ich hatte an diesem Morgen bereits zwei Tassen getrunken, und obwohl ich gerne beim Campus-Café vorbeigegangen wäre, wusste ich, dass ich es mit dem Koffein besser nicht übertreiben sollte.

Erst in meinem letzten Kurs wurde mir klar, dass ich verfolgt wurde. Als ich das Business Center Gebäude passierte, konnte ich ihre Spiegelbilder in dem getönten Glas sehen. Als ich im Speisesaal in der Schlange stand, sah ich, wie sie am Eingang herumstanden. Und als ich zurück zur Bibliothek ging, hatte ich das Gefühl, wenn ich mich umdrehte, würden sie nicht mehr als ein paar Meter hinter mir sein.

Ich ging um die Ecke und stieß gegen einen harten Körper. Bücher und Papiere fielen auf den Boden. „Pass auf, wo du hingehst", fauchte eine jüngere Frau.

„Es tut mir leid", murmelte ich. Ich bückte mich und versuchte, ihre Sachen aufzuheben, blickte mir dabei aber immer wieder über meine Schulter. „Hast du zwei Typen gesehen, die mir folgen?"

„Paranoid oder was? Du solltest nicht so viel kiffen." Sie nahm das Buch aus meiner Hand und ging genervt davon.

„Das war verdammt unhöflich", murmelte ich, aber sie hatte recht. Ich klang paranoid. Vielleicht hatte ich den Anschlag doch nicht so vollständig abgeschüttelt, wie ich gedacht hatte. Ich fühlte mich wie eine Verrückte, packte den Riemen meiner Tasche und stieg schnell die Treppe zur Bibliothek hoch. Nur Leute mit Studen-ten- oder Dozentenpässen waren im Inneren erlaubt. Wenn jemand mir folgte, würde ich ihn so abschütteln können.

Aber die Gänsehaut auf meinem Nacken wollte einfach nicht verschwinden.

# 4

## KAPITEL VIER

### Lucas

„Mr. Montgomery, Mr. Hamburg ist hier, um Sie zu sehen." Cecilia steckte den Kopf in meine Tür und schenkte mir ein freundliches Lächeln, um den Schlag zu mildern.

Ich zeigte meinen Unmut, indem ich leise knurrte. „Hat er gesagt, was er will?"

Hamburg war Mitglied des Vorstandes und schon immer ein Dorn in meiner Seite. Trotzdem war es ungewöhnlich, dass er für ein außerplanmäßiges Meeting vorbeikam. Cecilia sah mich bedauernd an. „Ich fürchte nein." Sie war eine hübsche Frau und ein paar Jahre älter als ich. Single, aber ich war nie versucht gewesen, um sie zu werben. Nicht nur weil sie drei Kinder hatte, sondern weil ich grundsätzlich Arbeit und Vergnügen nicht vermischte. Sie war als Aushilfe zu mir gekommen, und wir hatten gut zusammengearbeitet, so dass ich sie als Vollzeitkraft eingestellt hatte.

„Ich habe in zehn Minuten eine Telefonkonferenz mit Tokio, aber es sollte nicht allzu lange dauern. Fragen Sie ihn, ob er eine Tasse Kaffee will. Wenn er eine bestimmte Abteilung sehen will, lassen Sie ihn von Walsh herumführen."

Gordon Walsh war mein persönlicher Assistent. Er hatte als eifriger Praktikant begonnen, und auch ein Jahr später hatte er seine irritierende Fröhlichkeit noch nicht verloren. Aber er war organisiert und voller Energie, also behielt ich ihn ebenfalls hier.

„Ja, Sir. Möchten Sie, dass ich Ihnen auch einen Kaffee bringe? „

„Nein. Das ist Walsh' Job", brummte ich.

Ich wusste, dass sie im Begriff war zu widersprechen, also sah ich demonstrativ auf die Uhr, um sie zum Gehen zu bewegen. Sie schloss leise die Tür hinter sich, und ich zog mein Notizbuch aus meiner Aktentasche. Meine Produktionslinie in Tokio war noch in den frühen Stadien, und meine Mitarbeiter dort mussten jede Woche ein Update übermitteln. Normalerweise hätte jemand anderes die Anrufe entgegengenommen, aber das letzte Mal, als ich versucht hatte, nach Tokio zu expandieren, war der Deal katastrophal gescheitert. Dieses Mal würde ich mich persönlich darum kümmern.

Dem Stress, den meine Firma auf meine Schultern legte, zum Trotz war mein Büro mein Ort des Friedens. Groß und spärlich dekoriert, hatte es eine Glaswand, von der aus man die Stadt unten sah. Ich hasste Unordnung, so dass mein Schreibtisch ordentlich und organisiert war. Ich hatte eine Couch, wenn ich mich entspannen wollte, Bluetooth-Lautsprecher, wenn ich Musik brauchte, und einen Fernseher, wenn ich die Nachrichten sehen wollte. Im Nebenraum gab es mein eigenes Badezimmer mit Dusche, damit ich mich dort waschen konnte, wenn ich in einer Pause laufen ging oder Liegestütze machte. Die Tür schloss sich automatisch hinter mir. Mein Netzhaut-Scan verschaffte mir Zutritt, und mehrere Mitarbeiter des Unternehmens hatten Schlüsselkarten, die das System überschreiben konnten. Hier hatte ich das Gefühl, die Kontrolle zu haben.

Mein Telefon vibrierte und lenkte mich ab. Die Textnachricht war kurz und einfach. Ich glaube, sie hat uns entdeckt.

Verdammt. Ich hatte vier Männer damit beauftragt, Sloan Whitlow zu folgen. Sie wechselten sich den ganzen Tag über ab und sollten für ihre Sicherheit sorgen, aber dabei auch ihre Distanz wahren. Sie sollte nie wissen, dass sie da waren.

Verärgert schrieb ich zurück. Das ist nicht okay. Halten Sie mich auf dem Laufenden.

Logischerweise war es nicht meine Schuld, dass jemand versucht hatte, sie zu entführen, aber ich konnte nicht umhin, mich schuldig zu fühlen. Es war wohl für jeden im Club offensichtlich gewesen, dass ich an ihr interessiert war.

Mehr als interessiert. Sie war das ganze Wochenende über in meinen Gedanken gewesen, und selbst jetzt verfolgte mich ihr Bild. Meine innere Stimme verhöhnte mich. Vielleicht wollte ich, dass sie feststellte, dass ich den Männern befohlen hatte, ihr zu folgen. Vielleicht wollte ich einen Grund haben, wieder mit ihr zu reden.

„Konnichiwa, Mr. Montgomery." Der Video-Feed tauchte auf dem Computer auf, und der Repräsentant verbeugte sich vor mir. „Wie geht es Ihnen heute Abend?"

„Es ist noch Morgen hier", sagte ich und hielt meinen Kaffee hoch. „Ich weiß es zu schätzen, dass Sie extra spät aufgeblieben sind."

„Wir sind daran gewöhnt. Es geht voran. Wir haben fast alle Arbeitsplätze besetzt. Es gab jede Menge Bewerbungen."

Ich bezahlte meine Angestellten gut, also erwartete ich nichts anderes. Ich forderte viel von den Leuten, die für mich arbeiteten, aber ich entschädigte sie entsprechend. „Gut. Wie läuft der Bau?"

Der Mann schnaubte. „Ich fürchte, wir hängen dem Zeitplan immer noch eine Woche hinterher."

„Mein Vertrag mit dem Bauherrn erlaubt nur eine vierwöchige Fehlertoleranzgrenze. Wenn sie noch weiter zurückfallen, brechen sie den Vertrag, und ich werde jemanden finden, der den Job beenden kann. Und ich werde nicht zögern, das zu tun. Ich würde lieber Zeit dafür verschwenden, eine neue Baufirma zu finden, als mit jemandem zusammenzuarbeiten, der meine Forderungen nicht erfüllen kann", sagte ich hart.

„Natürlich. Ich werde dafür sorgen, dass sie das wissen."

„Tun Sie das. Emailen Sie mir ihre Antwort." Das kleine rote Licht auf meinem Handy, das anzeigte, dass meine Sekretärin mich sprechen wollte, begann aufzublitzen, und ich beendete das Gespräch mit Japan und ging ran. „Ja?"

„Es tut mir leid, Sie wieder zu belästigen, Mr. Montgomery. Mr. Hamburg beharrt darauf, dass er Sie sofort sehen muss."

Der verdammte Mann war aufdringlich. Ich seufzte und schüttelte den Kopf. „Schon gut, Cecilia. Ich habe meine Telefonkonferenz beendet. Schicken Sie ihn herein." Ich drückte den Knopf unter meinen Schreibtisch, der meine Tür entriegelte.

Die Tür klickte, und Cecilia schwang sie auf und führte Hamburg hinein. Er war ein großer, hagerer Mann mit dünnen grauen Haaren und klaren, dunklen Augen. Von allen Vorstandsmitgliedern war er am wenigsten irritierend, aber auch am meisten involviert. Die meisten Mitglieder zeigten sich nur während der Sitzungen, doch Hamburg rief häufig mit neuen Ideen an. Er hatte sich vor kurzem aus seinem eigenen Unternehmen zurückgezogen, und mir kam vor, er vermisste die Action. In der Regel begrüßte ich seine Ideen. Er hatte Geschäftssinn.

„Hamburg", sagte ich, als ich von meinem Schreibtisch aufstand. Ich griff nach seiner Hand, schüttelte sie fest und deutete auf einen leeren Stuhl. „Was führt Sie heute hierher?"

Er sank auf den Stuhl und holte ein paar Mal tief Atem. Jahre des Trinkens, des Rauchens und des ungesunden Essens forderten ihren Tribut. „Montgomery. Es tut mir leid, dass ich in Ihr Büro stürme, aber es gibt etwas, das Sie sehen müssen." Er griff in seine innere Jackentasche und schob eine Zeitung über den Tisch. Die Boston Times. Mit verengten Augen faltete ich die Zeitung auf und überflog die Überschrift.

„Montgomery Industries kauft hochwertige Immobilien in Boston auf", las ich laut vor. „Was zum Teufel soll das? Wir haben erst letzten Monat über die Expansion abgestimmt. Ich habe nicht einmal einen Termin mit der Immobilien-Abteilung vereinbart, und wir haben definitiv noch nichts gekauft."

„Ich bezweifle, dass es irgendjemand überhaupt bemerkt hätte, wenn ich keine Verbindungen in Boston hätte", sagte Hamburg. „Jemand dachte, er könnte Informationen nach außen durchsickern lassen, ohne dass Sie davon erfahren."

Ich las schnell den Artikel durch. „Meine PR-Abteilung nimmt nicht einmal Anrufe der Presse entgegen, es sei denn, wir stellen ein Projekt vor oder es betrifft öffentliche Angelegenheiten. Jeder Reporter, der für weitere Details anruft, wäre ignoriert worden", murmelte ich. „Hamburg, das war ein geheimes Meeting, und alle Informationen in diesem Artikel sind richtig."

„Ich weiß."

Seine Worte hingen schwer zwischen uns. Er wagte es nicht, die Vorstandsmitglieder direkt zu beschuldigen, die Informationen herausgegeben zu haben, aber wir wussten beide, dass es nur wenige andere Erklärungen gab. „Ich werde die Sicherheitsabteilung beauftragen, den Raum nach Wanzen zu durchsuchen", sagte ich steif. „Nichts davon ist schädlich, aber ich möchte nicht, dass kritische Informationen die Öffentlichkeit erreichen, bevor wir bereit sind."

„Wanzen. Okay", sagte er mit einem schiefen Lächeln. „Und wenn man nichts findet?"

„Dann folgen wir dem normalen Protokoll. Sie haben alle eine Transparenzvereinbarung mit dem Unternehmen unterzeichnet. Wenn die Mehrheit des Vorstands zustimmt, werde ich in der Lage sein, unsere Finanzberichte einzuziehen. Hoffentlich kommt es nicht dazu."

Der ältere Mann nickte. Er schürzte die Lippen, und ich konnte sehen, wie sich die Räder in seinem Kopf drehten. „Wenn ich Sie wäre, würde ich das Leck noch nicht bekanntgeben. Es könnte zu noch mehr Problemen führen. Es gibt nichts Gefährlicheres als mächtige Männer, die einander nicht vertrauen, im selben Raum. Wenn Sie keine vernünftige Erklärung für das Leck finden, können Sie private Treffen mit jedem Vorstandsmitglied durchführen und ihnen jeweils eine andere falsche Information geben. Wenn die Geschichte dann nach außen dringt, haben Sie Ihren Mann."

Ich nickte. „Exzellente Idee. Hoffen wir, dass es nicht dazu kommt. Ich werde mein Team jeden Tag auf die Suche schicken, um sicherzustellen, dass keine anderen Informationen da draußen sind. Kann ich noch etwas für Sie tun, während Sie hier sind?"

„Sie könnten mir die Nummer Ihrer Sekretärin geben", sagte er mit einem verschlagenen Lächeln.

„Damit ich mich mit Ihrer Frau herumschlagen muss? Vergessen Sie es." Ich erhob mich und schüttelte ihm die Hand. „Mein Assistent könnte Sie herumführen, wenn Sie wollen. So könnten Sie mit jedem hier sprechen, falls Sie das wünschen."

„Kann Cecilia mich herumführen?", drängte er.

„Definitiv nicht", sagte ich mit einem Grinsen. „Nochmals vielen Dank, Hamburg. Und ich weiß Ihre Diskretion in dieser Angelegenheit zu schätzen."

Als er nickte, ging ich um meinen Schreibtisch herum und öffnete die Tür. Während Hamburg hinausging, bemerkte ich, dass Torrence sich über Cecilias Schreibtisch beugte. Sie war tief in ihr Gespräch versunken und bemerkte mich nicht einmal. Ich räusperte mich, und er sprang schuldbewusst beiseite.

„Montgomery", sagte er, während er sich räusperte. „Ich wollte dich gerade besuchen."

„Wirklich?", fragte ich mit einer hochgezogenen Augenbraue. „Oder bist du hier, um meine Sekretärin zu sehen?"

„Ich habe ihm gerade gesagt, dass Sie in einem Meeting sind", sagte Cecilia hastig. Ich hob den Kopf und starrte sie an. In der ganzen Zeit, in der ich sie kannte, war sie nie zuvor so nervös gewesen.

„Wo zum Teufel ist Walsh?", knurrte ich. „Ich möchte, dass er Hamburg herumführt."

„Ich werde ihn sofort kontaktieren", sagte sie, als sie nach dem Telefonhörer griff.

„Hamburg, benehmen Sie sich, während Sie warten", sagte ich leise. „Torrence, komm rein."

Mein Security-Chef warf Hamburg einen misstrauischen Blick zu, bevor er durch die Tür ging. „Warum sollte er sich nicht benehmen?", verlangte Torrence zu wissen.

„Ich vertraue darauf, dass du nicht hier bist, um die Handlungen eines Vorstandsmitglieds infrage zu stellen", sagte ich, als ich die Tür schloss.

„Nein. Ich bin hier, weil die Polizei angerufen hat. Warum hast du mir nichts über den Vorfall im Club erzählt? Du lässt vier meiner

Männer eine fremde Frau verfolgen? Sie wurden angeheuert, um dich zu schützen, und das ist schwer zu bewerkstelligen, wenn du relevante Informationen auslässt und die Männer außerhalb des Gebäudes einsetzt", sagte er scharf.

Torrence ging auf die 40 zu. Er hatte als Security für meinen Vater gearbeitete und war der einzige Mann, dem ich jemals die Führung meiner eigenen Security anvertraut hätte. Wir waren schon lange Freunde. Er war mit dem Job verheiratet, und er betrachtete es als persönlichen Angriff, wenn ich etwas tat, das diesen Job noch schwieriger machte.

„Ich habe nichts gesagt, weil der Angriff nicht auf mich abzielte", sagte ich ruhig. „Und ich schütze die Frau, weil ich der Grund bin, warum sie überhaupt erst verletzt wurde."

„Nicht auf dich abzielt? Jemand will dich mittels anderer Leute verletzen. Wie zielt das nicht auf dich ab?", fauchte Torrence.

„Sie wollen mich nicht. Sie wollen mein Geld. Und wenn du wirklich helfen möchtest, untersuchst du das Ganze, damit ich mich nicht darum kümmern muss." Ich setzte mich hin und starrte ihn an.

„Lucas, wir haben bisher Glück gehabt. Das Schlimmste, mit dem ich mich herumschlagen muss, sind wütende Aktivisten. Damit es so bleibt, musst du mich wissen lassen, wenn so etwas passiert. Ich habe mir den Polizeibericht angesehen. Es gibt nicht viele Erkenntnisse. Die Nummernschilder auf dem Lieferwagen waren gestohlen, und die Männer trugen Masken, so dass wir sie nicht durch die Gesichtserkennungsdatenbank laufen lassen können."

Ich blinzelte. „Die Polizei hat dir den Bericht einfach gegeben?", fragte ich misstrauisch.

„Sicher. Wir sollten weitere Nachforschungen anstellen. Ich möchte mit Mrs. Whitlow sprechen."

„Ms. Whitlow", sagte ich automatisch. Er verengte seine Augen und beobachtete mich, als ich zögerte. Ich konnte sehen, was Torrence meinte, aber so sehr ich mein Mauerblümchen auch wiedersehen wollte, war ich nicht sicher, ob es eine gute Idee war.

„Ich wollte, dass man ihr aus der Distanz folgt, aber ich denke, dass sie schon misstrauisch ist. Ich werde sie morgen hierherbringen lassen."

„Gut. Nächstes Mal, wenn du Informationen vor mir zurückhältst, werde ich dich höchstpersönlich umbringen."

„Ich verstehe nicht, warum du dich so aufregst. Wenn ich es dir gesagt hätte, hättest du keinen Grund gehabt, herzukommen und mit meiner Sekretärin zu flirten", sagte ich kühl. Er verengte seine Augen, und ich grinste. „Bevor du gehst, möchte ich, dass du den Konferenzraum unauffällig nach Wanzen durchsuchst."

Er hob eine Augenbraue, stellte aber keine Fragen. Ich fühlte mich fast schuldig, als ich zur Tür sah. Normalerweise würde ich diese Art von Situation beiseiteschieben. So kalt es auch scheinen mochte, war ich viel zu beschäftigt, um mich mit jeder Kleinigkeit abzugeben, aber mein Körper brannte darauf, sie wiederzusehen.

Machte ich alles nur noch schlimmer für sie, damit ich mich in ihr Leben einmischen konnte?

# KAPITEL FÜNF

### Sloan

Es war keine Einbildung. Jemand folgte mir. Als ich aus meiner Wohnung auf den Parkplatz ging, parkte dort dasselbe dunkle Auto. Nur dieses Mal standen zwei Männer vor dem Wagen.

Mein Herz schlug gegen meine Brust, als ich auf dem Gehsteig erstarrte. Ich war hin- und hergerissen, ob ich zu meinem Auto gehen oder in die Sicherheit meiner Wohnung flüchten sollte. Sie näherten sich mir, bevor ich eine Entscheidung treffen konnte, und ich griff in meine Tasche, um mein Pfefferspray zu umklammern.

„Ms. Whitlow?", fragte der Größere der beiden.

Ich riss die Dose auf und zielte. Als ich sprühte, schrie ich so laut wie ich konnte. „Lassen Sie mich in Ruhe!"

Beide bedeckten ihre Augen, und ich drehte mich um. Bevor ich weit kommen konnte, legte einer von ihnen die Arme um mich. „Ms. Whitlow, hören Sie auf! Wir arbeiten für Mr. Montgomery! Wir versuchen nur, Sie zu beschützen!"

Ich kämpfte gegen ihn an. „Sie erwarten wirklich, dass ich darauf reinfalle, Sie Perverser!"

„Wenn Sie sich beruhigen, können wir ihn anrufen", grunzte er. Der Größere ging um uns herum und keuchte, als er sich die Augen abwischte. Er zog sein Handy heraus und hielt es sich ans Ohr. „Mr. Montgomery? Wir haben hier einige Probleme." Er wandte mir den Rücken zu und sprach leise.

Ich hörte auf zu kämpfen, und schließlich legte er das Telefon an mein Ohr. „Ms. Whitlow, hier spricht Lucas Montgomery. Ich versichere Ihnen, dass meine Männer Ihnen nichts tun werden. Ich wollte nur kurz mit Ihnen sprechen."

„Sie verfolgen mich seit Tagen", fauchte ich.

„Ja. Ich war um Ihre Sicherheit besorgt."

Obwohl ich ihn nie zuvor hatte sprechen hören, wusste ich irgendwie, dass er es war. Seine Stimme passte zu ihm. Ruhig und intensiv. Kontrolliert und verbindlich.

Verführerisch.

Verlockend.

„Ich höre", sagte ich leise.

„Sie missverstehen mich. Ich möchte mit Ihnen in meinem Büro sprechen."

„Ich kann jetzt nicht zu Ihnen kommen. Ich habe Unterricht", sagte ich, als ich tief Luft holte. Es beruhigte mich, und der Mann ließ mich schließlich los.

„Und dieser Unterricht ist wichtiger als Ihre Sicherheit?", fragte er milde.

Ich verdrehte die Augen. „Kann man so sagen. Hören Sie, wenn Sie Informationen haben, dass ich in unmittelbarer Gefahr bin, müssen Sie es mir sagen, damit ich die Polizei rufen kann. Geben Sie mir Ihre Adresse, und ich werde Sie heute Nachmittag treffen."

Er schwieg, und ich biss mir auf die Unterlippe. Vielleicht war ich zu hart gewesen. Ich kannte ihn nicht einmal, aber bei ihm fühlte ich mich äußerst unwohl und reagierte entsprechend. „Ihr letzter Kurs ist um zwei. Meine Männer werden Sie bis zum Campus fahren und Sie bis dahin beschatten. Sie werden Sie später direkt hierherfahren."

„Woher zur Hölle kennen Sie meinen Stundenplan?", rief ich,

aber er hatte schon aufgelegt. „Ist er immer so?", fragte ich, als ich das Handy zurückgab.

„Ja", sagte der größere Mann grimmig.

Der Tag schien unheimlich langsam zu vergehen, und ich konnte mich kaum auf meinen Unterricht konzentrieren. Ich glaube nicht, dass ich ein einziges Wort der Vorlesung über Kinderliteratur wirklich gehört habe. Ich hätte am Morgen Lucas besuchen und zu spät kommen sollen. Zumindest wäre dann der Tag keine komplette Verschwendung gewesen.

Als mein letzter Kurs endete, zitterten meine Hände. Ich hatte keine Ahnung, was ich von Lucas Montgomery erwarten sollte.

Das Auto hielt mit laufendem Motor an der Vorderseite des Wolkenkratzers, der als Montgomery Industries ausgeschildet war, und ich stieg aus. Niemand folgte mir, und ich drehte mich um. „Kommen Sie mit?"

„Nein. Die Rezeptionistin am Empfang wird Ihnen das Büro von Mr. Montgomery zeigen."

„Welches Stockwerk gehört ihm?"

„Alle."

Sie fuhren davon, und ich stand verblüfft auf dem Bürgersteig. Alle? Ich wusste, dass er reich war, aber es musste hier 100 Stockwerke geben. Wie konnten sie alle ihm gehören?

Nervös zog ich die Glastür auf und ging in die helle offene Lobby. Eine junge Frau lächelte mich an, aber bevor ich etwas sagen konnte, trat ein Mann vor mich.

„Ms. Whitlow?", fragte er streng.

Ich blinzelte. Verdammt. Er sah gut aus. Älter als ich, aber seine markanten Gesichtszüge hatten etwas für sich. „Ja", sagte ich leise.

„Ich bin Drew Torrence, Leiter der Sicherheit. Ich werde Sie zu Montgomery bringen." Als er mich nach hinten führte, zog er ein Abzeichen aus seiner Tasche und hielt es an den Aufzug. Die Türen öffneten sich sofort. „Das ist der Privataufzug. Es ist der einzige, der in die obere Etage fährt."

„Das klingt nett", sagte ich lahm. Meine Güte. Nett? Würde mein Gespräch mit Lucas auch so ablaufen? „Sie sind also von der Security? Heißt das, dass Sie die Männer suchen, die versucht haben, mich zu entführen, oder bewachen Sie einfach die Büros?"

„Ich schütze Montgomery", sagte er kurz.

Er bot keine weiteren Informationen an, und ich fragte nicht. Sein Verhalten ließ darauf schließen, dass er mich nicht besonders mochte, und ich hatte nicht den Mut, ihn zu fragen, warum. Ich hatte das ungute Gefühl, dass er mich im Aufzug erdrosseln könnte und niemand auch nur mit der Wimper zucken würde.

Die Türen öffneten sich, und ich stürzte schnell nach draußen. Der kurze Flur hatte riesige Fenster, die von der Decke zum Boden reichten, und ich hatte einen atemberaubenden Ausblick auf die Stadt. Mir wurde fast schwindelig, als ich erkannte, wie hoch oben ich war. Ich hatte keine Höhenangst, aber ich glaube nicht, dass ich jemals zuvor so eine Aussicht gehabt hatte.

Die Tür am Ende des Flurs öffnete sich, und ein junger Mann kam heraus. Er sah entschlossen aus, als er direkt auf den Aufzug zueilte. Ich ging ihm schnell aus dem Weg.

„Bitte verzeihen Sie Gordon. Er ist immer voller Energie", sagte eine Frau hinter einem großen Schreibtisch. „Ich bin Cecilia. Mr. Montgomery wird Sie jetzt empfangen." Sie lächelte mich warm an, aber als sie Torrence hinter mir sah, röteten ihre Wangen sich leicht und sie schaute zu Boden.

„Danke", murmelte ich. Anstatt mir ins Büro zu folgen, lehnte sich Torrence an die Wand und starrte Cecilia an. Ich hatte keine Ahnung, was zwischen ihnen los war, aber die Anspannung reichte, um das ganze verdammte Gebäude in Brand zu setzen.

Ich öffnete die Tür und schnappte nach Luft. Den Raum als Büro zu bezeichnen wäre eine Untertreibung gewesen. Die Executive-Suite hatte drei Türen, die in andere Zimmer führten, und ein riesiges Ledersofa an der Wand. Ein großer Flachbildfernseher saß über der Tür, und eine gut bestückte Bar verlief über die gesamte Länge einer der Wände.

„Beeindruckt?"

Seine Stimme schlang sich um mich, und ich erstarrte. Er lehnte sich an einen der Türrahmen und starrte mich an. Er war in ein weißes Hemd gekleidet, das zu seinen Ellbogen hochgekrempelt war, und eine dunkle Hose. Es war klar, dass sein Outfit wahrscheinlich mehr kostete, als ich in einem Monat ausgab. Ich zupfte nervös an meiner Jeans und meinem T-Shirt. „Es ist schön", sagte ich heiser. „Mr. Montgomery, nehme ich an?"

„Schön?", lachte er. „Ich nehme an, das wird reichen müssen. Bitte nennen Sie mich Lucas. Kann ich Ihnen etwas zu trinken anbieten?"

Stumm schüttelte ich den Kopf. In seiner Gegenwart Alkohol zu trinken könnte gefährlich sein. „Warum bin ich hier?", platzte ich heraus.

Er schenkte sich einen Drink ein und deutete auf einen leeren Stuhl. Ich setzte mich, und er lehnte sich zurück in den Ledersessel hinter seinem Schreibtisch. Ich konnte das Bild nicht stoppen, das in meinem Kopf auftauchte - ich kniete auf dem Schreibtisch, während er von hinten in mich stieß.

Keuchend schlang ich meine Arme um mich. Was zur Hölle war mit mir los?

„Alles in Ordnung?", fragte er und starrte mich an.

„Das wird es sein, sobald Sie mir sagen, was ich hier mache. Sie scheinen zu denken, dass Sie mich beschützen müssen, aber ich kenne Sie nicht."

„Ich glaube nicht, dass Ihnen das weiterhelfen wird", sagte er, während er seinen Drink abstellte. „Ich habe am Freitag im Club Interesse an Ihnen gezeigt, und es war genug, um jemanden denken zu lassen, dass wir irgendwie miteinander verbunden sind. Ich möchte nicht, dass es zu einem erneuten Entführungsversuch kommt."

Ich konnte nicht anders als zu zittern. „Ich glaube nicht, dass jemand diesen Eindruck bekommen würde, nur weil Sie mich angesehen haben", murmelte ich. „Es ist nur ein Missverständnis. Ich bin wahrscheinlich nicht einmal mehr in Gefahr."

„Sie sind eindeutig nervös um mich herum. Sie schützen Ihren Körper und vermeiden es, mich direkt anzuschauen. Am Telefon waren Sie selbstbewusst und dominant, aber wenn Sie nahe bei mir sind, sind Sie ruhig und unterwürfig. Entweder mein Büro macht Sie nervös, oder ich. Ich bin geneigt, das letztere zu glauben. Mein Büro ist sehr einladend. Jeder, der Sie jetzt beobachtet, würde das Interesse in Ihren Augen sehen. Jeder, der mich beobachtet, würde wissen, dass ich mich zu Ihnen hingezogen fühle. Und dass ich Sie viel näher kennenlernen will." Seine Stimme war leise und seidig, als er versuchte, mir seinen Standpunkt klarzumachen.

Ich zitterte bei seinen Worten. Wenn er mich feucht machen konnte, nur indem er mit mir sprach, konnte ich mir nicht vorstellen, was passieren würde, wenn er mich berührte. Was zwischen uns war, war intensiv und erstickend, und es erschreckte mich. Als ich Angst bekam, wurde ich gemein. „Sie sind ein völlig Fremder und sagen mir, dass Sie mich attraktiv finden. Jede Frau würde da nervös werden", fauchte ich. „Der Club ist ein sexuell aufgeladener Ort. Er ist dazu gedacht, ein Nährboden für Begierde und Lust zu sein, aber wenn man die gleichen Qualitäten in einer professionellen Atmosphäre zeigt, ist es unangenehm."

„Sie haben nicht unrecht. Wenn es angenehmer für Sie ist, versuche ich, meine Begierde und Lust besser zu beherrschen," sagte er trocken. Ich errötete sofort. Er dachte wohl, ich wäre eine komplette Idiotin.

„Kommen wir zurück zu dem Grund, warum ich hier bin. Sie dachten, es sei angemessen, mich überwachen zu lassen, aber ich dachte, dass mich jemand stalkt. Sie können nicht einfach versuchen, jemanden zu schützen, ohne es demjenigen zu sagen", murmelte ich. Ich senkte meine Arme und versuchte durchsetzungsfähiger und sicherer zu wirken.

„Die Männer hätten nicht so offensichtlich sein sollen, aber jetzt, da Sie sich ihrer Anwesenheit bewusst sind, haben Sie nichts zu befürchten."

Meine Augen weiteten sich. „Sie werden mich weiterhin verfolgen lassen? Die Polizei wird herausfinden, wer versucht hat, mich zu entführen, und es ist sehr unwahrscheinlich, dass diese Typen wissen, wo ich wohne. Sie sollten sich mehr Sorgen um die Menschen in Ihrer Nähe machen. Sie sind die wirklichen Ziele."

„Ich habe sie auch beobachten lassen. Sloan, ich werde Ihre Security nicht abziehen. Sie können bis zum letzten Atemzug streiten, aber ich ändere meine Meinung nicht so leicht. Ob es Ihnen gefällt oder nicht, wir werden uns sehr nahe kommen, bis der Deal abgewickelt ist."

Empört stand ich auf. „Sie sind wirklich nicht gut darin, anderen zuzuhören, oder? Vor Freitagabend habe ich nicht einmal Ihren Namen gekannt. Stalking ist ein Verbrechen. Wenn Sie mich nicht in Ruhe lassen, werde ich die Polizei rufen."

„Nun", sagte er mit einem kleinen Lächeln. „Jetzt sind Sie nicht mehr nervös, oder? Ich mache Ihnen einen Vorschlag. Lassen Sie meine Männer für den Rest der Woche ein Auge auf Sie haben. Wir werden nächsten Freitag miteinander ausgehen, und ich werde Sie davon überzeugen, meinen Schutz zu akzeptieren. Wenn Sie ihn dann immer noch nicht wollen, lasse ich Sie in Ruhe."

Meine Augen verengten sich, und ich betrachtete ihn misstrauisch. „Wohin würden wir gehen?"

„Wenn ich Ihnen das sage, würde es nicht so viel Spaß machen, oder? Ich melde mich bei Ihnen." Seine Worte waren endgültig, so als wäre das Gespräch vorbei.

„Verdammt, ich habe nicht zugestimmt!"

„Das einzige Mal, wenn eine Frau profane Sprache verwenden sollte, ist, wenn sie Schmerzen oder Lust empfindet."

Seine Stimme war hart, und mir fiel die Kinnlade herunter. In einem Satz hatte er mich wütend gemacht und mich erregt, und ich hatte das Gefühl, der Bastard wusste es. „Fahren Sie zur Hölle", zischte ich. Ich drehte mich um und stürmte aus seinem Büro.

Erst als ich im Fahrstuhl war, konnte ich wieder leichter atmen. Obwohl ich das letzte Wort gehabt hatte, wusste ich, dass ich nicht gewonnen hatte. Er würde mich weiterhin verfolgen lassen.

Und ich würde gezwungen sein, ihn am Freitag wiederzusehen.

Es war schwer genug, ihm in seinem Büro nahe zu sein. Wie würde ich in einer intimeren Umgebung reagieren?

„Das ist alles ein paar Nummern zu groß für dich, Sloan", murmelte ich.

# KAPITEL SECHS

## Lucas

Als ich sie anrief, hatte ich sie darum gebeten, das grüne Kleid aus dem Club vom letzten Wochenende anzuziehen. Sie öffnete die Tür in Jeans und einem glitzernden Tanktop. Ich musste lächeln. Sie war völlig durcheinander.

„Wird das lange dauern? Ich muss morgen früh aufstehen", fragte sie, als sie ihre Handtasche ergriff. Wenn ich nicht den Blick in ihren Augen bemerkt hätte, hätte ich gedacht, dass sie gereizt war. Aber ihre Pupillen weiterten sich, sobald sie mich zu Gesicht bekam.

Sie mochte, was sie sah.

„Sie sind College-Studentin. Sie sollten Ihre Freitagabende genießen und den ganzen Samstag ausschlafen." Während sie mir den Rücken zuwandte, nahm ich mir einen Moment Zeit, sie zu betrachten. Trotz der lässigen Kleidung sah sie phänomenal aus. Das lange ärmellose Oberteil verbarg nicht ganz, wie gut ihr Hintern die Jeans ausgefüllt hatte, und einen kurzen Moment genoss ich die Phantasie, mit der Handfläche darüber zu streichen.

„Ich stehe kurz vor meinem Abschluss. Freitagabend habe ich keine Zeit zum Ausgehen, und samstags muss ich recherchieren", murmelte sie, als sie sich streckte. Als sie mich sah, zog sie ihr widerspenstiges Haar zurück und band es zusammen. „Wir sind uns einig, nicht wahr? Wenn ich mit Ihnen mitgehe, werden Sie mich in Ruhe lassen."

„Ist es das, was Sie wollen?"

„Ein einfaches Ja oder Nein würde reichen", fauchte sie.

„Ja. Wenn Sie heute Nacht wollen, dass ich meinen Schutz abziehe, werde ich Ihren Wünschen entsprechen. Aber wenn Sie gekidnappt werden, werde ich das Lösegeld nicht bezahlen."

„Gut. Ich hasse es, in Ihrer Schuld zu stehen." Sie funkelte mich an und winkte mit den Händen, um mich aus der Tür zu scheuchen.

„Warum mögen Sie mich nicht?", fragte ich, während ich beobachtete, wie sie die Tür verriegelte.

„Wegen Ihnen wurde ich fast entführt. Sie stalken mich. Sie sind unglaublich anmaßend, und Sie haben tatsächlich versucht, mein Outfit für heute Abend auszuwählen. Ich habe nur einmal mit Ihnen gesprochen. Nur weil Sie reich sind, bedeutet das nicht, dass Sie mein Leben kontrollieren können. Wollen Sie mir jetzt sagen, wohin wir gehen?"

Es gab nicht viele Leute, die so freimütig mit mir sprachen. Fremde sprachen ganz sicher nicht so mit mir. Frauen sprachen nicht so mit mir. „Nur zum Abendessen."

„Abendessen? Das ist ja auch überhaupt nicht vage." Sie steckte die Schlüssel in ihre Handtasche und drehte sich zu mir um. Der Mond badete sie in seinem Licht. Sie sah ätherisch aus. Viel zu rein für jemanden wie mich.

Aber davon würde ich mich nicht abhalten lassen. Ich war mir sicher, dass ich sie am Ende des Abends gekostet haben würde. Und wenn es wirklich gut lief, würde ich mehr kosten als nur ihren Mund.

Ihre Wohnung war klein, aber gut gepflegt. Ich legte meine Hand auf ihren Rücken, um sie zum Auto zu führen, wo Danny wartete. Ihre Muskeln strafften sich unter meiner Berührung, aber sie wandte sich nicht ab. Ich war versucht, ihr Oberteil hochzuschieben und ihre nackte Haut zu berühren, aber ich wusste, dass sie mich wegstoßen würde.

Wie angewiesen, sagte Danny nichts, als er die Tür öffnete. Sie dankte ihm höflich und glitt in die hinterste Ecke des Luxuswagens. Amüsiert hielt ich die Distanz, die sie zu brauchen schien.

Sie plauderte nervös während der kurzen Fahrt in die Stadt. Unser Ziel, das Wu Tong Shen, war nach den fünf chinesischen Gottheiten benannt, die Verlangen und Fleischeslust repräsentierten. Sie waren bekannt dafür, von schönen Frauen Besitz zu ergreifen und sie zu verschlingen.

Trotz seines Namens und seines Rufs hatte das Wu Tong Shen eine Reservierungsliste, die auf Monate ausgebucht war. Das Essen war ausgezeichnet, und die Unterhaltung verlockend. Das Restaurant bot für jeden Geschmack etwas. Konservativere Gäste konnten im ersten Stock ein normales Restaurant besuchen. Mutigere Menschen konnten die erotische Unterhaltung im zweiten Stock genießen, und diejenigen, die wie ich eine Dauereinladung hatten, konnten den privaten dritten Stock reservieren.

„Das Wu Tong Shen?", fragte sie erschrocken. „Ich weiß, dass das Essen gut ist, aber ich habe gehört, was dort im zweiten Stock geschieht."

„Wir werden nicht im zweiten Stock essen, mein kleines Mauerblümchen."

Ihre Augen flackerten bei dem Spitznamen auf, aber sie kommentierte ihn nicht. Wir gingen hinein, und sie schaute sich misstrauisch in dem Restaurant um. Es sah wie ein teures Fünf-Sterne-Restaurant aus. Weiße Tischtücher, flackernde Kerzen, silberne Tabletts und Kellner in formeller Kleidung. Sloan war völlig underdressed, und sie wusste es, sobald wir durch die Tür gingen.

„Mr. Montgomery", sagte die Empfangsdame herzlich. „Es ist immer ein Vergnügen, Sie zu sehen."

Sie war frisch und jung, aber sie durfte den ersten Stock nicht verlassen. Die Besitzer waren sehr streng mit den Regeln, weshalb der Betrieb hier reibungslos verlief. Als das Restaurant eröffnet hatte, war die Presse gekommen und hatte eifrig nach einem Skandal gesucht, aber sie war enttäuscht worden. Die gesetzlichen Anforderungen an einen Stripclub wurden hier noch übertroffen. Trinkgeld wurde gern angenommen, aber allein die Eintrittsgebühr, um nach oben zu kommen, war mehr als genug, um die örtlichen Unruhestifter fernzuhalten.

Wir hätten die Treppe zum dritten Stock nehmen können, aber die Empfangsdame führte uns stattdessen zum Aufzug. Sloan ging extra langsam, und ich schob sie sanft nach vorn. „Sie haben gesagt, dass wir nicht in den zweiten Stock gehen", sagte sie nervös, als die Türen sich schlossen.

„Das tun wir auch nicht." Ich lächelte, als sie unsicher auf ihre Unterlippe biss. Sie war so unschuldig. Ich wollte ihr diese Unschuld so sehr nehmen. Nur ein bisschen.

Die Tür öffnete sich zu einem Flur. Der dritte Stock war in vier geschlossene Räume unterteilt. Nur vier Reservierungen konnten die dritte Etage gleichzeitig nutzen, aber sie durften so lange bleiben wie sie wollten. Ich führte sie den Flur hinunter zu der letzten Tür auf der linken Seite. Als ich anklopfte, öffnete sich die Tür, und ein kleiner Essbereich wurde sichtbar.

Dunkle Ledersitzbänke säumten die Wände, und ein kleiner Tisch stand in der Mitte. Wie die Tische im ersten Stock, war er mit einem weißen Tischtuch bedeckt, aber ich hatte ausdrücklich verlangt, die Kerze zu entfernen.

„Sie haben hier einen eigenen Speisesaal?", fragte sie verwirrt, als sie sich umsah.

„Nicht ich speziell. Die vier Zimmer können gegen eine Gebühr von überprüften Personen gemietet werden."

„Warum müssen sie erst überprüft werden?"

„Diese Zimmer sind aus einem guten Grund privat", sagte ich vage. Sie blickte auf den Gentleman, der die Tür geöffnet hatte, und er lächelte nachsichtig und streckte den Arm aus. Ich erlaubte ihm, sie zum Tisch zu begleiten und ihren Stuhl zurechtzurücken. Sie schien es zu genießen.

„Ich muss sagen, das ist nicht das, was ich erwartet habe."

Ich nahm ebenfalls Platz, und der Gentleman wandte sich an mich. „Wen wünschen Sie heute Abend?"

„Sandra. Danke."

Er sah überrascht aus, nickte aber nur und verließ leise das Zimmer.

„Sie haben Ihre eigene Kellnerin?", fragte sie, als sie die Speisekarte aufklappte. „Das ist schrecklich schick."

Es war Zeit, ihr ein wenig von ihrer Unschuld zu nehmen. „Alle Frauen und Männer, die hier arbeiten, dienen der individuellen Zufriedenheit. Wenn man möchte, dass die Kellnerin einen nackt bedient, ist es erlaubt. Wenn man seine Mahlzeit von ihrem Körper essen will, ist es erlaubt. Und wenn man sehen will, wie sie sich während des Essens an bestimmten Aktivitäten beteiligt, ist es ebenfalls erlaubt."

Ihr klappte die Kinnlade herunter. „Das ist illegal", flüsterte sie.

„Die eine Sache, die man nicht tun darf, ist, die Kellnerinnen zu ficken oder sie zu bitten, einen zu befriedigen. Man darf sie bitten, einen nach ihrer Arbeit hier zu treffen, aber hier im Restaurant ist es nicht erlaubt. Hier geschieht nichts Illegales."

Sie bewegte sich unbehaglich auf ihrem Stuhl. Ich konnte sehen, dass es ihr peinlich war zu fragen, aber sie ließ schließlich ihre Neugier gewinnen. „Was für Aktivitäten könnten Sie verlangen?"

„Das Personal steht sich sehr nahe. Wenn man es möchte, berühren sie sich selbst oder einander, während man zusieht."

Das Blut wich aus ihrem Gesicht, und ihre Augen weiteten sich. „Ich glaube, ich wusste, dass so etwas beliebt ist, aber ich dachte nicht, dass es spezielle Orte dafür gibt."

„Ich glaube, es ist eine Voraussetzung für das Personal im dritten Stock, es zu genießen beobachtet zu werden. Sie stehen darauf", sagte ich leise.

„Wie oft haben Sie sich das schon angesehen?" Sie sah fast entsetzt bei der Frage aus und schüttelte schnell den Kopf. „Vergessen Sie es. Ich will es nicht wissen."

Ich lächelte nachsichtig. „Ich mag das Essen hier, und ich mag die Privatsphäre, die der dritte Stock bietet. Ich habe hier nie etwas Besonderes verlangt, aber wenn Sie neugierig sind, würde ich das gerne ändern."

„Nein", sagte sie schnell. „Ich glaube nicht, dass ich das will. Warum bringen Sie mich an einen solchen Ort?"

Von der Art, wie sie ihre Speisekarte umklammerte, wusste ich, dass es ihr hier ein wenig zu sehr gefallen könnte. Erregte es sie, anderen Leuten zuzusehen? Oder gefiel ihr der Gedanke, dass jemand sie beobachtete? „Ich habe es Ihnen schon gesagt. Ich mag das Essen und die Privatsphäre. Ich mag das Filet hier, aber wenn Sie Fisch mögen, ist die gefüllte Flunder göttlich."

„Wir sind nur hier, um zu essen und zu reden?"

„Enttäuscht Sie das?", fragte ich sie leise.

„Natürlich nicht."

Wir wussten beide, dass sie log.

# KAPITEL SIEBEN

### Sloan

**M**ein Körper sehnte sich danach, berührt zu werden. Hätte er mich in ein normales Restaurant gebracht, wäre ich immer noch von ihm erregt gewesen, aber der Gedanke, was gerade auf der anderen Seite der Wand passieren könnte, war fast zu viel für mich. Nur weil es nicht Prostitution war, bedeutete nicht, dass das hier kein Sexclub war.

Teuer, aber trotzdem ein Sexclub.

Sandra, die Kellnerin, die er angefordert hatte, bediente uns nicht nackt. Sie trug ein unglaublich enges Kleid, und sollte sie sich hinunterbeugen, würden wir zweifellos einen ausgezeichneten Blick auf einen Bereich bekommen, der privat bleiben sollte. Sie war attraktiv, ihre Stimme war verführerisch, und sie ließ Lucas nicht aus den Augen.

Ich konnte nicht einmal glauben, wie eifersüchtig es mich machte.

Ich kippte das Glas Rotwein vor mir herunter und versuchte, das Essen zu genießen. Es war wirklich köstlich, aber es verblasste im Vergleich zu dem anderen Hunger, der in mir wuchs. Ich war nie die

Art von Frau gewesen, die Fantasien über Fremde oder Sex in der Öffentlichkeit hatte, aber das stoppte nicht den Film wilder Phantasien, der weiterhin in meinem Kopf lief.

„Sie wollten mich überzeugen, warum ich Ihren Schutz brauche", erinnerte ich ihn, um mich abzulenken.

Er schwenkte sein Glas Whisky und schüttelte den Kopf. „Ich habe den Video-Feed der Überwachungskameras angesehen. Sie haben gekämpft, aber es gab nur eine Sache zu Ihren Gunsten. Sie waren auf dem Parkplatz eines überfüllten Clubs. Weil Sie nicht leicht aufgegeben haben, hatten die Entführer Angst, dass Sie zu viel Aufmerksamkeit auf sie ziehen. Sie bleiben oft bis spät in der Nacht in der Campus-Bibliothek. Was, wenn sie Sie um Mitternacht auf dem verlassenen Parkplatz erwischt hätten? Was, wenn sie Sie vor Ihrer Wohnung angegriffen hätten, während alle schliefen? Sie haben sich verteidigt, aber sie hätten Sie überwältigen können."

Der Gedanke war mir auch gekommen, aber ich wollte ihn nicht vertiefen. „Das erklärt nicht, warum ich Ihren Schutz brauche. Inzwischen wissen sie wahrscheinlich, dass wir nicht in einer Beziehung sind, und sind weitergezogen. Es wäre lächerlich, es erneut zu versuchen."

„Wäre es das?", fragte er leise. „Auch wenn wir uns damals nicht kannten, jetzt kennen wir uns. Ich habe keine Familie in der Gegend. Ich habe keine engen Freunde, die leicht zugänglich sind, und ich date nicht. Wenn sie beschließen würden, es erneut zu versuchen, ist die Ausrichtung auf Sie die einzige wirkliche Wahl. Diese Typen haben Sie in mein Leben gestoßen, und ich kann Sie nicht länger als Fremde bezeichnen. Es wäre keine Kleinigkeit für sie, eine Million Dollar für Sie zu verlangen. Das ist Kleingeld für mich. Ich würde es ohne einen zweiten Gedanken bezahlen."

Eine Million Dollar war Kleingeld für ihn? Ich fragte fast, wie viel Geld er hatte, entschied dann aber, dass ich es nicht wirklich wissen wollte. „Das alles geht davon aus, dass sie es noch einmal versuchen werden. Sie haben bereits versagt, und sie wissen, dass die Polizei ermittelt und ich beobachtet werde."

„Aber wenn Sie entscheiden, dass Sie meinen Schutz nicht

wollen, werden Sie nicht mehr beobachtet. Mein Security-Chef hat nachgeforscht. Die beiden Männer waren nicht zufällig da. Derselbe Lieferwagen ist mir tagelang gefolgt. Es ist durchaus möglich, dass sie versuchen würden, mich als Geisel zu nehmen und zu fordern, dass meine Firma für meine Rückkehr bezahlt, aber Sie waren ein viel einfacheres Ziel. Sie sind immer noch ein einfacheres Ziel. Sie haben zu viel Zeit und Mühe investiert, um nach einem misslungenen Versuch aufzugeben. Die Polizei hat keine Namen oder Identitäten. Sie werden ein anderes Fahrzeug nehmen und es erneut versuchen."

Schaudernd schob ich meinen Teller weg. Ich hatte plötzlich meinen Appetit verloren. So sehr ich es hasste, es zuzugeben, hatte er nicht unrecht. Es ergab keinen Sinn, dass sie mich gesehen hatten und mich spontan entführen wollten. Natürlich hatten sie etwas geplant. Es konnte kein Zufall sein.

Sandra kam herein und räumte unsere Teller ab. „Gibt es noch etwas, das Sie gerne genießen würden?", fragte sie verführerisch. Ich konnte nicht umhin, sie anzusehen. Ich weiß, ich war nicht wunderschön, aber ich war nicht unsichtbar.

„Sloan?", fragte er mit leiser Stimme. „Möchten Sie einen Nachtisch?"

Er meinte wahrscheinlich kein Stück Schokoladenkuchen. Errötend schüttelte ich den Kopf, und er lächelte Sandra an. „Dann etwas Privatsphäre. Vielen Dank für Ihre Dienste."

War es meine Einbildung oder knurrte sie mich mit ihren Augen an? Ich versuchte, den Blick zu erwidern, aber sie verdrehte nur die Augen und stolzierte aus dem Zimmer. „Ich glaube, sie war enttäuscht", sagte ich trocken. Ich schob meinen Stuhl zurück, faltete die Serviette und legte sie auf den Tisch.

Lucas stand ebenfalls auf. „Wollen wir irgendwo hingehen?"

„Das Essen ist vorbei", sagte ich verwirrt. „Ich dachte, wir wären fertig miteinander."

„Das sind wir nicht. Ich denke, dass ich nur deshalb dorthin gekommen bin, wo ich heute stehe, weil ich ein vorsichtiger Mensch bin. Ich bin nicht bereit, irgendwelche Risiken einzugehen." Er bewegte sich langsam um den Tisch herum, und ich war zwischen dem Drang zu fliehen und dem Drang, meine Position zu halten, hin- und hergerissen. „Ich habe die Mittel, Sie zu beschützen. Sie sollten das ausnutzen."

Er verringerte die Distanz zwischen uns. Als ich mich gegen den Tisch lehnte, legten sich seine Hände auf meine Hüften, und ich konnte nicht umhin, meine Hände auf seiner Brust zu platzieren. Ich konnte die Anziehung, die ich zu ihm spürte, nicht erklären, aber es schien, als wäre ich machtlos, ihn aufzuhalten. „Ist das das Einzige, was ich ausnutzen sollte?", fragte ich atemlos.

Grinsend ließ er seine Hände unter mein Oberteil gleiten und strich mit seinen Fingerspitzen über meine Haut. Seine Hände waren seltsam rau, und sie erweckten jeden Nerv in meinem Körper. Verlangen brannte heiß in meinem Bauch, und ich wölbte meinen Rücken.

„Weißt du, was ich dachte, als ich dich zum ersten Mal im Club 9 sah?", flüsterte er mir ins Ohr. Mein Kopf rollte zur Seite, als seine Finger meinen Bauch streichelten. Ein einzelner Finger wanderte unter den Hosenbund meiner Jeans, und ich stöhnte.

Scheiße. Jeder, der uns in diesem Augenblick sah, würde denken, dass ich bereit war, ihn direkt auf dem Tisch zu nehmen. Vielleicht war ich es.

„Ich wollte wissen, wie du klingst, wenn ich dich berühre. Ich wollte wissen, wo all deine empfindlichen Stellen sind. Ich wollte wissen, wie du auf meine Berührung reagieren würdest. Ich wollte meine Hand unter dein Kleid schieben und sehen, wie nass du warst."

Ich versuchte verzweifelt, in die Realität zurückzufinden, und stammelte vor mich hin. „Sie haben ... Ich meine, du hast nicht einmal gewusst, wer ich war." Sein Körper war warm und hart unter meiner Berührung. Ich wollte so mutig sein wie er. Ich wollte sein Hemd anheben und meine Lippen an seine Brust drücken.

„Das Wissen, wer du bist, ändert nichts daran, wie mein Schwanz auf dich reagiert", sagte er hart, als er mich vom Tisch zog. Ich hatte kaum Zeit zu reagieren, bevor er sich auf einen Stuhl setzte und mich über seinen Schoß zog. Als ich rittlings auf ihm saß, konnte ich nicht anders, als mein Zentrum gegen ihn zu stoßen. Wir waren beide voll bekleidet, aber ich brauchte verzweifelt Erleichterung.

„Sag mir, was du willst, Sloan. Ich nehme dich heute Abend so, wie du es willst. Ich ficke dich bewusstlos direkt auf diesem Tisch. Niemand wird uns stören." Er packte meine Haare und zog meinen Kopf zurück, damit er mit seinen Zähnen über meinen Hals streifen konnte.

Er hatte mich nicht einmal geküsst, aber ich gehörte bereits ihm. Jeder Knochen in meinem Körper schrie nach seiner Berührung, aber in der Mitte des sexuellen Dunstes, der uns umgab, ließ mich ein einziger Moment der Klarheit von seinem Körper zurückweichen. Ich war kein Spielzeug zu seiner Unterhaltung.

„Und wenn ich deinen Schutz nicht mehr brauche? Was passiert dann mit mir?"

Er runzelte die Stirn, aber er hörte nicht auf, mich zu berühren. Während er den Saum meines Tops noch höher schob, streifte er mit seinem Daumen über meinen BH. Meine Brustwarzen wurden sofort hart. „Was meinst du?", fragte er leise.

„Du weißt verdammt gut, was ich meine. Du setzt dein Geld und deinen Charme ein, um Frauen zu verführen, aber wie lange dauert es? Eine Nacht. Eine Woche? Vielleicht einen Monat, wenn sie Glück haben?"

„Sag mir, dass du mich nicht willst", befahl er, als er seine Finger in meine Seiten grub. „Sag mir, dass du nicht neugierig auf uns bist."

„Ich will dich. Mehr als ich jemals jemanden gewollt habe. So sehr, dass ich es selbst nicht verstehe, aber ich werde nicht nur ein Spielzeug für dich sein." Ich zog seine Hände weg und rutschte von seinem Schoß. Je mehr Abstand ich zwischen uns brachte, desto besser konnte ich klar denken.

„Ich verstehe", sagte er leise. „Du willst romantische Abendessen und teure Geschenke. Du willst mich deinen Freunden zeigen und in der Öffentlichkeit Händchenhalten."

„Ich möchte mit Respekt behandelt werden", sagte ich, als ich meine Finger zur Faust ballte. „Ich bin keine Hure. Ich werde dich nicht ficken, weil ich dankbar bin, dass du mich beschützen willst. Ich bin kein gottverdammtes Mädchen in Not!"

Er sagte nichts, aber seine Augen verhärteten sich, als sie über mich wanderten. „Ich lasse zwei Männer meiner Security ein Auge auf dich haben. Ich verspreche mehr Diskretion als letztes Mal", sagte er schließlich.

Damit hatte ich wohl meine Antwort. Ich war gut für ein schnelles Abenteuer, aber nicht mehr. „Vielen Dank. Ich weiß das zu schätzen. Wenn es dir nichts ausmacht, möchte ich jetzt nach Hause gehen."

Er nickte und stand auf, und ich stieß ein leises Seufzen der Erleichterung aus. Hätte er auch nur ein wenig gedrängt, wäre ich in seinen Armen geschmolzen.

Und ich hätte mich nicht einmal darum gekümmert, ob ich es später bereut hätte.

# KAPITEL ACHT

### Lucas

Am Montagmorgen fühlte ich mich wie gerädert. Sloan blieb das ganze Wochenende in meinem Kopf. Ich war nicht im Geringsten daran interessiert, eine andere Frau einzuladen, mein Bett zu wärmen. Zumindest hatte sie zugestimmt, meinen Schutz anzunehmen.

Ich umfasste meinen Kaffeebecher wie eine Rettungsleine, verließ den Aufzug und erwischte Torrence dabei, wie er eine ahnungslose Cecilia anstarrte. Sie war über den Schreibtisch gebeugt und durchwühlte ihre Papiere, während er den freien Blick auf ihr Dekolleté genoss. „Ist das wirklich der Beginn meiner Woche?", brummte ich, als ich mich an ihm vorbeischob.

„Du bist spät dran", rief er zurück, als er mir ins Büro folgte. Erschrocken sah Cecilia auf und errötete sofort. „Guten Morgen, Mr. Montgomery. Guten Morgen, Mr. Torrence."

„Ich dachte, ich hätte Ihnen gesagt, Sie sollen mich Drew nennen", sagte er mit einem leichten Lächeln.

„Torrence", sagte ich mit warnender Stimme. Er schenkte ihr ein letztes Lächeln und folgte mir in mein Büro. „Du solltest sie einfach nach einem Date fragen und mich von meinem Elend erlösen", brummte ich, als ich meine Aktentasche auf den Boden fallen ließ.

„Bist du heute Morgen mit dem falschen Fuß aufgestanden?", fragte er mit schmalen Augen. „Ich habe dir eine ausführliche Hintergrundüberprüfung von Sloan Whitlow gemailt. Keine roten Flaggen. Ich habe zwei Männer von außerhalb der Firma angeheuert, um ihr zu folgen. Sie waren früher beim Militär, also sollten sie sich gut tarnen können. Ich habe auch alle Konferenzräume durchsucht."

Ich erstarrte und sah ihn an. Ich hatte ihn nur gebeten, ein Zimmer zu überprüfen. Wenn er sie alle überprüft hatte, dann hatte er etwas gefunden. „Ich möchte Signalstörer überall auf dieser Etage installieren lassen. Vielleicht sogar in dem ganzen verdammten Gebäude. Diese Woche."

Torrence zuckte mit den Achseln und warf das kleine Gerät auf meinen Schreibtisch. „Die Wanze selbst ist ziemlich billig, und sie hat nicht viel Reichweite. Ich würde sagen, dass jemand nicht mehr als zwei Etagen von dem Zimmer entfernt sein durfte, um etwas zu hören."

Es erleichterte mich zu wissen, dass es vielleicht nicht die Vorstandsmitglieder gewesen waren, aber es bedeutete zugleich, dass im Grunde jeder in meinem Gebäude verdächtig war. Nur beim oberen Stockwerk war der Zugang beschränkt. Ich trank meinen Kaffee aus und wünschte mir verzweifelt, es befände sich etwas Stärkeres in dem Becher.

„Heure jeden an, den du brauchst, um dir dabei zu helfen, den Maulwurf zu finden. Ich möchte, dass diese Sache unter uns bleibt, aber ich möchte auch, dass er oder sie sofort gefunden wird."

„Wer auch immer die Wanze dort platziert hat, wird schon wissen, dass du sie gefunden hast. Wir werden ihn nicht überraschen", bemerkte Torrence. „Aber es wird leichter sein, ihn zu finden, wenn er nervös ist. Ich kenne ein paar Jungs, die helfen könnten."

„Jemand, der hier nicht auffällt, bitte. Deine Poker-Freunde sehen aus wie ehemalige Strafgefangene." Tatsächlich waren viele Kontakte von Torrence ehemalige Strafgefangene, aber einige waren Soldaten und ein wenig rau im Umgang.

Er nickte und starrte mich einen Augenblick an. „Glaubst du wirklich, ich sollte sie nach einem Date fragen?"

„Torrence, du bist ein erwachsener Mann. Bitte stelle mir diese Fragen nicht."

„Aber ..."

„Raus", knurrte ich. Ich wollte mich jetzt ganz sicher nicht mit irgendjemandes Liebesleben befassen. Als ich auf die Uhr an der Wand sah, knurrte ich. Ich hatte ein Meeting in fünf Minuten.

So viel zu meinem Plan, meinen Kaffee zu genießen und meine Gedanken zu ordnen. Ich griff nach meinem Notizbuch und meinem Kugelschreiber und versuchte, mich zusammenzureißen.

Die Marketing-Abteilung hatte einige neue Ideen zu Montgomerys neuer Campingausrüstungs-Produktlinie gesammelt. Ich hatte Galavant Supplies vor zwei Jahren erworben, aber ich versuchte erst jetzt ernsthaft, ihm meine volle Aufmerksamkeit zu geben. Die meisten Marketingideen wurden von Steinburg optimiert und genehmigt, bevor sie meinen Schreibtisch erreichten, aber ich liebte es, alle Abteilungen im Auge zu behalten und zu beurteilen, wie sie vorankamen und zusammenarbeiteten.

Walsh traf mich im Aufzug. „Guten Morgen, Mr. Montgomery", sagte er eifrig. „Ich habe Ihre Anzüge von der Reinigung abgeholt und Blumen zu Mrs. Addison für ihren Geburtstag geschickt."

Helen Addison war das einzige weibliche Mitglied des Vorstands, aber sie war auch das schrecklichste. Normalerweise achtete ich streng darauf, nie ihren Geburtstag zu vergessen, um sie nicht zu verärgern, aber dieses Jahr hatte ich es völlig vergessen.

„Danke", sagte ich grob zu Walsh. Er war nervig, aber zugegebenermaßen gut in seinem Job.

„Es gibt da noch eine letzte Sache", sagte er nervös. „Cecilia hat an diesem Wochenende eine Veranstaltung für Sie auf dem Plan, und ich habe mir die letzten Blog-Posts über Sie angeschaut."

Ich streckte meine Hand aus, um zu verhindern, dass die Aufzugtüren sich schlossen. „Leute bloggen über mich?"

„Oh ja. Menschen bekommen ihre Nachrichten heutzutage aus sozialen Medien. Wie auch immer, Sie haben in den letzten paar Monaten kein Date zu öffentlichen Terminen mitgebracht. Einige sagen, dass Sie eine wirkliche Beziehung verstecken. Einige spekulieren, dass Sie homosexuell sind, und ein paar fragen, ob Ihre jährliche Mitgliedschaft bei einem Escort-Service ausgelaufen ist."

Mit verengten Augen funkelte ich ihn an. „Wie bitte? All diese Gerüchte sind aufgetaucht, nur weil ich allein auf ein oder zwei Veranstaltungen war?"

„Sieben", sagte Walsh leise. „Sie sind allein auf sieben Events aufgetaucht. Vielleicht sollten Sie dieses Wochenende besser ein Date mitbringen."

Ich hatte keine Lust, mein Privatleben an den Launen der Medien auszurichten, aber eine Idee bildete sich in meinem Kopf. Je mehr ich darüber nachdachte, desto verruchter wurde sie. „Notieren Sie."

Er zog schnell sein Handy heraus und sah mich erwartungsvoll an.

„Ein grünes Kleid. Sexy, aber trotzdem angemessen für die Veranstaltung. Lassen Sie die Verkäuferin mich anrufen, wenn Sie im Laden sind, damit ich ihr die Maße geben kann. Ich brauche außerdem ein Dutzend rote Rosen."

„Sie werden ein Kleid für Ihr Date kaufen?"

„Ich werde es ihr unmöglich machen, die Einladung abzulehnen", sagte ich mit einem schlauen Lächeln. „Ich habe ein Meeting. Das ist jetzt Ihre oberste Priorität. Verstehen Sie?"

„Ja, Sir", sagte er und salutierte. Ich schnaubte, als die Türen sich zu schließen begannen. Kurz bevor sie sich ganz schlossen, stieß ich meine Aktentasche hinaus.

„Walsh!", rief ich.

„Ja, Sir?"

„Nehmen Sie Cecilia mit." Er antwortete nicht, und ich musste lächeln. Die beiden konnten sich nicht ausstehen, aber ich traute Walsh nicht zu, etwas auszuwählen, das nicht völlig schlampig aussah.

Das Marketing-Personal war bereits in dem Tagungsraum vierten

Stock zusammengekommen, als ich dort eintraf. Die Abteilung war
so groß, dass sie zehn Stockwerke umfasste und von acht verschiedenen Personen geleitet wurde. Ich hatte alles von Schiffsbau bis zur
Babyausstattung unter meinem Dach, und während jedes Unternehmen sein eigenes Marketingteam beibehielt, wusste ich gern,
dass meine eigenen Teams sie beaufsichtigten.

„Guten Morgen. Tut mir leid, dass ich zu spät bin", sagte ich, als
ich ins Zimmer ging. Der Stuhl am Kopfende des Tisches war leer,
und ich setzte mich schwerfällig darauf. „Ich bin nur hier, um zu
beobachten, also fahren Sie bitte fort, so als ob ich nicht anwesend
wäre."

Ich sagte das jedes Mal, aber ich bezweifelte, dass es irgendwelche Auswirkungen hatte. Ich bin sicher, das Meeting lief ganz
anders ab, wenn ich nicht da war.

Jemand schob eine Schachtel Donuts zu mir, und ich zögerte,
bevor ich mir einen mit Glasur nahm und mich zurücklehnte. Das
Meeting begann, und ich ließ meinen Stift ziellos über das Papier
wandern.

Natürlich suchte mein kleines Mauerblümchen nach Romantik.
Die meisten Frauen, die ich traf, wollten mehr, aber keine von ihnen
wagte es, mir jemals etwas darüber zu sagen. In der Tat konnte ich
mich nicht erinnern, wann mich eine Frau das letzte Mal abgewiesen
hatte.

„Die meisten Galavant-Produkte sind auf Männer ausgerichtet.
Tatsächlich haben sie in ihrer zehnjährigen Geschichte keine einzige
Frau in ihrer Werbung gehabt. Ich denke, es ist wichtig zu zeigen,
dass die Produkte robust genug für Männer und Frauen sind", sagte
die junge Frau nervös. Sie zeigte mit der Fernbedienung auf den Bildschirm an der Vorderseite des Raums und ein Bild erschien.

Es war eine schöne Frau, eindeutig ein Model, die mit einer
großen Tasche auf dem Rücken über einen Berg wanderte. Ihre
blonden Haare saßen perfekt, und ihr Gesicht war stark geschminkt.
Ich runzelte die Stirn. Ich konnte sehen, worauf ihre Idee abzielte,
aber es war alles falsch.

„Sie ist zu hübsch", sagte ich laut. „Die Durchschnittsfrau, die campen geht, wird bei diesem Bild die Nase rümpfen. Sie will jemanden, der nicht so zurechtgemacht ist. Jemanden, den es nicht kümmert, wenn die Frisur nicht perfekt ist. Jemanden, der sich keine Gedanken um Make-up macht. Sie ist nicht da, um andere zu beeindrucken. Sie ist da, um die Natur zu genießen. Sie sucht Ruhe und nicht die Zustimmung der Gesellschaft."

Es war das erste Mal, dass ich jemals einen Vorschlag bei einem der Meetings gemacht hatte, und Stille fiel über den Raum. Ich bemitleidete die arme junge Frau. „Es ist ein gutes Konzept. Ich möchte gleichermaßen an beide Geschlechter vermarkten, aber wir verkaufen nicht Glamour. Wir verkaufen Ausrüstung. Die Idee ist ausgezeichnet. Sie brauchen nur ein neues Model. Jemanden mit langen und widerspenstigen Locken. Jemanden mit weicher Haut, aber mutigen Augen. Ein echtes Lächeln. Nicht übermäßig dünn und keine Silikonbrüste. Eine echte Frau."

„Das ist sehr spezifisch", sagte sie nervös. „Ich beginne sofort."

Es war spezifisch. Zu spezifisch. Verärgert darüber, dass ich mich von Sloan von der Arbeit ablenken ließ, nickte ich, um sie zu ermutigen fortzufahren. Wenn es eine Sache gab, auf die ich stolz war, dann war es mein Fokus auf den Job.

Heute dachte ich an ihre seidige Haut. Die Art, wie sie sich mir entgegengewölbt hatte. Den Blick in ihren Augen, als sie sich gegen meinen harten Schwanz rieb.

Während das Meeting sich hinzog, nahm ich mein Handy und las die E-Mail durch, die Torrence mir über Sloan geschickt hatte.

Beide Eltern lebten noch und wohnten in Washington. Ihre Mutter war Lehrerin, und ihr Vater war Ingenieur. Sie hatte keine Geschwister. Sie hatte als Klassenbeste die High-School abgeschlossen, und ihre Professoren im Grundstudium hatten ihr begeisterte Empfehlungen für das Graduiertenprogramm ausgestellt. Torrence hatte nicht unrecht. Es gab nicht nur keine roten Flaggen, sie hatte noch nicht einmal in ihrem Leben einen Strafzettel bekommen.

Sie lebte seit zwei Jahren bei Randi Jones. Es gab nur eine bekannte Beziehung. Victor Willis.

Ich machte mir eine Notiz, diesen Victor Willis zu überprüfen, und versuchte nicht einmal, mich selbst davon zu überzeugen, dass es für den Fall war. Ich wollte nur wissen, wie er war.

Ich wollte sehen, zu wem Sloan Whitlow Ja gesagt hatte.

# KAPITEL NEUN

## Sloan

Meine Augen glitten über das Papier, als ich in Gedanken zu proben versuchte, was ich zu Professor Elliot sagen wollte. Ich hatte in einer Stunde einen Termin bei ihm, und wenn ich ihn nicht dazu bringen konnte, meine Diplomarbeit zu genehmigen, würde ich noch weiter zurückfallen. Ich musste jetzt schon genug Zeit aufholen.

Ich griff nach dem Müsli, aber die Schachtel rutschte über die Theke. Stirnrunzelnd blickte ich auf, um zu sehen, wie Randi sie hochhielt. „Kein Frühstück, bis du mir sagst, was mit deinem Date am Freitagabend passiert ist. Du hast das ganze Wochenende damit verbracht, mich zu meiden."

„Ich habe das ganze Wochenende in der Bibliothek verbracht. Und es war kein Date."

„Wenn Lucas Montgomery dich an einem Freitagabend ausführt, ist es ein Date. Ich kann nicht glauben, dass du keine große Sache daraus machst. Er ist der heißeste Junggeselle in der ganzen Stadt, und er datet sonst keine Frauen. Bitte sag mir, dass du mit ihm eine heiße Nacht verbracht hast. Und dann gib mir die Details."

„Randi!", rief ich, als ich mir die Müslischachtel schnappte. „Natürlich nicht!" Obwohl ich noch nicht sicher war, wie ich es geschafft hatte, von ihm wegzugehen. Jedes Mal, wenn ich die Augen schloss, spürte ich seine Hände auf mir. „Er hat mich einfach zum Abendessen eingeladen, um mich zu überzeugen, dass ich seinen Schutz brauche."

„Du siehst mich nicht an. Wenn du mich nicht ansiehst, dann ist es, weil du lügst. Was sagst du mir nicht?" Sie verengte die Augen und starrte mich an. Ich spürte, wie ich rot wurde, und sie keuchte. „Du dreckiges kleines Luder. Du hast etwas Skandalöses mit ihm gemacht! Details."

Ich kippte das Müsli in meine Schale und schüttelte den Kopf. „Es gibt nicht viel zu erzählen. Er machte deutlich, dass er mich will, aber du hast es selbst gesagt: Er datet nicht. Er fickt eine Frau für kurze Zeit und geht dann zur nächsten über. Ich habe kein Interesse an einer Affäre."

„Du hast kein Interesse an einer Affäre, weil du noch nie eine Affäre gehabt hast", sagte sie mit einem schlauen Lächeln.

Ich verdrehte die Augen und holte die Milch aus dem Kühlschrank. „Ich habe auch noch nie Heroin genommen. Das ist kein Argument." Nach einem Bissen von meinem Müsli spuckte ich es sofort aus. Der ranzige Geschmack der verdorbenen Milch ließ meine Augen tränen, und ich drehte sofort den Wasserhahn auf und hielt meinen Kopf darunter, um den Geschmack auszuspülen.

„Meine Güte", zischte ich, als mein Würgereflex endlich nachließ. „Wann sind wir das letzte Mal in den Supermarkt gegangen?"

„Du hättest dieses Wochenende gehen sollen", meinte sie grinsend. „Aber du warst zu beschäftigt damit, dich vor mir zu verstecken."

„Zum letzten Mal: Ich habe mich nicht vor dir versteckt. Ich war beschäftigt."

„Sicher. Beschäftigt. Wie willst du eine Beziehung mit jemanden haben, wenn du nicht einmal daran denken kannst, Milch zu kaufen?"

„Umso mehr Grund, mich von Lucas Montgomery fernzuhalten", murmelte ich, aber ich wusste schon, was sie sagen würde.

„Umso mehr Grund, heißen und schmutzigen Sex mit einem heißen und schmutzigen Mann zu genießen. Es wird dir helfen, dich zu entspannen. Es könnte dir sogar dabei helfen, dich ein wenig besser zu fokussieren."

Ich packte meine Diplomarbeit und schob sie in meine Tasche. Wenn ich mich beeilte, konnte ich mir vor dem Termin noch einen Bagel im Café kaufen. „Und woher weißt du, dass er heiß und schmutzig ist?"

„Bitte", schnaubte sie. „Wer diesen Mann ansieht, kann sehen, dass er weiß, was er im Bett macht. Wenn du ihn nicht willst, hole ich ihn mir."

„Nur zu." Wir wussten beide, dass es eine leere Drohung war. Wenn es eine Person gab, auf die ich mich immer verlassen konnte, war es Randi Jones. „Ich muss los. Wir werden nicht mehr darüber reden."

„Es ist, als würdest du mich nicht kennen", rief sie, als ich aus der Wohnung floh.

Wie üblich suchte ich den Parkplatz nach Anzeichen auf Lucas' Männer ab, aber wenn er mich noch verfolgen ließ, waren sie viel besser als die erste Einheit.

Der Campus war noch ziemlich leer, und ich bekam einen Parkplatz vor dem Büro von Professor Elliot. Es war gerade noch genug Zeit, mir einen Bagel und eine Tasse Kaffee am Kiosk zu kaufen. Ich aß schnell den Bagel und betrat sein Büro atemlos und mit vollem Mund.

„Ms. Whitlow. Guten Morgen."

Ich schluckte und lächelte. „Guten Morgen, Professor Elliot. Tut mir leid wegen des Bagels. Verdorbene Milch."

Er runzelte die Stirn. „Ich habe keine Ahnung, was das bedeutet. Bitte nehmen Sie Platz. Ich nehme an, dass Sie mir etwas zu zeigen haben?"

Als ich nach der Diplomarbeit in meiner Tasche griff, fiel mir der Riemen über die Schulter. Ich versuchte, ihn zu packen, und schüttete meinen Kaffee über mich. „Scheiße." Ich schloss schnell den Mund und wurde feuerrot. Es war nicht gerade angemessen, vor meinem Betreuer zu fluchen. „Es tut mir so leid."

„Schon in Ordnung. Sie haben es diesen Monat nicht leicht gehabt. Warum gehen Sie nicht ins Badezimmer und machen sich frisch, während ich mir ihre Diplomarbeit ansehe?"

Zum Glück war meine Diplomarbeit nicht vom Kaffee durchtränkt. „Vielen Dank, Professor Elliot. In einer Minute bin ich wieder zurück." Ich ließ meine Tasche zurück und eilte den Flur hinunter zur Toilette. Der Professor war so geduldig mit mir gewesen, und ich verhielt mich in seinem Büro wie eine tollpatschige Idiotin.

Wenigstens war er nicht nachtragend.

Ich hielt einige Papiertaschentücher unter das fließende Wasser des Waschbeckens und versuchte, den Fleck auf meinem roten Oberteil wegzutupfen. Der Großteil des Kaffees war auf meiner Brust gelandet, und ich hatte Glück gehabt, dass er nicht brühend heiß war.

Woher weiß er, dass ich es diesen Monat nicht leicht gehabt habe?

Ich erstarrte und sah mein Spiegelbild an. Eine Sekunde lang wurde mir jedes Geräusch im Badezimmer bewusst. Die Spülung der Herrentoilette auf der anderen Seite der Wand. Die Schritte der Leute, die durch die Tür eilten. Mein Herz schlug laut in meiner Brust.

„Er redet nur über deine Diplomarbeit", beruhigte ich mich. Was zur Hölle war mit mir los? Ich verbannte die Bedrohung auf mein Leben entweder ganz aus meinem Kopf, oder ich verdächtigte jeden, der an mir vorbeiging. Es schien keinen vernünftigen Mittelweg zu geben.

Wütend warf ich meine Papiertaschentücher in den Mülleimer, riss die Tür auf und schaute den leeren Flur hinunter. „Das ist alles seine Schuld", sagte ich zu den Männern, von denen ich wusste, dass sie sich irgendwo in der Nähe tarnten. „Wenn er nicht wäre, könnte ich mich auf mein Studium konzentrieren. Ich würde niemanden in meiner Nähe verdächtigen. Ich würde bei meiner Diplomarbeit nicht wochenlang zurückliegen."

Ein großer Mann kam um die Ecke und lehnte sich an die Wand. Er sah mich kühl an, und es fiel mir nur ein einziges Wort ein, als ich ihn sah. Gefahr. „Haben Sie einen Grund, Ihren Professor zu verdächtigen?", fragte er leise.

„Nein", zischte ich. „Ich habe keinen Grund, jemanden zu verdächtigen. Ich wünschte nur, dass derjenige, der mich bedroht, endlich aktiv wird, damit ich wieder in mein normales Leben zurückkehren kann. Ich bin Studentin. Ich hechle nicht lächerlich reichen Playboys hinterher. Ich werde nicht von Verrückten gekidnappt, und ich werde ganz sicher nicht von Leuten wie Ihnen überwacht!"

Anstatt auf meine wütenden Worte zu reagieren, trat er einfach zurück und verschwand wieder um die Ecke. Als ich allein war, schloss ich die Augen.

Sag mir, was du willst, Sloan. Ich nehme dich heute Abend so, wie du es willst. Ich ficke dich bewusstlos direkt auf diesem Tisch. Niemand wird uns stören.

Lucas' Versprechen schien mich nie zu verlassen. Selbst wütend, paranoid und allein, reagierte mein Körper noch immer auf die Erinnerung an seine Berührung, an seinen heißen Atem in meinen Ohren, an seine Augen, die fest in meine blickten.

„Ich bin nicht so eine Frau", flüsterte ich in den leeren Flur, aber es gab niemanden zu überzeugen, außer mich selbst.

## KAPITEL ZEHN

### Sloan

Als mein Tag zu Ende war, brauchte ich dringend einen Drink. Ich schleppte mich aus dem Auto, rieb mir die Schläfen und winkte halbherzig einem Paar zu, das mit seinem Hund spazieren ging.

Vor meiner Tür stand eine große Schachtel. Stirnrunzelnd suchte ich den Adressaufkleber der Post. Es gab keinen, aber mein Name war auf die Vorderseite gekritzelt. Die Schachtel war nicht schwer. Ich öffnete die Tür und schob sie mit meinem Fuß hinein.

Als ich sie auf dem Küchentisch absetzte, trat ich zurück und starrte sie an. Eine Schachtel von einem Unbekannten an meiner Tür? Das klang wie ein ausgezeichneter Grund, die Polizei anzurufen, aber vielleicht war das auch nur so, weil ich zu viele Krimiserien schaute.

Mit einer Schere schnitt ich langsam das Paketband durch. „Bitte kein abgetrennter Kopf. Bitte kein abgetrennter Kopf", murmelte ich, als ich vorsichtig hineinspähte.

Statt eines blutigen Horroszenariums fand ich zwei weitere

Schachteln. Eine lange schmale Schachtel von Lottes Florist und eine größere Schachtel von Goddards Women's Boutique.

Ich öffnete zuerst die Schachtel des Blumenladens und keuchte auf. Im Inneren befanden sich ein Dutzend langstielige roten Rosen mit einer Nachricht. „Ich würde Ihre Gesellschaft bei der Harrison-Belle Gala heute Abend sehr schätzen."

Es gab keine Unterschrift, aber ich wusste auch so, von wem die Nachricht stammte. Ich war nicht immer auf dem Laufenden, was aktuelle Ereignisse betraf, aber ich wusste von der Harrison-Belle Gala. Es war eine jährliche Veranstaltung, wo die Reichen zusammenkamen und riesige Geldbeträge an eine Wohltätigkeitsorganisation ihrer Wahl spendeten. Die Familien Harrison und Belle hatten beide Kinder an Krebs verloren und veranstalteten dieses Event jedes Jahr. Die Kinderkrebsstiftung war immer der Headliner, aber zu der Gala waren auch vier weitere Wohltätigkeitsorganisationen eingeladen. Die einzige mir bekannte Person, die reich genug war, um eine Einladung zu der Gala zu bekommen, war Lucas Montgomery.

War das eine Entschuldigung? Meine Hände kribbelten erwartungsvoll, als ich die andere Schachtel öffnete. In ihrem Inneren lag ein in Seidenpapier gewickeltes, wunderschön grünschimmerndes Kleid. Ich hielt es vorsichtig an den Trägern nach oben und schnappte nach Luft, als die prächtige Robe bis zum Boden reichte.

„So viel dazu, dass ich nichts anzuziehen habe", flüsterte ich.

Es gab viele Gründe, warum ich die Einladung ablehnen sollte. Ich hatte heute Abend Arbeit zu erledigen. Ich hatte am nächsten Morgen Unterricht. Jede Art von Presse mit mir an Lucas' Arm wäre schlecht. Einfach in der Nähe von Lucas zu sein war schlecht.

Aber er hatte mir ein schönes, teures Kleid gekauft. Und Rosen. Wie könnte ich da Nein sagen?

Ich will ihn einfach wiedersehen.

Ich schob den Vorwurf beiseite und griff nach meinem Handy. „Sloan", antwortete er mit leiser Stimme. „Ich nehme an, dass du meine Einladung bekommen hast?"

„Ich glaube, das war ein teures Geschenk", sagte ich lächelnd.

„Du scheinst eine Affinität zu Jeans und T-Shirts zu haben. Ich war nicht sicher, ob du etwas Passendes anzuziehen hast."

„Und die Blumen?"

Es gab eine Pause. „Ich dachte, es wäre höflich", sagte er leise.

Das war nicht die Antwort, die ich gesucht hatte. „Warum willst du mich mitnehmen?"

„Ich hole dich um sieben ab", sagte er, ohne meine Frage zu beantworten. Er legte auf, bevor ich etwas sagen konnte, und ich konnte nicht anders als lächeln.

War es möglich, dass Lucas Montgomery mich mochte?

Mir war fast schwindelig, als ich den Hörer auflegte und das Kleid vor mich hielt. Es waren nur ein paar Stunden bis sieben. Ich brauchte normalerweise nicht lange, um mich fertig zu machen, aber ich musste unbedingt noch etwas für meinen Kinderliteratur-Kurs tun.

Lucas Montgomery wollte mit mir auf ein Date gehen. Vielleicht wendete sich mein Glück endlich zum Besseren.


ER HATTE EIN KLEID GEFUNDEN, das dem ähnlich war, das ich an Randis Geburtstag getragen hatte. Es war vorn tief ausgeschnitten, rückenfrei und fiel mit einem langen Schlitz auf der Seite bis zu meinen Knöcheln.

Ich weiß nicht, wie er es geschafft hatte, aber es passte einfach perfekt zu all meinen Kurven.

Als ich fertig damit war, meine Locken hochzustecken und ein wenig Makeup aufzutragen, starrte ich mich im Spiegel an. Ich hätte sogar als hübsch durchgehen können. Schließlich zog ich dieselben High Heels an, die ich an Randis Geburtstag von ihr geliehen hatte.

Es klopfte an der Tür, und ich atmete tief ein. „Also los", flüsterte ich.

Auf der anderen Seite der Tür sah Lucas Montgomery absolut makellos in einem schwarzen Smoking aus. Mein Mund wurde trocken, als ich ihn anstarrte. Mit seinem Dreitagebart und seinen intensiven Augen sah er aus wie eine hübsch verpackte Sünde.

„Du siehst gut aus", sagte er steif, aber als er seine Augen über mich wandern ließ, fühlte ich mich fast völlig nackt. Entblößt.

„Du siehst auch gut aus." Zumindest brach meine Stimme diesmal nicht. Ich packte meine Clutch, trat hinaus und schloss die Tür hinter mir ab. Anstatt eines seiner teuren Autos, wartete eine Limousine auf dem Parkplatz auf uns.

„So hätte mein Abschlussball sein sollen", sagte ich ohne nachzudenken.

„Wie bitte?"

„Das hübsche Kleid und die Limousine", sagte ich hastig. „Ich versuche nicht, das hier abzuwerten, aber es ist das einzige andere formale Ereignis, das ich je erlebt habe."

„Und wie genau war dein Abschlussball?"

Ich knirschte mit den Zähnen. Es war acht Jahre her, und sollte mich nicht mehr darüber aufregen. „Ich hatte keinen. Mein Date hat mich versetzt", murmelte ich. Dustin Wheeler. Er war einer der am besten aussehenden Jungs an der Schule gewesen, und ich war sprachlos gewesen, als er mich gefragt hatte, ob ich mit ihm zum Ball gehen wollte. In der High-School war ich ein Niemand gewesen. Ich war der Bücherwurm mit dem krausen Haar. Ich hätte nur noch eine unmodische Brille gebraucht, um das Klischee zu vervollständigen.

Und den schönen Footballer, der mich demütigte. Dieser Teil war tatsächlich passiert.

„Das ist kein High-School-Abschlussball, Sloan", sagte er, als der Fahrer die Tür öffnete.

„Natürlich nicht. Vergiss, dass ich es gesagt habe." Ich errötete und schlüpfe in den Wagen. Ich klang wie eine komplette Idiotin. „Sag mir, was zu erwarten ist."

„Bei der Gala?" Er setzte sich zu mir und legte seinen Arm auf den Sitz hinter meinem Kopf. Es gab leere Sitze entlang der anderen Seite der Limousine, direkt hinter dem Fahrersitz und auf der Rückseite. Viel Platz, um sich auszubreiten, aber sein Schenkel drückte gegen meinen. Alles, was er tun musste, war, seine Hand einen Zentimeter zu bewegen, und er würde mich berühren. Stattdessen schien er völlig entspannt und sich gar nicht bewusst zu sein, wie heiß mein

Körper wurde. „Die Absicht hinter der Wohltätigkeitsgala war edel, und die Harrisons und Belles bemühen sich darum, dass es so bleibt, aber die meisten Gäste gehen nicht dorthin, um etwas Wohltätiges zu tun. Es geht nur um Politik und Selbstdarstellung. Aber wenn die Leute versuchen, andere damit zu beeindrucken, wie viel sie spenden können, gewinnen die Wohltätigkeitsorganisationen."

„Du klingst, als würdest du das nicht gut finden."

„Ich wäre nicht einmal hingegangen, wenn meine Vorstandsmitglieder nicht wären. Sie verlangen, dass ich jedes Jahr bestimmte Auftritte absolviere. Da ich in den vergangenen Monaten auf allen Events solo erschienen bin, wurde mir mitgeteilt, dass ein Date gut für meinen Ruf wäre."

Seine Stimme war lässig und unbekümmert, und ich fühlte, wie mein Herz sank. Natürlich hatte das alles mit seinem Auftreten und nichts mit mir zu tun. Er wusste wahrscheinlich, dass ich so einfach zu manipulieren wäre.

„Ich verstehe", sagte ich kalt. Ich dachte daran, mich auf einen anderen Platz zu setzen, aber ich wollte nicht, dass es offensichtlich war, dass meine Gefühle verletzt worden waren.

„Du bist verärgert." Er bewegte seine Hand und streichelte mit dem Daumen meinen Nacken. Ich wusste, dass es mich ablenken sollte, aber ich konnte nicht anders, als unter seiner Berührung nachgiebig zu werden.

„Schon gut. Weißt du, wie lange es dauern wird? Ich habe morgen früh Unterricht." Ich beugte mich nach unten, um mich von seinen Fingern zu entfernen, aber er nutzte meine Bewegung einfach dazu, um mit dem Finger über meine Wirbelsäule zu streichen. Ich konnte nicht anders, als leise zu stöhnen. „Verdammt", murmelte ich. „Warum machst du das?"

„Was?" Sein Finger glitt unter den Stoff meines Kleides, und ich richtete mich sofort auf und räusperte mich.

„Mich berühren, wenn ich wütend bin", fauchte ich, als ich von ihm abrückte. Jedes Mal, wenn er in meiner Nähe war, verließ mich alle Logik.

„Soll ich aufhören, dich zu berühren?"

Nein. Ja. Fuck. „Ich kann nicht denken, wenn du mich berührst", sagte ich lahm.

„Du sollst nicht denken, Sloan. Du solltest fühlen. Ich habe Hintergedanken heute Abend, und du solltest dir dessen sehr bewusst sein."

Mein Herz flatterte. „Was für Hintergedanken?", flüsterte ich.

Er beugte sich herab und küsste meine nackte Schulter. Meine Augen schlossen sich, als seine Hand unter den Stoff des Kleides glitt, um die Seite meiner Brust zu berühren. „Du hast keinen BH an."

Nur noch ein bisschen mehr. Ich war fast bereit, darum zu betteln. Nur ein bisschen mehr, und er würde endlich meine harte Brustwarze erreichen. „Es ist nicht die Art von Kleid, zu dem man einen BH trägt." Ich drehte mein Gesicht zu ihm und hoffte verzweifelt, dass er mich küssen würde. Meine Lippen brannten für ihn, und obwohl er bereits meinen Körper in Brand gesetzt hatte, hatte er mich immer noch nicht von sich kosten lassen.

Er zog seine Hand weg, und ich stöhnte frustriert. Grinsend schob er einen Finger den Schlitz meines Kleides hoch. „Ist es die Art von Kleid, unter dem man ein Höschen trägt?"

Nein. „Das weiß nur ich", sagte ich, als ich meine Lippen leckte. Ich wusste, dass ich mit dem Feuer spielte. Wir wussten es beide. Vor ein paar Tagen hatte ich ihm gesagt, dass ich nicht sein Spielzeug sein würde, und hier war ich, kurz davor, darum zu betteln, benutzt zu werden.

„Schon gut. Ich habe die feste Absicht, es selbst herauszufinden, bevor die Nacht vorbei ist."

„Lucas!"

„Nicht. Wenn der Abend vorbei ist und du willst, dass ich dich nach Hause bringe, werde ich das tun. Aber ich glaube, du wirst deine Neugier befriedigen wollen."

Er fuhr fort, meinen nackten Oberschenkel zu streicheln, und ich wurde mit jeder Sekunde feuchter. „Neugier?"

„Wie oft kann ich dich wohl in einer Nacht kommen lassen?", flüsterte er mir ins Ohr. „Mit meinen Fingern. Mit meiner Zunge. Mit meinem Schwanz."

Fuck. Ich war so bereit, es herauszufinden. Ich wollte es sofort herausfinden, aber der Wagen hielt an. Er richtete sich sofort auf und schenkte mir ein verwegenes Lächeln. „Wir sind da."

Mit einem tiefen Atemzug versuchte ich, mich zu sammeln, aber egal, wie sehr ich an meinem Kleid herumzupfte – das Verlangen in mir wollte nicht verschwinden. Ich wusste, dass ich nicht in der Lage sein würde, ihn für immer auf Abstand zu halten.

# KAPITEL ELF

### Sloan

Politiker. Berühmtheiten. Geschäftsmagnaten. Meine Augen weiteten sich, als ich alles in mich aufnahm. Die Kellner bewegten sich mit silbernen Tabletts voller Champagner, Martinis und Wein durch die Menge. Alle Anwesenden lachten und unterhielten sich, aber nichts davon sah aufrichtig aus.

„Es ist hübsch", sagte ich lahm. Es war keine Lüge. Jemand hatte eine Menge Geld in die Dekoration investiert. Die an der Wand aufgereihten Tische waren in weiße Tischdecken mit goldener Stickerei gehüllt. Jeden von ihnen zierte eine hohe Kerze, die mehrere kleinere Kerzen in Windlichtern umgaben. Lichter schwebten über den großen Vorhang, der von der Decke bis zum Boden hing, und inmitten der Gästetische befand sich ein Champagnerbrunnen.

„Hübsch?", fragte er mit einem frechen Lächeln. „Das sind Tausende von Dollars an Dekoration, und alles, was dir einfällt ist hübsch?"

„Für diejenigen von uns, die noch nie Tausende von Dollars an Dekoration gesehen haben, ist es hübsch." Ich richtete mich auf.

„Glaubst du, dass das dort Chris Pine ist?" Ich war schon lange ein Fan von Chris Pine.

Er verdrehte die Augen und führte mich in die Menge. Wir konnten kaum ein paar Schritte gehen, bevor jemand ihn aufhielt, um mit ihm zu sprechen. Alle Augen schienen auf mir zu landen, aber niemand fragte mich nach meinem Namen.

Vielleicht wussten sie, dass ich nicht wichtig war. Sein Griff wurde nie schwächer, aber als die Zeit verstrich, erkannte ich, dass ich nicht mehr als eine Dekoration an seinem Arm war.

„Montgomery! Was hat es damit auf sich, dass Sie angeblich in Boston Immobilien kaufen?", sagte ein Mann mit Bierbauch, als er seine Hand ausstreckte.

Ich spürte, wie Lucas sich anspannte, bevor er sie schüttelte. „Jackson. Ich habe keine Immobilien in Boston gekauft", sagte er mit einem gezwungenen Lächeln. „Aber ich habe den Artikel gesehen. Ich schätze, jemand hat voreilige Schlüsse gezogen. Ich bin ziemlich konzentriert auf das Japan-Projekt."

„Ich verstehe", sagte er skeptisch. Seine Augen fielen auf mich, und ich entschied, dass es reichte. „Hallo. Ich bin Sloan Whitlow", sagte ich und streckte meine Hand aus.

Lucas sah mich scharf an, aber der Mann lächelte nur und nahm meine Hand. Seine Lippen streiften über meine Knöchel und verweilten ein wenig zu lange dort. „Daniel Jackson, zu Ihren Diensten. Ich besitze die Surf and Sand Resorts."

„Das ist beeindruckend. Ich bin Studentin."

Er brüllte vor Lachen und ließ meine Hand fallen. „Studentin? Das ist interessant."

Lucas führte mich weg, und ich schaute verwirrt zurück. „Warum ist das lustig?"

„Mach dir keine Sorgen. Möchtest du Champagner? Ich sehe jemanden, mit dem ich sprechen muss, aber du kannst dir gerne etwas zu essen oder zu trinken holen. Verlasse einfach nicht das Hotel. Ich habe den Security-Männern, die dir sonst folgen, die Nacht freigegeben, da du bei mir bist."

Mein Magen knurrte, und ich erkannte, dass ich ein wenig

hungrig war. „Ich werde wahrscheinlich nur etwas essen und mit den Leuten an den Ständen der Wohltätigkeitsorganisationen reden. Sie sehen aus, als ob sie eher auf einer Wellenlänge mit mir sind."

Er nickte kurz, aber seine Augen durchsuchten die Menge. „Suche dir deine Lieblingsorganisation aus. Ich werde etwas an sie spenden."

„Was? Ich glaube nicht, dass das so funktioniert, Lucas. Du solltest deine eigene Wahl treffen. Es ist nicht mein Geld."

„Sie sind mir alle gleich", sagte er. „Ich bin in einer Minute zurück."

Verblüfft sah ich ihn weggehen. Sie waren ihm alle gleich? Das war kalt.

Ich schlang meine Arme um mich und ging durch die Menge, bis ich an der Animal Rescue Foundation anhielt. Ich nahm zwei kleine Sandwiches von einem Tablett und bot dem Mann hinter dem Stand eins an. „Hungrig?"

Ein Lächeln breitete sich über sein Gesicht aus, als er das Sandwich nahm. „Ich bin am Verhungern. Vielen Dank. Die meisten Gäste hier haben nicht viel Aufmerksamkeit für uns."

„Wie meinen Sie das? Sind Sie nicht hier, um über Ihre Organisation zu sprechen? „

„Das bin ich. Ich habe eine ganze Rede geplant, aber niemand fragt überhaupt, was genau wir eigentlich tun. Sie geben mir ihre Kreditkarten und unterschreiben, wenn ich sie durch das Lesegerät gezogen habe. Das ist alles."

Ich musterte ihn. Er war etwa so alt wie ich, und obwohl er in einen Anzug gekleidet war, fühlte er sich eindeutig unwohl darin. Endlich jemand, mit dem ich etwas gemeinsam hatte. „Nun, ich bin Sloan Whitlow. Leider habe ich kein Geld, das ich Ihnen geben kann, aber mein Date sagte mir, dass er für die Organisation meiner Wahl spenden würde. Also halten Sie bitte Ihre Rede für mich."

Er lachte und reichte mir eine Broschüre. „Gerne. Die Animal Rescue Foundation ist ein 100t Hektar großer Zufluchtsort für Haus- und Nutztiere. Wir nehmen alle Tiere bei uns auf, ohne Fragen zu stellen, und wir retten auch Tiere, die eingeschläfert werden sollen.

Im Augenblick kümmern wir uns um sieben Pferde, zwölf Schweine, mehrere Vögel, etwa 100 Hunde und Katzen und ein Kamel. Die meisten unserer Tiere sind krank oder wurden schwer misshandelt. Wir berechnen nur eine kleine Adoptionsgebühr, aber die meisten Tiere verbringen ihr ganzes Leben bei uns. Das Geld für Nahrung und die medizinische Versorgung stammt vollständig aus Spenden, und unser Personal besteht komplett aus Freiwilligen. Wir müssen niemandem in der Organisation ein Gehalt zahlen, was bedeutet, dass 100 Prozent der Spenden an die Tiere gehen."

Ich öffnete die Broschüre und legte eine Hand auf meine Brust. Die Bilder zeigten eine bunt durcheinandergewürfelte Gruppe von Tieren, die zufrieden auf zerkauten und zerrissenen Matratzen lagen.

„Wir haben nur zwei Ställe, und beide müssen dringend repariert werden. Wir hoffen auch, einen flachen Pool installieren zu können, um unseren älteren Hunden eine Arthritis-Therapie zu ermöglichen", sagte er, als er auf die Broschüre zeigte. Sein Finger glitt über meine Hand, und er errötete sofort. „Es tut mir leid."

Ich musste lächeln. Er war attraktiv. Sicherlich mehr meine Liga als Lucas, aber ich fühlte nicht das gleiche Kribbeln. „Ich glaube, ich habe schon von Ihnen gehört. Sie bieten auch Exkursionen für die örtlichen Grundschulen an, richtig?"

„Ja, aber wir haben das Programm erst vor ein paar Jahren eingeführt. Sie können nicht alt genug sein, um ein Kind in der Grundschule zu haben!"

„Nein, ich bin Pädagogik-Studentin. Ich schreibe gerade meine Diplomarbeit und bin dabei auf eine Liste der beliebtesten Ausflugsziele in der Gegend gestoßen. Was machen Sie mit den Kindern?"

„Wir versuchen, ihnen Verantwortung für Tiere beizubringen, aber ich denke, für sie sind wir ein Streichelzoo. Unser Zeitplan erlaubt es ihnen, mit den Tiere spazieren zu gehen, sie zu trainieren und zu füttern. Sie erhalten eine Broschüre darüber, was es bedeutet, Verantwortung für Haustieren zu haben."

„Haben sich die Eltern schon beschwert, dass ihre Kinder nach Hause kommen und darum betteln, ein Haustier zu adoptieren?", fragte ich lachend.

„Tatsächlich kommt ein guter Prozentsatz der Familien zu uns zurück. Sie wollen entweder ein Tier adoptieren oder sie bringen ihre Kinder vorbei, damit sie uns während der Sommerferien helfen können. Wir bieten ein Camp-Programm für Kinder an, die bei uns als Freiwillige mitmachen wollen, sobald die Schule im Sommer endet."

Die Räder in meinem Kopf drehten sich. Es gab für Grundschüler im Sommer keine Aktivitäten, die mit dem Schulsystem verbunden waren, aber ein organisiertes Programm, wo Kinder sich als Freiwillige betätigen konnten, wäre lehrreich und würde dazu noch Spaß machen. Sie konnten als Freiwillige in Tierheimen, Suppenküchen, Pflegeheimen und sogar Krankenhäusern mithelfen. Es würde sie Mitgefühl, Verantwortung und Vielfalt lehren.

„Haben Sie irgendwelche Informationen über Ihr Sommerprogramm, die ich mitnehmen könnte?", fragte ich plötzlich.

„Sicher. Wir nehmen immer noch Bewerbungen für Camp-Berater an. Wenn Sie Tiere und Kinder mögen, wäre es bei uns perfekt für Sie. Es ist in Teilzeit, so dass Sie nebenbei noch arbeiten können", sagte er, als er sich hinter dem Stand hinunterbeugte und nach einem Ordner griff. Als er sich wieder aufrichtete, erbleichte er und blickte nach unten.

Ein Arm legte sich um meine Taille, und ich versteifte mich. Lucas zog mich besitzergreifend zu sich heran. „Siehst du etwas, das dir gefällt?", fragte er mich leise.

„Wenn du über die Wohltätigkeitsorganisationen sprichst, dann ja", sagte ich mit schmalen Augen. Ich löste mich aus seinem Griff und nahm die Broschüre. „Könnten Sie mir hier Ihre Kontaktinformationen aufschreiben, falls ich Fragen habe?"

Seine Augen weiteten sich, aber er nahm einen Stift und kritzelte etwas auf das Papier. „Vielen Dank. Ich werde auf jeden Fall mit Ihnen in Verbindung bleiben."

Lucas hielt meinen Ellbogen fest umfasst, als er mich wegführte. „Was ist los mit dir?", zischte ich, als ich mich losriss. „Du hast mir gesagt, dass ich eine Wohltätigkeitsorganisation auswählen soll."

„Ich sagte, du sollst mit den Mitarbeitern reden. Du solltest dir nicht ihre Telefonnummern besorgen", knurrte er. „Wenn du an meinem Arm bist, flirtest du nicht mit anderen Männern."

Ich versuchte, meine Stimme ruhig zu halten, und starrte ihn an. „Du bist so ein Arschloch. Ich habe nicht geflirtet. Ich denke, das Programm seiner Organisation könnte in Schulen umgesetzt werden. Nicht, dass du dir jemals die Mühe gemacht hast zu fragen, was ich überhaupt studiere, aber es passt genau zu meinem Fachbereich. Und wenn du mich nicht wie ein richtiges Date behandelst, spreche ich mit wem ich will."

„Ich behandle dich nicht wie ein richtiges Date? Ich habe dir Blumen und ein Kleid gekauft", sagte er und starrte mich an. „Ich dachte, das ist es, was du wolltest."

„Dann weißt du überhaupt nichts über mich. Ich kam mit, weil ich dachte, dass die Einladung deine Art war, dich bei mir zu entschuldigen, aber es ist offensichtlich, dass die Frauen, die du sonst durch die Gegend zerrst, gesehen und nicht gehört werden sollen. Du hättest die Überraschung auf den Gesichtern dieser Menschen sehen sollen, wenn ich versuche, mich vorzustellen. Du hättest genauso gut eine Hure von der Straße mitnehmen können."

Ich sah, wie sein Kinn sich vor Wut anspannte, und atmete tief ein. „Ich gehe auf die Damentoilette. Folge mir nicht."

Ich fuhr auf meinen Absätzen herum und hob stolz den Kopf, als ich in Richtung der Toilette ging. Nachdem ich die Broschüre in meine Clutch gestopft hatte, drehte ich mich in letzter Minute um und umrundete die Menge. Was ich wirklich brauchte, war etwas frische Luft, aber ich wusste, dass er ausflippen würde, wenn er dachte, dass ich versuchte, ohne ihn zu gehen.

„Kontrollierender Bastard", murmelte ich, als ich durch die Lobby schritt und die Türen öffnete. Die kühle Luft traf auf meine Haut und beruhigte mich sofort. Ich atmete tief ein und rollte meine Schultern.

Wie wütend konnte ich auf ihn sein? Ich hatte in dem vollen Wissen, dass er nur ein schnelles Abenteuer suchte, zugestimmt, ihn heute Abend zu begleiten. Ich konnte niemandem die Schuld geben, außer mir selbst.

Ich drehte mich um, um dem Mitarbeiter vom Parkservice zu erklären, dass ich nur hier war, um ein wenig frische Luft zu schnappen, als ich realisierte, dass niemand an dem Stand war. Entsetzen erfüllte mich, als ich den Parkplatz betrachtete.

Keine Security. Keine anderen Menschen.

Die Scheinwerfer waren nicht eingeschaltet, als der Lieferwagen aus der Dunkelheit heranrauschte. Als er mit quietschenden Reifen zum Halten kam, drehte ich mich um und rannte verzweifelt zur Tür. Ich hätte es auch geschafft, wenn sie nicht auf mich gewartet hätten. Sie traten hinter den Säulen hervor und packten mich. Bevor ich schreien konnte, schoben sie mir etwas in den Mund.

Dieses Mal waren sie bereit für mich. Sie fesselten meine Arme, hoben mich schnell hoch und schoben mich in den Lieferwagen.

Es dauerte nicht länger als zehn Sekunden, bis ich erkannte, dass ich dieses Mal nicht davonkommen würde.

# KAPITEL ZWÖLF

### Lucas

Sie war fort. Sobald ich durch die Türen des Hotels stürmte, sah ich den bekannten Lieferwagen losfahren. Ihre Clutch lag auf dem Asphalt, und der Inhalt war verschüttet.

Angst packte mich, als ich mein Handy herauszog. Torrence brummte, als er antwortete, aber ich hatte keine Zeit dafür. „Sie haben sie", sagte ich eindringlich. „Ich will ein Tracking-Programm auf meinem Handy. Wenn sie anrufen, möchte ich sofort wissen, wo sie sind."

„Du bist bei der Gala?", fragte er und klang plötzlich wach. „In welche Richtung sind sie gefahren?"

„Nach Süden Richtung Waters Edge. Weißer Lieferwagen. Keine offensichtlichen Merkmale. Ich konnte das Nummernschild nicht erkennen."

„Ich versuche, ein paar Verkehrskameras in der Richtung zu aktivieren und sie verfolgen zu lassen. Rufe die Polizei, und um Gottes willen, Montgomery, verlasse nicht das Hotel. Denke nicht einmal daran, den Helden zu spielen."

Was zum Teufel glaubte er, was ich tun würde? Es war nicht so, dass ich ihnen zu Fuß nachlaufen konnte. Ich hatte mehr Geld als Gott zur Verfügung, aber in diesem Augenblick fühlte ich mich völlig hilflos.

Die Logik sagte mir, dass sie versuchen würden, sie zuerst gegen ein Lösegeld einzutauschen, aber alles, was ich sehen konnte, war ihr verstümmelter Körper, der an der Seite der Straße lag. Was, wenn diese Sache nichts mit Geld zu tun hatte? Was, wenn es einfach sadistische Bastarde waren, die mich verletzen wollten?

Ich rief Detective Allen, bevor ich zurück hineinging, um den Hotelmanager beiseite zu ziehen. „Ich möchte nicht, dass Sie den Alarm auslösen, aber es gab gerade eine Entführung auf dem Parkplatz. Ich habe die Polizei informiert, und ich möchte die Aufnahmen Ihrer Überwachungskameras sehen."

Seine Augen weiteten sich. „Mr. Montgomery, geht es Ihnen gut?"

„Sehe ich so aus? Die Aufnahmen. Jetzt."

Er rieb sich nervös die Hände und schüttelte den Kopf. „Sollten wir nicht auf die Polizei warten? Ich denke wirklich ..."

„Ich werde tausend Dollar auf Ihr Privat-Konto überweisen, wenn Sie die Klappe halten und tun, was ich verlange."

Geld regiert die Welt. Er schnalzte mit der Zunge und nickte. „Natürlich. Unser Security-Büro ist gleich dort hinten."

Das Waters Edge Hotel veranstaltete jedes Jahr viele teure private Feiern, so dass seine Security beeindruckend war. Monitore bedeckten die Wände, und ich konnte den Ballsaal, die Lobby, die Bar, die Aufzüge und jede Etage des Hotels sehen.

Und den Parkplatz.

„Spulen Sie die Außenaufnahmen zurück", sagte ich finster.

Die Mitarbeiter sahen mich an und machten sich eilig an die Arbeit. Ich starrte auf den Bildschirm und fühlte mich, als ob mir jemand einen Schlag in die Magengrube verpasst hätte.

Sloan floh praktisch aus dem Hotel. Sie hatte es kaum die Vordertreppe hinunter geschafft, als zwei Männer aus dem Schatten traten und etwas in ihren Mund schoben. Sie versuchte zu kämpfen, aber sie hatten keine Probleme, sie zu fesseln und sie in den Lieferwagen zu werfen.

„Wo zum Teufel ist der Kerl vom Parkservice? Wo sind Ihre Security-Männer?", knurrte ich. „Haben Sie keine Leute da draußen?"

„Doch, Sir." Einer der Wächter nahm das Funkgerät und versuchte, den Parkservice und die patrouillierende Security zu kontaktieren. Als es keine Antwort gab, brach mir am ganzen Körper kalter Schweiß aus.

„Finden Sie sie", sagte ich heiser. Während ich still betete, dass sie noch am Leben war, zog ich mein Handy aus meiner Tasche und umklammerte es fest.

Es war undenkbar, dass Sloan nicht kämpfen würde. Wenn sie beschlossen, dass sie die Mühe nicht wert war, würden sie sie töten.

Torrence war noch vor der Polizei am Hotel. Ich war nicht einmal überrascht. Bevor er den Motor ausmachen konnte, stieg ich auf den Beifahrersitz. „Fahr los."

Er folgte dem Befehl nicht. Stattdessen machte er den Motor aus und drehte sich zu mir um. „Sie ist hier."

„Bist du verrückt? Ich habe gesehen, wie diese Typen mit ihr weggefahren sind. Ich habe eben die Aufnahmen der Überwachungskameras angeschaut. Ich werde dich feuern und dafür sorgen, dass du in dieser Stadt nie wieder Arbeit findest, wenn du den Motor nicht wieder anmachst und losfährst."

„Montgomery."

Ich blinzelte und starrte ihn an. Es war etwas Ernstes in seiner Stimme. „Wie kann sie hier sein?", flüsterte ich schließlich.

„Die Verkehrskameras zeigen, dass der Lieferwagen bei jeder Ampel nach links gefahren ist. Entweder sind sie die am wenigsten organisierten Kriminellen der Welt und haben sich verfahren, oder sie fahren absichtlich in einem Kreis zum Hotel zurück. Wenn ich es wäre, würde ich mich an einem Ort verstecken, von dem ich weiß, dass die Polizei dort nicht suchen würde."

Ich schüttelte den Kopf. „Es gibt Kameras überall in diesem Hotel. Sie könnten niemals ungesehen zurückkommen."

Er löste seinen Sicherheitsgurt und stieg aus dem Wagen. „Ich muss mit der Security reden, aber ich wette, dass das Personal die Tunnel, die unter dem Hotel verlaufen, benutzt, um ein und aus zu gehen, ohne die Gäste zu belästigen. Ich bezweifle, dass es Kameras gibt, die sie überwachen. Bleibe hier und warte auf die Polizei. Ich bin gleich wieder da."

Sobald er ins Hotel verschwand, folgte ich ihm und griff mir die nächste Mitarbeiterin. „Ich gebe Ihnen 500 Dollar, wenn Sie mir sagen, wo die Ein- und Ausgänge für das Personal sind."

Ihre Augen weiteten sich, und sie nickte. „Es gibt nur einen, der aus dem Ballsaal herausführt. Er führt direkt in die Küche."

„Zeigen Sie ihn mir."

Achselzuckend legte sie ihr Tablett weg und führte mich auf den Flur mit den Toiletten. Am Ende war eine Tür, auf der Nur für Mitarbeiter stand. „Wie viele Tunnel führen nach draußen?"

„Nur einer. Es führt in die Mitarbeiter-Lounge, bevor er abbricht. Die Zimmermädchen-Büros sind dort unten, und die Wäscherei. Es ist einfach, sich dort zu verlaufen, wenn man nicht weiß, wohin man geht. Die Müllcontainer und Abstellräume befinden sich ebenfalls dort. Der Tunnel erstreckt sich über die gesamte Länge des Gebäudes."

„Gibt es irgendwelche Mitarbeiter dort unten?"

Sie schüttelte den Kopf. „Ich bezweifle das. Die meisten Mitarbeiter sind nach Hause gegangen, und diejenigen von uns, die noch hier sind, werden erst nach Mitternacht gehen. Das Reinigungspersonal ist die Nacht über weg."

Es war der perfekte Ort für die Entführer, um Sloan dort zu verbergen. Keine Zeugen, ein Labyrinth von Räumen und der eine Ort, den die Polizei nicht durchsuchen würde. „Ich will, dass Sie einen Mann namens Torrence finden und ihm sagen, dass ich da unten bin. Er wird sich bei der Security aufhalten und wahrscheinlich sauer sein. Können Sie das tun?"

Sie nickte und eilte davon. Ich löste meine Fliege, holte tief Luft und öffnete langsam die Tür. Ich hatte keine Waffe, aber wenn es Geld war, das sie wollten, würde ich meine Bankkonten plündern, um Sloan zu retten.

Der Flur führte direkt in die Küche. Ich hörte das Klopfen von Töpfen und Pfannen und den Koch, der Anweisungen brüllte. Alle

Geräusche hörten auf und das gesamte Personal starrte mich an, als ich durch die Doppeltür ging.

„Kümmern Sie sich nicht um mich", murmelte ich, als ich die Küche durchquerte. „Welche Tür führt zum Ausgang?"

„Die Tür, durch die Sie hereingekommen sind", sagte eine junge Frau schüchtern. Sie dachte offenbar, ich sei betrunken.

„Der Mitarbeiterausgang", sagte ich ungeduldig. „Welche Tür führt zum Mitarbeiterausgang?"

Wortlos wiesen sie alle auf die Tür auf der linken Seite. Ich nickte kurz und öffnete sie. Gerade als ich in den kaum beleuchteten Tunnel ging, vibrierte mein Handy.

Es war eine unbekannte Nummer.

Ich ging ran, hielt das Handy an mein Ohr und wartete.

„Wir haben Ihre Frau. Wenn Sie sie wiedersehen wollen, bringen Sie uns innerhalb von zwei Stunden zwei Millionen Dollar. Wenn Sie die Polizei rufen, stirbt sie", befahl eine verzerrte tiefe Stimme.

„Sie haben sie von einem öffentlichen Parkplatz voller prominenter Menschen entführt. Die Security hat schon die Polizei gerufen", fauchte ich. „Und ich muss wohl nicht erwähnen, dass die Banken geschlossen haben. Ich werde nicht in der Lage sein, vor morgen früh an so viel Geld zu kommen."

Es gab eine Pause und Stimmen im Hintergrund. Sie hatten mindestens zwei Wochen Zeit gehabt, einen Plan aufzustellen, und sie versagten immer noch. Sie mussten die dümmsten Verbrecher aller Zeiten sein.

„Nun?"

„Wir rufen Sie zurück." Der Anruf endete, und ich verzog das Gesicht. Sie hatten das eindeutig nicht richtig durchdacht, als sie beschlossen, sich im Hotel zu verschanzen. Was würde das für Sloan bedeuten?

Ich drückte mich in eine abgedunkelte Ecke, wählte Torrence' Nummer und wartete.

„Wo zur Hölle bist du?", zischte er.

„Ich habe den Anruf mit der Lösegeldforderung bekommen. Ich glaube nicht, dass sie einkalkuliert haben, dass die Banken nicht geöffnet haben. Positioniere ein paar Polizisten am Ausgang des Hotels. Sie werden versuchen, mit ihr abzuhauen."

„Woher weißt du das?"

„Sie haben keine andere Wahl. Wenn sie am Morgen noch hier sind, werden sie gefasst."

Ich legte auf und wartete. Die schwachen Geräusche aus der Küche hallten in den Flur, aber es waren keine Schritte zu hören. Ich musste näher an den Ausgang kommen, wenn ich sie fangen wollte.

Das Telefon vibrierte wieder, und ich ging ran. „Holen Sie das Geld bis morgen früh um zehn Uhr. Wir rufen Sie dann mit weiteren Anweisungen an."

„Ich will einen Lebensbeweis", sagte ich sofort, aber der Anruf war schon zu Ende. „Verdammt."

Ich zog mein Jackett herunter, rollte die Ärmel meines Hemds hoch und bewegte mich die Wand entlang. Jedes Mal, wenn ich an eine Ecke kam, spähte ich um sie herum, aber ich war immer noch allein. Besorgt darüber, dass Torrence sich irrte und sie nicht hier waren, folgte ich den Schildern zum Ausgang.

Wie die junge Frau gesagt hatte, war das letzte Zimmer vor der Tür der Pausenraum der Angestellten. Ich öffnete die Tür und versteckte mich direkt dahinter. Wenn sie hier waren und die Polizei draußen stand, konnten sie nirgendwo hingehen.

Die Zeit schien zu verschwimmen. Ich hatte keine Ahnung, ob ich Minuten oder Stunden gewartet hatte, als endlich eine Stimme von den Wänden hallte.

„Lasst mich los, ihr verdammten Arschlöcher!"

Da war mein Lebensbeweis.

# KAPITEL DREIZEHN

### Sloan

Als sie mich durch den Tunnel schleppten, spuckte ich den Lappen aus und fing an zu schreien. „Lasst mich los, ihr verdammten Arschlöcher!"

„Halt die Klappe!", zischte einer von ihnen. „Duncan, bring sie zum Schweigen."

Die Faust kam aus dem Nichts und traf meinen Kiefer. Schmerz erfasste mein Gesicht, aber ich hörte nicht auf. „Wenn du willst, dass ich leise bin, wirst du mich verdammt nochmal töten müssen. Wer wird dann dein verdammtes Lösegeld zahlen?", knurrte ich.

Wir kamen zu den Ausgangstüren, und mein Herz sank. Wenn ich nicht frei war, bevor wir das Hotel verließen, wusste nur Gott, was sie mir antun würden. Ich ließ mich fallen, so dass mein volles Gewicht ihr Vorankommen verlangsamte. Sie grunzten und griffen nach mir, aber bevor ich mich versah, warfen sie mich zu Boden.

Wie betäubt beobachtete ich, wie Lucas aus einer Tür sprang. Er schlug zwei der Männer nieder, bevor die Polizei in den Tunnel schwärmte.

„Sloan", schrie Lucas, als er mich packte. „Verdammt nochmal, Baby. Bist du in Ordnung? Sag etwas."

Er zog mich auf die Füße, und ich blinzelte nur und starrte ihn an. „Ich wusste gar nicht, dass du weißt, wie man kämpft", sagte ich leise. „Ich dachte, du bist der Typ Mann, der andere Leute dafür bezahlt."

„Ist das deine Art, dich zu bedanken?", sagte er leise. Er zog ein kleines Messer aus der Tasche und zerschnitt die Fesseln an meinen Handgelenken. Ich wickelte sofort meine Arme um seinen Hals und sank gegen ihn. Jetzt, da ich in Sicherheit war, war mein Kampfgeist erloschen.

Zurück blieben Angst, Entsetzen und Schock.

„Du hast mir Angst gemacht." Als die Polizei uns umgab und Leute Befehle brüllten, senkte er schließlich den Kopf und küsste mich.

Heiß. Verzweifelt. Dringend. Das war kein zögernder erster Kuss. Ich konnte Angst, Wut und Verlangen schmecken. Einen Moment lang jagte er die Dämonen weg, und ich erwiderte den Kuss mit Inbrunst. Er war vielleicht nicht der Mann für die Ewigkeit, aber er war jetzt hier.

Als mir schwindelig wurde, musste ich den Kuss abbrechen. Ich vergrub meinen Kopf an seiner Brust und ignorierte das Chaos um mich herum. Ich wollte nicht mit irgendjemandem reden. Ich wollte nur allein sein.

„Kann sie morgen mit Ihnen reden? Ich glaube nicht, dass sie bereit ist, eine Aussage zu machen", sagte er leise.

„Wir haben Sanitäter hier, um sie zu untersuchen."

Die Stimme klang vertraut. Ich zog mich zurück und schaute in die freundlichen Augen von Detective Allen.

„Mir geht es gut", murmelte ich. „Ich will einfach nicht mehr hier sein."

Er nickte. „Bringen Sie sie nach Hause. Ich rufe Sie beide morgen früh an."

Lucas schlang seine Arme um mich und ging langsam mit mir durch die Türen. Ich drehte den Kopf und beobachtete die blinkenden blauen Lichter der Streifenwägen. Ich hatte sie in letzter Zeit viel zu oft gesehen. Kurz vor ihnen wartete die Limousine.

Ich glitt hinein und drängte mich in die Ecke. Lucas saß mir gegenüber, und ich fragte mich, warum er mich nicht berührte. Warum er mich nicht festhielt.

„Meine Tasche", sagte ich heiser. „Meine Tasche ist noch da drin."

„Mein Security-Chef hat sie. Sie wird dir zurückgegeben werden", sagte er leise. Es war etwas Gefährliches und Kontrolliertes in seinem Ton. „Willst du, dass ich dich zu deiner Wohnung bringe?"

Randi wäre da. Sie würde mich trösten wollen. Sie würde mit mir reden wollen. Ich war nicht bereit dafür. Wortlos schüttelte ich den Kopf.

„Wohin willst du gehen?"

Ich wandte mich von ihm ab und legte den Kopf an das Fenster. Ich hatte keine Ahnung, wo ich hinwollte.

ICH STARRTE AUS DEM FENSTER. Der Mond hing hoch über dem Montgomery Anwesen. Ich hätte erschöpft sein sollen, aber ich stand wohl immer noch unter Schock.

„Sloan, willst du etwas trinken?", fragte Lucas leise. Er hatte im Auto nicht viel gesagt. Es war eine dunkle Wut, die in seinen Augen tobte, aber er war sanft, als er mir vom Auto zum Haus half. Sogar jetzt hörte ich den Ärger unter der Oberfläche köcheln.

„Du bist wütend", sagte ich leise, ohne mich umzudrehen.

„Willst du etwas trinken?", fragte er wieder.

„Sicher." Ich wollte es nicht wirklich, aber es würde mir etwas zu tun geben.

Ich hörte das Klicken des Schrankes und das entfernte Geräusch laufender Flüssigkeit. Sein Spiegelbild erschien hinter mir, und ich streckte meine Hand aus. Das Glas glitt in meine Hand, und ich umfasste es automatisch. „Danke."

Ich hob es an meine Lippen und trank langsam. „Dein Haus ist schön."

„Was zum Teufel hast du dir nur gedacht, Sloan?"

Sein Ton war wütend und vorwurfsvoll. Ich kippte den Rest des Bourbons herunter und stellte das leere Glas auf den Tisch, bevor ich mich umdrehte, um ihn anzustarren. „Ich war aufgebracht und brauchte etwas frische Luft", sagte ich leise.

„Du wusstest, dass ich deine Security abgezogen hatte, weil du bei mir warst. Du wusstest, dass dich niemand beobachtete, als du die Party verlassen hast", zischte er.

Irgendetwas in mir zerriss, und ich verengte meine Augen. „Also ist es meine Schuld? Was sollte ich tun? Sollte ich den Rest meines Lebens unter deinem Schutz verbringen?"

„Wenigstens wärst du in Sicherheit gewesen!", brüllte er. Er ließ sein Glas fallen und auf dem Boden zerbrechen, als er meine Arme packte und mich gegen das Fenster schob. „Als ich merkte, dass du weg warst, dachte ich, ich hätte deinen Tod verschuldet."

Sein Körper drängte sich gegen mich, und ich erkannte, dass er nicht wütend auf mich war. Er war wütend auf sich selbst. „Lucas", sagte ich leise, als ich sein Gesicht berührte. „Du hast mich nicht entführt. Das ist nicht deine Schuld. Du kannst dir nicht die Schuld geben."

„Du tust es", sagte er mit zusammengebissenen Zähnen.

„Nein, das tue ich nicht." Ein Sturm tobte in seinem Innern, und ich fragte mich entsetzt, was er tun würde, wenn er weiterhin diese Schuld auf seinen Schultern trug. „Ich gebe den Männern, die mich entführt haben, die Schuld. Ich gebe mir die Schuld dafür, dass ich zugelassen habe, dass Gefühle mein Urteilsvermögen getrübt haben. Die einzige Person, der ich keine Schuld gebe, bist du. Und es ist vorbei. Sie werden mich nie wieder berühren."

„Es ist vorbei", wiederholte er.

„Wir können beide zu unserem normalen Leben zurückkehren. Du musst dir keine Sorgen mehr wegen mir machen." Mein Puls stieg, als ich meine Hände über seine Brust spreizte. „Es ist vorbei, Lucas. Die Nacht ist fast vorüber."

Seine Augen verdunkelten sich, als er seinen Körper härter gegen meinen drückte. „Es ist nicht vorbei, bis ich sage, dass es vorbei ist", knurrte er. „Du hättest nach Hause gehen sollen, Sloan."

Ich hob mein Kinn und starrte ihn an. Die Erinnerungen an die Ereignisse der Nacht verschwammen, aber ich erinnerte mich an seine Lippen an meinen. Es war das Einzige, was mich aus meiner Angst gerettet hatte.

„Ich wollte nicht nach Hause gehen."

„Sag Nein, Sloan. Sag mir, dass du mich nicht willst. Du solltest jemanden haben, der sanft ist, und ich glaube nicht, dass ich heute Nacht sanft sein kann."

Ich hätte es tun sollen. Ich hätte all diese Dinge tun sollen, aber das Einzige, was ich wirklich wollte, war, dass jemand die Angst wegjagte.

Ich wollte mich gut fühlen.

Ich legte meinen Arm um ihn, nahm seine Hand und schob sie den Schlitz meines Kleides hoch. Immer höher, bis er die Wärme, die aus meinem Zentrum pulsierte, spüren konnte.

Er stöhnte und rieb seinen Daumen über meine nassen Schamlippen, und ich genoss das Vergnügen, das durch meinen Körper floss. Ich wusste, dass nichts mehr so sein würde wie bisher, wenn ich mich ihm hingab, aber mein Leben hatte sich bereits verändert, als er mich berührt hatte.

Ich hatte nicht die Kraft, das Richtige zu tun. Ich wollte tun, was sich gut anfühlte.

„Ich brauche dich", flüsterte ich und ließ meine Hemmungen fallen.

Heute Abend würde mein Körper ihm gehören.

# 14

## WENN ER SICH SEHNT

SLOAN

„Sag Nein, Sloan. Sag mir, dass du mich nicht willst. Du solltest jemanden haben, der sanft ist, und ich glaube nicht, dass ich heute Nacht sanft sein kann."

Ich hätte es tun sollen. Ich hätte all diese Dinge tun sollen, aber das Einzige, was ich wirklich wollte, war, dass jemand die Angst wegjagte.

Ich wollte mich gut fühlen.

Ich legte meinen Arm um ihn, nahm seine Hand und schob sie den Schlitz meines Kleides hoch. Immer höher, bis er die Wärme, die aus meinem Zentrum pulsierte, spüren konnte.

Er stöhnte und rieb seinen Daumen über meine nassen Schamlippen, und ich genoss das Vergnügen, das durch meinen Körper floss. Ich wusste, dass nichts mehr so sein würde wie bisher, wenn ich mich ihm hingab, aber mein Leben hatte sich bereits verändert, als er mich berührt hatte.

Ich hatte nicht die Kraft, das Richtige zu tun. Ich wollte tun, was sich gut anfühlte.

„Ich brauche dich", flüsterte ich und ließ meine Hemmungen fallen.

Heute Abend würde mein Körper ihm gehören.

· · ·

Seine Lippen waren an meiner Kehle, als er den Stoff meines Kleides bis zu meiner Taille hochzog und langsam einen Finger in mich einführte. Ich lehnte meinen Kopf zurück gegen das Glas, und meine Augen fielen mir zu. Mein Körper hatte darauf gewartet seit dem Moment, als ich ihn zum ersten Mal gesehen hatte, und jetzt, da er hier war, dachte ich, ich könnte explodieren, bevor wir überhaupt angefangen hatten. Ich konnte nichts gegen das leise Stöhnen tun das meinen Mund verließ.

Lucas knurrte bei dem Laut und zog seine Zähne über meine Haut. „Ich habe von den Lauten geträumt, die du machen würdest, wenn ich dir Vergnügen bereite. Wenn ich dich ficke", murmelte er. „Alles an dir macht mich so verdammt hart."

Er fügte einen zweiten Finger hinzu und streichelte mich tief in meinem Inneren. Meine Beine zitterten, ich hatte keine andere Wahl, als meine Arme um seine Schultern zu legen und mich an ihm festzuhalten, während er fortfuhr, meinen Körper zu erobern.

„Lucas", flüsterte ich. „Wenn du nicht aufhörst ... Ich werde ... Gott, wir haben noch nicht einmal begonnen ... bitte ..." Ich keuchte, und als sein Daumen meine empfindliche Knospe umkreiste, verlor ich die Kontrolle. Ich vergrub meinen Kopf an seiner Schulter und schrie, als mein Körper sich um ihn herum verkrampfte. Es war mir peinlich, wie leicht mein Körper auf ihn reagiert hatte, und ich war aufgebracht, dass es schon vorbei war.

Plötzlich glitten seine Hände unter mich und hoben mich mühelos hoch. Als er mich aufs Bett legte, atmete ich tief ein. Er würde offensichtlich weitermachen, bis er sein eigenes Vergnügen gefunden hatte, und ich musste mich vorbereiten. Mein Exfreund hatte mich nur selten kommen lassen, bevor er überhaupt in mich eingedrungen war, aber wenn es geschah, war der Sex fast schmerzhaft gewesen.

„Sloan", sagte er leise. „Warum siehst du plötzlich aufgebracht aus? Willst du, dass ich aufhöre?"

„Nein", sagte ich mit einem gezwungenen Lächeln. „Ich kann damit umgehen."

Sein Gesicht war voller Besorgnis, als er sich über mich beugte und langsam meine Wange mit dem Finger streichelte. „Baby, ich weiß, dass ich gesagt habe, dass ich grob sein könnte, aber ich werde dich nicht verletzen. Wenn du nicht bereit bist, können wir aufhören."

Es war süß von ihm, mir eine Option zu geben, aber ich würde nicht aufhören, nur weil ich ein paar Probleme mit Sex hatte. „Ich will weitermachen. Ich bin nur ein wenig nervös. Es ist eine Weile her."

„Du siehst mehr als nervös aus, meine Süße. Lass mich sehen, ob ich dafür sorgen kann, dass du dich wohler fühlst." Es war ein verruchter Ausdruck auf seinem Gesicht, als seine Hände meine Oberschenkel hinaufglitten und mein Kleid weiter hochzogen. Ich hob meine Hüften und dann meinen Rücken und meine Schultern, als er es mir über den Kopf zerrte. Vollständig nackt fühlte ich mich verwundbar, aber als ich versuchte, mich zu bedecken, hielt er schnell meine Arme fest.

Seine Augen verdunkelten sich, als er mich anstarrte. „Lass mich dich ansehen, Sloan. Du hast keine Ahnung, wie sehr ich dich ansehen wollte. Himmel, du bist absolute Vollkommenheit."

Es war etwas Ungewohntes in der Art, wie er mich ansah, aber ich fühlte, wie mein Körper trotz meines Zögerns warm wurde. Er ließ mein Handgelenk los und strich mit einer Hand über meinen Hals und meine Brüste. Ich wölbte mich gegen seine Berührung und fühlte, wie mein Körper wieder erwachte.

„Du magst das?", fragte er leise, als er sich hinabbeugte. „Was ist damit?" Er bewegte eine Zunge über meine aufgerichtete Brustwarze und entlockte mir ein weiteres tiefes Stöhnen. Es dauerte nicht lange, bis ich mich gegen ihn schob. Ich wünschte verzweifelt, dass er nackt wäre, aber ich konnte nicht umhin, mein Zentrum gegen seinen Schwanz zu reiben, der noch in seiner Hose zurückgehalten wurde. „Du scheinst es zu mögen."

Sein Kopf glitt meinen Körper hinunter, während er einen Pfad zu meinem Geschlecht leckte. Ich sah seine Absichten und griff schnell nach seinem Kopf. Wenn er mich mit seiner Zunge fickte, würde ich wieder kommen, und ich würde nichts mehr haben, das ich ihm noch geben konnte.

„Bitte", murmelte ich, als ich seinen Kopf nach oben zwang. „Fick mich einfach. Ich bin bereit."

Lucas' Augen verengten sich. „Hast du mich eben zurückgewiesen?"

„Ich bin bereit, Lucas. Bitte. Ich bin bereit für dich."

Er schob sich vom Bett und begann, sein Hemd aufzuknöpfen. „Berühre dich", verlangte er heiser. „Ich möchte sehen, wie du dich berührst."

Meine Wangen röteten sich. Das hatte ich noch nie getan. Als ich seinem Befehl nicht sofort folgte, erstarrten seine Hände. „Sloan. Tu es. Berühre dich selbst."

Ich hatte Angst, dass er aufhören würde und ich ihn niemals in mir fühlen würde, also zog ich langsam eine Hand über meinen Körper, bis ich meine Klitoris streichelte. Es hatte etwas Verbotenes an sich, seine Augen zu sehen, während ich mit mir spielte, und es machte mich nur noch heißer. Meine Hüften zuckten unter meiner Berührung, und ich biss auf meine Unterlippe. „Bitte", wimmerte ich. „Bitte beeile dich."

„Du kannst aufhören." Er stand nackt am Bett, und die Fantasien in meinem Kopf waren der Wirklichkeit nicht einmal nahe gekommen. Jeder Zentimeter seiner Haut schien um meine Berührung zu betteln. Hart geformte Muskeln, glatte und straffe Haut. Seine Erektion war, um es gelinde auszudrücken, beeindruckend.

Er bedeckte meinen Körper mit seinem und küsste mich mit einer verzweifelten Dringlichkeit. Als ich meine Beine spreizte, rieb sich seine Erektion gegen mich, bis ich nicht mehr konnte. „Lucas", bettelte ich. „Fick mich. Jetzt. Bitte."

Ohne ein weiteres Wort, glitt er mit einem Knurren in mich und hielt sofort inne.

Verdammt. Er dehnte mich und füllte mich aus, und ich keuchte.

„Sloan", zischte er. „Halt still. Gib mir eine Minute."

Ich erstarrte unter ihm und schloss meine Augen. So etwas hatte ich noch nie gefühlt. „Bist du...?"

„Noch nicht", zischte er. Ich sah den Schweiß auf seiner Stirn. Er kämpfte darum, die Kontrolle zu behalten und nicht den Rest seines Schwanzes in mich zu stoßen. Langsam schaukelte ich meinen Körper gegen ihn. Ich mochte es, wie er sich anfühlte, und ich wollte ihn ganz.

„Fuck, Sloan", stöhnte er. „Baby, du musst aufhören. Du bist zu eng. Ich will dich nicht verletzen."

„Halte dich nicht zurück. Ich kann das aushalten. Ich brauche dich." Ich konnte nicht aufhören, selbst wenn ich es gewollt hätte. Je mehr ich schaukelte, desto tiefer rutschte er, bis er gequält aufstöhnte und ich meine Knie hob, als er schließlich vollständig in mir versank.

Ich legte meine Beine um seine Taille, lehnte mich hoch und leckte den Schweiß von seiner Haut, als er begann, seine Hüften zu bewegen. Obwohl er versuchte, langsam zu machen, war es dafür schon zu spät. Bald stieß er wild in mich.

Flammen leckten meinen Körper, als die Anspannung in mir wuchs. Ich wollte ihn berühren und küssen, aber ich konnte nichts anderes tun als zuzulassen, dass er mich kontrollierte und mich so nahm, wie es wollte. Als er meine Brust in seinen Mund saugte und seine Zunge über die Brustwarze gleiten ließ, wölbte ich mich hilflos unter ihm. Sex hatte sich noch nie so angefühlt, und ich hatte fast Angst vor dem Höhepunkt.

Keuchend packte ich die Stäbe des Kopfteils und hielt sie fest, während das Bett gegen die Wand schlug.

Schneller. Tiefer. Ich war so nah dran. „Lucas", wimmerte ich. „Ich werde kommen. Fuck."

„Ich habe dich", stöhnte er. „Komm Baby. Ich will dich um meinen Schwanz herum fühlen."

Er bedeckte meinen Mund mit seinem und verschlang meinen Schrei, als ich die Kontrolle über meinen Körper verlor. Ich schlang meine Beine um seine Taille in dem Bemühen, ihn in mir zu halten, während ich über den Rand Ekstase trat. Meine Zehen kräuselten sich, und meine Nägel gruben sich in seinen Rücken.

Ich würde Spuren hinterlassen, aber es schien ihn nicht zu kümmern.

„Fuck. Sloan. Ah, verdammt", stöhnte er, als er plötzlich hart in mich stieß. Ich fühlte, wie er seinen Samen in mich ergoss, bis er schließlich auf mich stürzte und schwer und zufrieden auf mir lag.

Es war mir egal, wie schwer er war. Als ich versuchte, zu Atem zu kommen, zog ich meine Finger über seinen Rücken wie eine langjährige Geliebte, die mit jeder Kurve seines Körpers vertraut war.

Schließlich hob er den Kopf und starrte mich an. „Willst du mir nicht sagen, was zum Teufel das war?", fragte er vorwurfsvoll.

Überrascht weiteten sich meine Augen. Warum war er wütend? „Was meinst du? Stimmt etwas nicht mit mir?"

„Mit dir?" Er lachte hohl. „Dein Körper ist eine Sucht, die nur darauf wartet, dass ich ihr verfalle. Aber ich wollte dich schmecken, und du hast mich davon abgehalten. Warum?"

Verlegen versuchte ich, unter ihm freizukommen, aber er hielt mich gefangen. „Sloan", sagte er warnend.

„Ich komme normalerweise nicht mehr als einmal zum Orgasmus", gab ich schließlich zu. „Es kann Sex ein wenig unangenehm für mich machen."

Ein langsames Lächeln breitete sich über seinem Gesicht aus. „Ah, Baby. Du bist so süß und so unschuldig."

Er rollte uns herum, bis ich auf ihm ausgestreckt war. Instinktiv fielen meine Beine auseinander, und ich setzte mich rittlings auf ihn. Seine Hände begannen sofort, meine Seiten und meinen Hintern zu streicheln. Ich konnte es nicht glauben, als ich wieder nass wurde. Er grub seine Finger in meine Pobacken und zwang meinen Körper, langsam über ihn zu rutschen.

„Du musst dir deswegen keine Sorgen machen", flüsterte er. „Ich werde deinen Körper dazu trainieren, durch meine bloße Anwesenheit nass zu werden. Ein einziges Wort. Eine Erinnerung."

Ich zitterte und starrte ihn an. War das die Art von Frau, die ich sein wollte? Auf die Gnade eines Mannes angewiesen, der mich mit einem einzigen Wort feucht machen konnte? Es beunruhigte mich, aber ich konnte die Reaktion meines Körpers nicht aufhalten. Er zitterte und spannte sich an, und ich konnte nicht anders als meinen Kopf schütteln.

„Bist du bereit?", flüsterte ich. „Nochmal?"

„Das ist mein Problem bei dir", zischte er. „Ich bin immer bereit für dich."

Bevor ich mich entscheiden konnte, wie das zu verstehen war, glitt er in mich und verjagte all meine Logik.

Als er mich berührte, streichelte, küsste und füllte, konnte ich ihm nichts verweigern. Ich gehörte ihm.

# 15

# KAPITEL ZWEI

## Lucas

Ich stand an den großen Fenstern meines Büros und sah nach unten. Die Stadt lag vor mir, als wäre nichts geschehen. Autos rasten über die Straßen und hupten einander wütend an. Leute eilten hin und her und versuchten verzweifelt, ihre Ziele rechtzeitig zu erreichen. Alles war genauso wie gestern und vorgestern.

Außer für mich. Ich war kaum mehr derselbe Mann. Das Objekt meiner Begierde war die ganze Nacht in meinem Bett gewesen, und ich hatte gedacht, meine Obsession würde endlich abklingen. Ich hatte gedacht, wenn ich meinem Verlangen nachgab, könnte ich meine Neugier befriedigen.

Sloan war am nächsten Morgen verschwunden. Sie war nach nur wenigen Stunden Schlaf aus dem Bett geglitten und hatte meinen Fahrer gebeten, sie nach Hause zu bringen. Sie hatte sich nicht einmal verabschiedet.

Es war selten, dass eine Frau freiwillig mein Bett verließ. Noch seltener war es, dass eine Frau danach nicht anrief und um eine Wiederholung bat.

Ich weiß nicht, ob es mein Stolz oder meine Verwirrung war, die mich davon abhielten, sie anzurufen. Sogar nachdem ich mein Verlangen zweimal in einer Nacht gestillt hatte, war sie noch in meinem Kopf. Sie schwebte in meinen Träumen umher. Sie war in jedem Gedanken.

Sloan kontrollierte meinen Körper, auch wenn sie nicht da war. Es war verrückt. Noch schlimmer war, dass ich nicht umhin konnte zu vermuten, dass sie nicht ebenso empfand.

„Um Himmels willen, Montgomery, Ihre Sekretärin hat Sie fünf Minuten lang angerufen. Was zur Hölle ist mit Ihnen los?"

Ich drehte mich plötzlich um und sah, wie Howard Steinburg, mein Vizepräsident, mich von der Tür aus stirnrunzelnd betrachtete. Verärgert, dass Sloan mich wieder von der Arbeit abhielt, zwang ich mich zu lächeln. „Tut mir leid", murmelte ich. „Ich habe viel im Kopf."

„Wann zum Teufel wollten Sie mir sagen, dass im Konferenzraum eine Wanze war?", knurrte er. Sein Gesicht war rot vor Wut. Steinburg stand kurz vor dem Rentenalter, obwohl er nie darüber sprach zurückzutreten. Ich hatte immer das Gefühl, dass er eher an einem Herzinfarkt sterben würde, bevor er freiwillig in Pension ging.

„Ich versuche, es so wenig publik wie möglich zu machen", sagte ich sanft, als ich mich hinsetzte.

„Sie hätten mir das sagen sollen."

„Ich muss Ihnen überhaupt nichts sagen." Meine Stimme war leise und hart. Obwohl ich es hasste, es zu tun, musste ich Steinburg manchmal daran erinnern, dass er für mich arbeitete und nicht umgekehrt. Er war ein brillanter Geschäftsmann, und ich zahlte ihm eine obszöne Menge Geld, damit er für mich arbeitete, aber er war ein kontrollierender Mann. Ich wusste, dass er mich als einen Sohn betrachtete, und es störte mich nur, wenn er sich selbst als Chef sah.

Meinen Chef.

Es gab einen unangenehmen Moment der Stille, bevor er sich sichtbar entspannte. „Verdammt nochmal, Lucas. Vertrauen Sie mir nicht?"

„Ich hatte noch nie den Gedanken, dass Sie ein Maulwurf sein könnten." Ich lehnte mich auf meinen Stuhl zurück und hob meinen

Kopf. „Aber Sie haben sich auf die Umstrukturierung der Rechtsab-
teilung konzentriert, und ich wollte Sie nicht davon ablenken.
Torrence hat sich darum gekümmert. Deshalb arbeitet er für mich."

Steinburg verengte die Augen. „Torrence wurde eingestellt, um Ihre
Sicherheitsabteilung zu leiten. Seit wann führt er auch Ermittlungen?"

„Torrence hat viele Talente." Ich schaukelte sanft auf meinem
Stuhl. Es war nicht wirklich die Zeit oder der Ort, sich über Torrence'
Fähigkeiten auszulassen.

„Gut", grunzte er und sackte auf den Stuhl. „Und was macht
Torrence jetzt?"

„Er grenzt die Gruppe der Verdächtigen ein. Ich lasse Sie wissen,
wenn er etwas zu berichten hat. Gab es noch einen anderen Grund,
aus dem Sie beschlossen haben, mein Büro zu stürmen?"

„Diese Entführung am Wochenende ... Geht es der Frau gut?"

Die Frau trieb mich noch in den Wahnsinn. „Es geht ihr gut",
murmelte ich.

„Und Sie haben keine Ahnung, wer die Täter waren?"

Ich rollte meine Schultern. „Der Detective hat mich gestern angerufen. Ihre Bankkonten zeigen, dass jemand sie bezahlt hat, aber sie
reden nicht. Sie würden eher im Gefängnis verrotten, als den Namen
desjenigen zu offenbaren, der sie bezahlt hat."

„Denken Sie, jemand könnte es nochmal versuchen?"

„Er wäre ein Narr", erwiderte ich. „Meine Security ist dafür viel
zu wachsam."

„Irgendeine Idee, warum sie die Frau anvisiert haben? Sie hätte
involviert sein können. Sie hätte Ihre Schwächen für hübsche Frauen
ausnutzen und einen Teil des Geldes einstreichen können."

Wut erfasste mich, aber ich unterdrückte meinen Ärger. Sloan
war eine Schwäche, die ich noch nicht bereit war zuzugeben, aber ich
wollte ganz sicher nicht, dass irgendjemand sie verdächtigte. Sie war
völlig unschuldig. In mehr als einer Hinsicht. „Sie wurde ausführlich
durchleuchtet. Torrence und die Polizei sprechen sie von jedem Fehl-
verhalten frei."

„Also sind Sie mit ihr fertig?"

Ich hörte den Verdacht in seinen Worten. „Was genau fragen Sie mich, Steinburg? Sie haben sich noch nie zuvor um mein Privatleben gekümmert", sagte ich leise.

Er musterte mich ein paar Minuten und zuckte mit den Achseln. „Es kümmert mich auch nicht. Ihr Vater ließ niemals persönliche Beziehungen seinem Erfolg in die Quere kommen, und ich bin sicher, dass Sie das ebenfalls nicht tun werden."

Schnaubend schüttelte ich den Kopf. „Ich besitze ein internationales Unternehmen, Steinburg. Ich habe bereits Erfolg."

„Glauben Sie nicht, dass er Ihnen nicht genommen werden kann, Junge. Selbst Rom fiel an einem einzigen Tag."

Ich sah ihn scharf an, als er aufstand, aber ich konnte nicht entscheiden, ob er mir drohte oder mich warnte. „Ich bin sicher, sie wird begeistert sein zu wissen, dass Sie glauben, dass sie so viel Macht hat."

„Ich glaube nicht, dass sie so viel Macht hat, Montgomery. Ich weiß nur, wie viel Macht ein Mann aufgeben kann, wenn er mit seinem Schwanz anstelle seines Kopfes denkt", sagte er kalt. „Das Unternehmen ist ein Erfolg, weil Sie immer die volle Kontrolle darüber hatten."

Er hatte nicht unrecht. Ich vergnügte mich ziemlich häufig mit Frauen, aber sie waren nie lange in meinen Gedanken. Bei der Arbeit war ich fokussiert. Nachts konnte ich Spaß haben.

„Ist das alles?", sagte ich mit großer Zurückhaltung. Das war kein Gespräch, auf das ich vorbereitet gewesen war.

Er bewegte sich unruhig und nickte. Es war offensichtlich, dass er mehr zu sagen hatte, aber fürchtete, zu weit zu gehen. Stattdessen erhob er sich und glättete mit einer Hand sein Hemd. „Halten Sie mich auf dem Laufenden, Montgomery."

„Wenn ich es für nötig halte, werde ich es tun." Ich machte mir nicht die Mühe aufzustehen oder ihn zur Tür zu begleiten. Es war mir egal, ob es unhöflich war. Ich war nicht glücklich über seine Vorwürfe, und ich wollte, dass er es wusste.

Als ich mit meinen Gedanken allein gelassen war, konnte ich

nicht umhin, die Szene in meinem Kopf zu wiederholen. Steinburg
überschritt seine Grenzen nicht oft. Was war heute in ihn gefahren?

Ich fragte meine Sekretärin Cecilia, ob sie Torrence in mein Büro
schicken könnte. Es hatte in letzter Zeit Flirts zwischen den beiden
gegeben, aber ich versuchte, mich nicht damit zu beschäftigen.
Torrence war nicht leicht zu lieben, und während Cecilia viel Liebe
zu geben hatte, lag ihr Hauptfokus immer auf ihren Kindern. Wenn
sie bei der Arbeit einen harmlosen Flirt miteinander erleben wollten,
war das nicht meine Angelegenheit.

Eine halbe Stunde vor meinem nächsten Meeting trat Torrence in
mein Büro. Er war groß und breit, hatte einige sichtbare Narben aus
seiner Zeit beim Militär und vielleicht doppelt so viele unsichtbare
Narben. Er war ein schroffer und harter Mann mit einer dunklen
Vergangenheit, aber ich vertraute ihm mit meinem Leben.

Er hatte mehrere Jahre für meinen Vater gearbeitet, bevor ich ihn
anheuerte, und obwohl ich ihn für einen Freund hielt, war seine
Vergangenheit so klassifiziert, dass ich nicht einmal anfangen konnte,
sie zu recherchieren. Nicht, dass ich das tun würde.

Wenn es eine Person gab, der ich auf dieser Welt vertraute, war es
Drew Torrence.

„Du hast gerufen", sagte er mit einem Gähnen, als er hereinkam.
Er ließ sich auf die Couch statt auf den Stuhl fallen, stöhnte und
rollte den Kopf hin und her.

„Lange Nacht?", fragte ich trocken.

„Langes Wochenende. Es war nicht einfach, Informationen über
deine Möchtegern-Kidnapper vom Detective zu erhalten, und noch
schwieriger herauszufinden, was zur Hölle passiert ist. Das sind keine
Profis, die ihre Loyalität beibehalten. Sie sind so amateurhaft, dass sie
sich in die Hose machen würden, wenn ich ihnen eine Waffe an den
Kopf halten würde. Wen auch immer sie decken - er macht ihnen
eine Heidenangst, und das ist nie gut."

Ich lehnte mich zurück und runzelte die Stirn. „Du denkst, dieser
Versuch, Geld von mir zu erpressen, und der Maulwurf stehen
miteinander in Verbindung?"

„Ich denke, es gibt nicht genügend Informationen, um zu irgendwelchen Schlussfolgerungen zu kommen. Man würde dich mit einer Entführung definitiv von dem Maulwurf ablenken, aber die einzige andere Verbindung, die ich mir vorstellen könnte, wäre, wenn der Maulwurf dich gegen Geld erpressen wollte. Wenn das der Fall wäre, hätten wir wohl schon etwas gehört. Wie geht es der Frau?"

„Sloan geht es gut", sagte ich kurz.

„Sie hat das Wochenende mit dir verbracht."

Ich atmete tief ein und schüttelte den Kopf. „Sie hat eine Nacht mit mir verbracht."

Drew verengte seine Augen und musterte mich eine Minute, bevor er lachte. „Mein Gott, Mann. Es stört dich, dass sie nicht das ganze Wochenende geblieben ist. Was ist passiert? Ist sie gegangen, ohne sich zu verabschieden, und jetzt sind deine Gefühle verletzt?"

„Mach dich nicht lächerlich", knurrte ich wütend. „Ein One-Night-Stand ist mir nur recht."

„Dass Steinburg aus deinem Büro gestürmt und gemurmelt hat, dass die Frau dich an den Eiern hat, hat also nichts mit Sloan zu tun?" Ich sah ihn erschrocken an, und er grinste verschlagen. „Cecelia weiß alles."

„Steinburg muss seinen verdammten Mund halten. Ich habe ihn zu einem reichen Mann gemacht, und er soll sich aus meinem Privatleben heraushalten. Und Cecelia muss ..."

Torrence hob die Hände und unterbrach mich. „Whoa. Ganz ruhig. Hole tief Luft und achte auf dein Temperament. Wenn du Cecelia wütend machst, kündigt sie und dein Leben ist ein Scherbenhaufen. Du würdest nicht in der Lage sein, ohne diese Frau zu überleben, und das weißt du auch. Was Steinburg betrifft ... er hat nicht unrecht. Du musst dein Privatleben in Ordnung bringen, bevor es dein Berufsleben beeinträchtigt."

„Mein Privatleben ist völlig in Ordnung", sagte ich eisig. „Ich wollte sie. Ich hatte sie. Ende der Geschichte."

„Also willst du sie nicht wiedersehen?"

Die richtige Antwort wäre Ja gewesen. Ich hatte keine Pläne, sie wieder zu sehen. Die ehrliche Antwort war, dass ich sie, wenn sie durch die Tür käme, sofort über den Schreibtisch beugen und wieder in ihren sexy kleinen Körper gleiten würde, bis wir beide atemlos waren. „Wenn mir der Sinn danach stünde, würde ich mir nicht das Vergnügen verweigern, sie wieder zu haben", sagte ich schließlich. „Was ist der nächste Schritt bei der Identifizierung des Maulwurfs?"

„Ich suche jeden Tag nach Wanzen, habe aber keine weiteren gefunden. Ich lasse die PR-Abteilung im Web nach Informationen über dich suchen, aber es ist nichts aufgetaucht. Ich gehe immer noch die Finanzen deiner Mitarbeiter durch, aber ehrlich gesagt, es ist ein langer Prozess. Bis zum nächsten Versuch des Maulwurfs können wir wenig tun."

Wie ironisch war das? „Ich würde es vorziehen, wenn wir ihn gefunden hätten, bevor er noch mehr sensible Informationen nach außen tragen kann."

Torrence verdrehte die Augen. „Vielen Dank für den Hinweis auf das Offensichtliche. Wenn ich das verhindern könnte, bevor es passiert, würde ich es tun. Ich habe dir von Anfang an gesagt, dass es ein langwieriger Prozess sein könnte. Du musst vorsichtig sein mit dem, was du in den Konferenzräumen sagst, und du darfst keine Meetings abhalten, bevor ich alles nach Wanzen durchsucht habe. Idealerweise würden wir auch die Vorstandsmitglieder durchsuchen."

„Du weißt, dass ich das nicht machen kann."

„Ich weiß. Du willst Geheimhaltung, und ich versuche, unauffällig zu agieren, aber du spielst ein gefährliches Spiel, Montgomery. Möglicherweise musst du dich dazwischen entscheiden, die Dinge geheimzuhalten oder dein Unternehmen zu schützen. Wahrscheinlich versucht einfach jemand, sich etwas dazuzuverdienen, indem er für ein anderes Unternehmen spioniert. Wenn derjenige merkt, dass wir ihm auf den Fersen sind, wird er wahrscheinlich aufhören, aber du gehst ein großes Risiko ein."

Ich betrachtete ihn. Trotz seiner Warnungen war er praktisch auf der Couch eingeschlafen. „Letzte Woche warst du kurz vor dem Durchdrehen wegen dieser Sache. Jetzt bist du unbekümmert."

„Letzte Woche war ich sauer, weil du keine Informationen geteilt hast. Jetzt, da wir gleich viel wissen, denke ich ein wenig klarer", sagte er mit einem Achselzucken.

„Ausgezeichnet. Ich bin froh, dass du klar denkst", murmelte ich sarkastisch. „Zurück an die Arbeit."

„Du bist schrecklich schlecht gelaunt für jemanden, der dieses Wochenende eine Eroberung gemacht hat", sagte er grinsend, als er aufstand. „Vielleicht solltest du einen Weg finden, es zu einem regelmäßigen Ereignis zu machen."

„Raus", befahl ich. „Und bleib weg von meiner Sekretärin!"

Sein Lachen folgte ihm den ganzen Weg nach draußen, und ich schüttelte den Kopf. Trotzdem hallten seine Worte in meinem Kopf wider.

Wenn es mich vernünftig hielt, mein Verlangen nach Sloan zu stillen, musste ich vielleicht einen Weg finden, sie regelmäßig zu sehen. Irgendwann würde ich ihrer müde werden.

Frauen hielten meine Aufmerksamkeit selten für lange gefangen.

# 16

# KAPITEL DREI

### Sloan

Der Tag war wunderschön. Ich versuchte, die Wärme der Sonne zu genießen, als ich über mein Lehrbuch schaute. Der Campus war voller Studenten, die zum Unterricht eilten oder auf den Rasenflächen vor den Wohnheimen lagen oder Frisbee und Football spielten, aber das waren nicht die Dinge, die mich vom Lernen abhielten.

Nachdem ich eine Stunde verzweifelt versucht hatte, über kognitive Erkennung bei Jugendlichen zu lesen, gab ich nicht einmal mehr vor, das Buch zu betrachten.

Ich hatte ihn fast angebettelt. Ich war willenlos in seinen Armen gewesen, und ich konnte nicht aufhören, darüber nachzudenken. Was zur Hölle war passiert?

Ich versuchte, mir noch einmal zu sagen, dass ich nicht so eine Frau war, aber ich klang langsam wie eine steckengebliebene Schallplatte. Vielleicht war ich vor einem Monat keine Frau gewesen, die sich in völlig Fremde verliebte, gekidnappt wurde und verrückten Sex hatte, aber ich war es jetzt.

„Hey!"

Ich blickte scharf auf und sah, wie Randi auf mich zukam. Ihre dunkle Haut leuchtete unter den Sonnenstrahlen, und ihre Haare saßen absolut perfekt, als sie über ihren Rücken flossen. Sie sah wunderschön in einem rosa Top und einer Jeans aus, die ihre Kurven betonte.

Ich hingegen hatte meine Locken zu einem unordentlichen Pferdeschwanz hochgezogen und trug Jeans und ein blaues T-Shirt. Neben ihr sah ich völlig zerzaust aus.

Als sie näherkam, dachte ich kurz darüber nach, so zu tun, als ob ich schnell wegmusste, aber ich kannte den Blick der Entschlossenheit auf ihrem Gesicht. Sie wollte Informationen, und sie würde mich nicht gehen lassen, bis sie sie bekam. „Du warst das ganze Wochenende weg. Was ist los?"

Ich klappte das Buch zu und versuchte, ihr ein unschuldiges Lächeln zu schenken. „Hi, Randi."

„Du wirst mich anlügen. Ich kann es schon sehen", sagte sie trocken. „Deine Wangen röten sich, und du beißt auf deine Unterlippe. Du bist eine schrecklich schlechte Lügnerin, also spar dir die Mühe und sag mir die Wahrheit."

„Ich bin in der Sonne gewesen, und meine Lippen sind rissig", sagte ich und war kurz davor, sie anzulügen.

„Sloan!"

„Ich habe mit Lucas geschlafen", sagte ich schnell. Sobald die Worte aus meinem Mund heraus waren, hatte ich das Gefühl, dass eine Last von meinen Schultern genommen wurde. Ich hatte bis zu diesem Moment nicht einmal gewusst, dass ich es jemandem erzählen wollte.

Randi klatschte aufgeregt. „Es ist ja auch Zeit! Erzähl mir alles. War es gut? Ich wette, es war gut."

„Es war ... schön", sagte ich atemlos. „Es war mehr als schön. Vertrau mir, wenn ich sage, dass Victor nie so war. Ich weiß nur nicht, was ich jetzt tun soll."

Meine Freundin runzelte die Stirn und musterte mich. „Sloan, ich weiß, dass es eine Weile her ist für dich, aber du kannst dich nicht in einen Mann verlieben, nur weil er gut im Bett ist. Das ist Lucas Montgomery, über den wir hier reden."

„Ich weiß", sagte ich, als meine Schultern sanken. „Ich bin nicht in seiner Liga."

Randi nahm mich schnell in den Arm. „Nein. Das solltest du nicht sagen, und es ist sicher nicht wahr. Du bist zehn von seiner Sorte wert. Aber er ist nicht der Mann für dich, Sloan. Lucas ist die Art von Kerl, mit dem man ein paarmal ins Bett geht, es genießt und dann weitergeht. Er ist ein Playboy, und wenn du Gefühle investierst, wirst du nur verletzt werden."

Ich glaube, das war etwas, das ich schon immer gewusst hatte, aber es ins Gesicht gesagt zu bekommen war hart. „Du hast recht. Ich habe noch nie eine Affäre gehabt. Was genau soll ich jetzt machen? Ihn anrufen? Warte ich darauf, dass er mich anruft?"

„Du wartest absolut darauf, dass er dich anruft. Er ist wahrscheinlich daran gewöhnt, dass Frauen über ihn herfallen. Es wird ihm guttun, für das zu arbeiten, was er will."

Meine Ohren brannten vor Verlegenheit. War ich nur eine weitere Frau gewesen, die über ihn hergefallen war? Es dauerte nicht lange, bis ich seinen Verführungskünsten nachgegeben hatte. „Ich sollte es einfach sein lassen und nie wieder an ihn denken", murmelte ich, als ich mich hinunterbeugte, um mein Lehrbuch zurück in meine Tasche zu schieben.

„Süße, geht es dir gut? Ich weiß, es ist nichts, was du sonst tust, aber eine Affäre kann ziemlich viel Spaß machen. Wenn du natürlich Gefühle für ihn hast, wäre es katastrophal. Dann solltest du auf jeden Fall die Finger davon lassen." Sie schüttelte den Kopf und musterte mich, und ich versuchte zu lächeln.

„Ich habe keine Gefühle für ihn", sagte ich mit so viel Überzeugung wie möglich. „Aber er ist ablenkend, und ich bin zu weit zurück bei meiner Diplomarbeit, um mich ablenken zu lassen."

Ich konnte sehen, dass Randi mir nicht glaubte, aber sie sagte nichts mehr darüber. Sie fing stattdessen an, über ihr Wochenende zu plaudern, und ich bemühte mich, aufmerksam zu sein. Sie war der freiste Mensch, den ich kannte. Sie lebte ohne Angst und ohne

Reue. Als sie mich schließlich umarmte, war es tröstlich. „Ich bin für dich da", flüsterte sie.

Gerade als sie wegging, vibrierte mein Handy in meiner Tasche. Ich zog es heraus, sah es an und fühlte, wie mein Blut erstarrte.

Es war Lucas.

Ich zwang mich erst, es zu ignorieren und wieder in meine Tasche zu stecken, aber kurz bevor meine Mailbox aktiviert wurde, ging ich ran.

Himmel, ich war schwach.

„Hallo", sagte ich leise.

„Ms. Whitlow", sagte er leise. „Ich dachte, Sie könnten mich heute Abend zum Essen begleiten."

Ms. Whitlow? Also waren wir wieder am Anfang. „Lucas, du hast mich völlig nackt gesehen. Bitte nenne mich nicht wieder Ms. Whitlow", knurrte ich.

„Gut zu hören, dass dein Temperament noch intakt ist. Ich hole dich um sieben ab."

„Ich habe nicht zugestimmt, mit dir auszugehen", knurrte ich.

„Das machst du ständig. Du gehst immer davon aus, deinen Willen zu bekommen. Du hast mich nicht einmal gefragt, ob ich mit dir essen gehen will. Du hast nur gesagt, dass ich dich zum Abendessen begleiten kann. Warum versuchst du nicht, mich einmal zu fragen?"

Am anderen Ende der Leitung war es still, und ich dachte, er hätte aufgelegt. „Lucas?"

„Ich bin misstrauisch, dass du mich in die Falle locken willst, nur um das Vergnügen zu haben, mich zurückzuweisen", sagte er schließlich.

„Wäre es wirklich so schlimm, wenn dich jemand ab und zu zurückweisen würde?", murmelte ich.

Lucas räusperte sich. „Ich will nicht, dass du mich zurückweist."

Ich hatte das Gefühl, dass es das einzige Bekenntnis war, das ich jemals aus ihm herausbekommen würde. „Sieben klingt gut", sagte ich schließlich.

Er machte sich nicht einmal die Mühe, sich zu verabschieden, als er den Anruf beendete, und ich verdrehte verärgert meine Augen.

Aber ich fühlte mich ein wenig besser, als ich meine Tasche nahm. Lucas Montgomery wollte mehr als nur einen One-Night-Stand. Etwas daran fühlte sich sehr gut an.

Als er mich abholen kam, war ich wieder einmal jedes Kleidungsstück in meinem Schrank durchgegangen. Ein Teil von mir wollte den Kleiderschrank von Randi plündern, aber ich wollte, dass es bei diesem Date nur um mich ging. Nicht darum, mich zu schützen. Nicht darum, mich den Medien zu zeigen. Nur um mich.

Ich wählte eine schwarze Hose und ein einfaches blaues Top. Es war knapp genug geschnitten, dass es hoffentlich sexy war, aber es zeigte kein Dekolleté.

„Elegant", flüsterte ich, als ich mich anstarrte. „Es ist elegant."

Sicher. Vielleicht würde ich anfangen, es zu glauben, wenn ich es noch ein paarmal wiederholte.

Er war pünktlich. Immer pünktlich. Ich öffnete um sieben Uhr die Tür und versuchte, ihn nicht anzuschmachten. Er wurde jedes Mal, wenn ich ihn sah, noch verführerischer.

Seine Augen schweiften langsam über mich. „Hallo, Sloan."

„Lucas", flüsterte ich. „Danke für die Einladung zum Abendessen. Ich dachte nicht, dass du mich wieder kontaktieren würdest. Ich dachte, wenn du mich nicht mehr beschützen musst, wirst du dich nicht mehr verpflichtet fühlen, mit mir herumzuhängen."

Mit mir herumzuhängen? Könnte ich noch unreifer klingen?

„Heute Abend geht es nicht um deinen Schutz", sagte er leise. „Ich bin sicher, dass du das schon gemerkt hast. Komm schon. Wir kommen zu spät für unsere Reservierung."

Er legte eine Hand auf meinen Rücken, als er mich zum Auto führte. Ich war überrascht zu sehen, dass Danny, sein Fahrer, nicht anwesend war.

„Du bist selbst gefahren?", fragte ich, als er meine Tür öffnete.

„Ich fahre gern." Es gab keine andere Erklärung, und ich stieg in den Wagen.

„Ich nehme an, dass du mit deiner Diplomarbeit beschäftigt warst, und deshalb aus meinem Bett verschwunden bist, ohne dich zu verabschieden." Er sah mich nicht einmal an, als er den Wagen startete, aber ich hörte die Anklage in seiner Stimme.

Er wollte eine Erklärung. Ich nickte. „Ja. Ich habe immer viel für mein Studium zu tun."

„Hast du dich von dem Vorfall erholt?"

Ich dachte kaum darüber nach. Keine Alpträume. Keine Restangst. Erinnerungen an meine Nacht mit ihm erfüllten mich.

„Ja, danke. Es hilft mir, beschäftigt zu bleiben."

Das Gespräch war gespannt und höflich, und wir verstummten bald. Ich bereute schon meine Entscheidung, mit ihm essen zu gehen.

Als er vor dem Chateau Jean-Paul hielt, atmete ich erleichtert auf. Ein öffentliches Restaurant, das hoffentlich kein geheimes Stockwerk hatte, das Paaren mehr Privatsphäre und Intimität gewährte.

Mit Lucas allein zu sein, war gefährlich. Wieder mit ihm intim zu werden wäre noch schlimmer gewesen.

„Entspann dich", flüsterte er mir ins Ohr, als wir in das Restaurant gingen. „Heute Abend essen wir wie alle anderen."

Als ich mich entspannte, grinste er, entfernte seine Hand aber nicht.

Die Konversation beim Abendessen war genauso angespannt wie bei der Autofahrt. Ich versteckte mich oft hinter meinem Weinglas und meinem Essen. Als die Rechnung schließlich kam, freute ich mich darauf zu gehen. Das edle Restaurant war seine Welt, aber ich war so beschäftigt mit dem Versuch, mich nicht zu blamieren, dass ich das Essen nicht einmal genießen konnte.

Es gab Zeiten, da glaubte ich, in Lucas' Augen Lust zu sehen, aber es war nicht oft. Ich fing an zu denken, dass ich mich vielleicht irrte. Er schien kühl und kontrolliert zu sein. Ich konnte nicht umhin zu fragen, ob dieses Date mich daran erinnern sollte, dass wir aus verschiedenen Welten stammten.

Das wäre vielleicht für das Beste gewesen, aber es hielt mein Herz nicht davon ab, schmerzhaft in meiner Brust zu schlagen. Ich wurde so nervös, dass meine Hände zitterten, als ich mein Weinglas nahm, um es auszutrinken.

„Geht es dir gut?"

„Ja", murmelte ich. Vielleicht waren es die drei Gläser Merlot, aber ich entschied, dass Verstecken nicht die Antwort war. Wenn ich wissen wollte, was er dachte, würde ich fragen müssen. „Eigentlich geht es mir nicht gut. Ich bin nicht sicher, warum du mich heute Abend eingeladen hast."

Er lächelte langsam. „Warum glaubst du, dass ich dich eingeladen habe?"

Er wollte offenbar eines seiner Spiele spielen. „Weißt du was? Es spielt keine Rolle. Ich denke, wir können beide zustimmen, dass heute Abend einfach nicht funktioniert. Vielen Dank für das Essen und den Wein. Du musst kein schlechtes Gewissen mehr haben."

„Glaubst du, ich fühle mich schuldig?" Er grinste. „Wenn ich dir wortkarg erscheine, dann weil ich versuche, deinen Gemütszustand abzuschätzen. Es gibt etwas, das ich mit dir besprechen will."

„Oh ja? Und was ist das?"

„Ich habe es genossen, die Nacht mit dir zu verbringen, Sloan. Ich denke, du hast es auch genossen."

Meine Augen weiteten sich, und ich spürte, wie mein Magen sich zusammenzog. Worauf zum Teufel wollte er hinaus? „Lucas!"

„Ich werde dich natürlich für deine Zeit entschädigen. Ich weiß, dass sie wertvoll ist."

Erstarrend sah ich ihn an. „Es tut mir leid. Was genau sagst du da? Du willst eine Wiederholung?"

„Du nicht?"

„Und du willst mich dafür bezahlen?"

„Entschädigen."

Eine halbe Sekunde hatte ich keine Ahnung, wie ich reagieren sollte. Ich blinzelte nur. „Mein Gott. Das ist dein Ernst." Der Zorn traf mich wie eine Mauer, und meine Kinnlade fiel herunter. „Ich werde mich nicht von dir bezahlen lassen!", fauchte ich.

Er hob eine Augenbraue. „Du hast unsere gemeinsame Nacht nicht genossen? Ich denke, deine multiplen Orgasmen sprachen eine andere Sprache."

Seine Stimme war ein wenig zu laut, und ich sah mich nervös um.

„Sprich leiser", knurrte ich. „Es geht nicht darum, was ich genossen habe. Du bist wie eine Droge, und Drogen sind nicht gut. Sie machen ein paar Minuten Spaß, haben aber schreckliche Konsequenzen. Ich habe so schon zu viel zu tun, und ich bin keine Hure. Bring mich nach Hause. Jetzt."

Ich versuchte, meine Fassung zu bewahren, stand auf und glättete mit einer Hand meine Haare. Dann straffte ich meine Schultern und hielt meinen Kopf hoch. Was fiel ihm nur ein! Hatte er etwa gedacht, dass ich seine Hure werden würde, weil ich eine arme Studentin war?

Ich ließ ihn am Tisch sitzen und betete, dass er nicht so wütend war, dass er mich nicht nach Hause bringen würde.

Ich war eine arme Studentin, und ich hatte nicht genug Geld für ein Taxi, um mich durch die verdammte Stadt zu fahren. Natürlich wäre es vielleicht besser gewesen, meine Kreditkarte zu benutzen und noch mehr Schulden zu machen, als mit einem Mann nach Hause zu fahren, der mich für Sex bezahlen wollte.

# 17

# KAPITEL VIER

### Lucas

„Du bist sauer auf mich", murmelte ich, als sie den Schlüssel in ihre Tür steckte. Sie hatte kein Wort gesagt, als ich sie nach Hause fuhr, und ich war nicht sicher, was genau ich getan hatte, um die kalte Schulter verdient zu haben. Ich wickelte meine Hände um ihre Taille und fühlte, wie sie sich versteifte.

„Ich habe dir gesagt, wie ich mich fühlte", sagte sie kalt. „Ich bin keine geldgierige Hure, die zu deiner Verfügung steht, wann immer du willst."

Sie öffnete die Tür. Ich hatte das Gefühl, dass sie plante, sie mir ins Gesicht zu schlagen, also folgte ich ihr schnell hinein. Als sie herumwirbelte, war Wut in ihren Augen. „Ich habe dich nicht eingeladen", zischte sie.

Ich schloss die Tür mit dem Fuß, schob sie hart gegen die Wand und schob meine Hände über ihre Seiten, bis sich meine Daumen unter ihren Brüsten befanden. Sie machte mich ebenfalls wütend, aber verdammt, sie erregte mich auch.

„Ich habe dich niemals geldgierig genannt", knurrte ich. „Das Problem mit dir ist, dass du in alles zu viel hineininterpretierst.

Warum kannst du mich nicht einfach beim Wort nehmen, anstatt zwischen den Zeilen zu lesen?"

„Dich beim Wort nehmen?", wiederholte sie. „Ich soll jederzeit für dich bereit sein, und du entschädigst mich für meine Zeit? Wie genau wolltest du mich für meine Dienste bezahlen?"

Sie war vielleicht wütend, aber sie wölbte sich mir langsam entgegen. „Nur weil ich dich für deine Zeit entschädigen wollte, heißt das nicht, dass du eine Hure bist. Ich habe Verbindungen, Sloan. Ich kann deine Karriere beschleunigen. Ich kann dich in Kontakt mit jedem bringen, den du brauchst, um deine Diplomarbeit zu beenden. Ich kann dir helfen."

„Du bist ein Idiot", sagte sie mit zusammengebissenen Zähnen. „Es spielt keine Rolle, ob es Geld ist oder nicht. Es ist Bezahlung gegen Sex. Das ist, was eine Hure tut. Wenn du keine Beziehung möchtest, hättest du es nur sagen müssen. Ich bin eine erwachsene Frau, Lucas. Ich kann damit umgehen."

Trotz der Wut in ihren Augen sah ich die Flamme des Verlangens. Ihre Pupillen waren geweitet, und ihre Brüste bebten. Sie wollte kämpfen, aber sie wollte auch ficken. Und ich wurde härter bei jedem Atemzug, den sie machte.

Ich beugte mich hinunter und küsste sie hart. Die Zeit zum Reden war vorbei. Ich wollte kein Wort mehr aus ihrem Mund hören, wenn sie mich nicht anbettelte, sie zu ficken. Sie schob mich nicht einmal von sich. Ihre Arme legten sich um mich, und sie zog mich näher an sich und griff nach meiner Hose.

Ich ließ sie meine Härte herausnehmen und ihre Hände darauf legen. Als sie zudrückte, stöhnte ich und ließ meine Unterarme auf beiden Seiten von ihr ruhen. Lächelnd begann sie, mich zu streicheln. „Willst du mich dafür entschädigen?", spottete sie.

„Verdammt", zischte ich. Ich zog mich aus ihrem Griff, wirbelte sie herum und schob sie gegen die Wand. Sie wölbte automatisch ihren Hintern gegen mich, und ich lächelte. „Du kannst sagen, was du willst", murmelte ich. „Aber du willst mich."

„Ich kann dich wollen und immer noch sauer auf dich sein", murmelte sie und drängte wieder gegen mich. Sie schaute über ihre

Schulter und verengte die Augen. „So wie du mich trotz deiner Wut willst."

Ich wollte ihre Hose herunterziehen und sie hart an der Wand nehmen, aber das würde ihr keine Lehre sein. Ich wusste genau, was sie tun wollte. „Du denkst, weil ich dich will, kannst du mich kontrollieren?", fauchte ich, während ich meine Handfläche zwischen ihre Oberschenkel drückte. „Was ist mit der naiven Frau passiert, die vor ein paar Tagen in meinem Bett lag und nicht wusste, dass sie mehrere Orgasmen haben kann?"

„Sie wurde eines Besseren belehrt", zischte sie, aber ihre Augen schlossen sich, als ich mit den Fingern gegen sie drückte.

Sie stöhnte leise und rieb sich an mir. Selbst durch den Stoff ihrer Hose konnte ich ihre Hitze spüren. „Verdammt, Lucas", keuchte sie. Plötzlich schlug sie ihre Hände gegen die Wand. „Ich denke, du bist derjenige, der mich durch Sex kontrollieren will."

Ich knöpfte ihre Hose auf, schob den Reißverschluss nach unten und zog sie langsam ihre Beine hinab. Als ich auf die Knie ging, fühlte ich mich ganz ihrer Gnade ausgeliefert, während ich sanft einen Finger über den schwarzen Spitzenrand ihres Höschens gleiten ließ. Wir konnten über Kontrolle reden, so viel wir wollten, aber ich gehörte ihr, und sie musste mich nicht einmal berühren, um es zu beweisen.

Fuck. Es machte mich unheimlich wütend.

Ich riss ihr Höschen herunter und drehte meinen Körper so, dass ich meinen Kopf zwischen ihre Beine und die Wand schieben und meine Lippen auf sie drücken konnte. Sie schrie fast, als ich meine Zunge über ihren feuchten Schlitz zog und sie kostete.

Sie konnte scheinbar nicht anders, als ihr nasses Zentrum über meine Zunge zu reiben. Ihre Beine zitterten in meinen Händen, bis sie nur deshalb noch stand, weil ich sie festhielt. Ich schob meine Zunge über ihre Klitoris, bis sie aufschrie, aber als ich spürte, dass sie gleich kommen würde, hörte ich auf.

„Lucas", stöhnte sie. „Bitte."

„Bitte was?", zischte ich, als ich zu ihr aufblickte. Sie legte ihre Stirn an die Wand, und ihr Haar fiel über ihre Schultern.

„Bitte lass mich kommen", flüsterte sie. „Bitte."

Ich blies sanft gegen sie, bis sie zitterte, und zog schließlich meine Zähne leicht über ihre Klitoris. Ihr ganzer Körper schauderte, als ihr Höhepunkt sie überwältigte, und ich löste meinen Griff, als sie die Wand hinabrutschte. Ich schob meinen Körper hoch, lehnte mich zurück und ließ sie auf meinen Schoß fallen, so dass ihre Beine sich um mich spreizten.

Sie blinzelte und starrte mich an. „Das beweist nichts", flüsterte sie, als sie sich langsam über meine Erektion bewegte. Ich hob meine Knie und zog meine Hose ganz hinunter.

„Es beweist, dass du mich willst. Und du kannst mich haben, Sloan", murmelte ich, als ich ihre Haare hinter ihr Ohr steckte.

Ihre Augen sahen mich fragend an. „Warum kannst du es nicht einfach eine Beziehung nennen?"

Das Wort schnitt scharf in mich hinein. Es gab Beziehungen zu Frauen, und dann gab es eine Beziehung zu einer Frau. Ich hatte viel Erfahrung mit ersterem, aber praktisch keine mit letzterem.

Und ich würde jetzt nicht damit anfangen.

Anstatt ihr zu antworten, hob ich sie einfach hoch, bis ich in sie hineingleiten konnte. Sie hieß mich heiß und feucht willkommen, und ich stöhnte vor Lust. Sie wusste, was ich tat. Ich konnte die Anklage in ihren Augen sehen, aber wir waren beide voller Verlangen. Statt das Thema zu verfolgen, hob sie ihr Oberteil an und öffnete ihren BH, so dass ihre Brüste frei waren. Als sie mich ritt, beugte ich mich vor und nahm eine Brustwarze in meinen Mund.

Ich war süchtig nach jedem Laut des Vergnügens aus ihrem Mund. Je mehr sie stöhnte, desto mehr wollte ich sie stöhnen hören. Sie bewegte sich schneller, ihr Zentrum streichelte mich und ihr Körper schlug gegen meinen. Ich grub meine Finger in ihre Hüften und trieb sie an.

„Scheiße, Baby", zischte ich. „Du fühlst dich zu gut an. Ich kann nicht mehr lange durchhalten."

Sie wimmerte, und ich wusste, dass sie nahe daran war zu kommen. Ich grub meine Fersen in den Boden und schob meinen Körper gegen die Wand, bis sie mich so tief in sich aufnahm, dass ich nicht mehr wusste, wo ich endete und sie begann. Der Kontakt war zu viel für sie, und sie wölbte ihren Rücken und explodierte um mich herum.

Als ihre Muskeln sich um mich herum anspannten, hielt ich sie fest, während ich meinen eigenen Höhepunkt erreichte. Ich stöhnte ihren Namen und ergoss mich ganz in ihr. Alles, was ich geben konnte, gehörte ihr.

Als sie gegen mich sank, schloss ich die Augen und hielt sie an mich gepresst. Ich wusste nicht, ob Minuten oder Stunden verstrichen waren, aber sie schob sich schließlich hoch und starrte mich an. „Wir sollten uns wohl bewegen, bevor Randi nach Hause kommt", flüsterte sie.

„Ich gehe nicht weg", sagte ich finster, als ich sie fester umarmte. „Es ist mir egal, ob dein ganzer Apartmentkomplex uns hier erwischt. Ich bin noch nicht mit dir fertig."

Sie lachte trocken und schüttelte den Kopf. „Ich meinte nur, dass wir an einen privateren Ort, wie etwa mein Schlafzimmer, gehen sollten. Es hat eine Tür, die sich abschließen lässt."

Sloan löste sich langsam von mir und packte unsere Kleider. Sie blickte nicht einmal zurück, als sie mich ins Schlafzimmer führte, und ich fühlte mich ein wenig erleichtert, als sie die Tür hinter mir schloss.

„Es wird hart werden, vor morgen früh aus deinem eigenen Bett zu verschwinden", bemerkte ich, als ich mein Hemd auszog. Sie versteifte sich und drehte sich zu mir um.

„Du wirst das immer wieder erwähnen, oder?"

„Nur solange, bis du mir sagst, warum."

Sie warf die Kleider auf den Boden und schüttelte den Kopf. „Ich sollte es nicht sagen müssen. Ich hatte genau einen Sexualpartner, und wir waren in einer langen Beziehung. Ich hatte gerade einen One-Night-Stand mit einem Mann gehabt, den ich kaum kannte. Ich wusste nicht, wie ich mich verhalten sollte."

„Es ist kein One-Night-Stand mehr."

„Es ist immer noch eine Affäre, und ich weiß nicht, ob ich das tun kann." Sie setzte sich auf ihr Bett, zog ihre Knie an ihre Brust und bedeckte so effektiv ihre Nacktheit.

Sie sah so unschuldig und verletzlich aus. Ich konnte sie kaum anschauen. Ich ließ meinen Blick durch den Raum schweifen und versuchte, Antworten zu finden. Die weißen Wände der Wohnung waren so steril, und der Teppich neutral. Ihr Farbschema war konservativ. Grau und Weiß. Es gab ein paar Bilder hie und da, aber keine kühnen Kunstwerke an den Wänden. Mit Ausnahme von ihrem Schreibtisch, war es akribisch ordentlich. Ihre Kleidung war aufgehängt, ihre Schuhe säumten ordentlich die Wände, und es gab nichts, das auf ihrer Kommode herumlag.

Ihr Schreibtisch hingegen war bedeckt von Büchern und Papieren. Es war das erste Mal, dass ich etwas Konkretes über sie sagen konnte.

Sie war ein wandelnder Widerspruch. Ruhig und organisiert. Mutig und leidenschaftlich. Unschuldig und naiv. Verführerisch und gefährlich. Wenn ich vernünftig gewesen wäre, wäre ich gleich gegangen.

Ich hielt meine Stimme ebenmäßig, obwohl der Knoten in meinem Magen wuchs. „Also heute Abend?"

„Das habe ich nicht gesagt."

Gut. Obwohl ich wusste, dass es falsch war, erfasste mich Erleichterung. Ich ging zurück zum Bett und kroch langsam zu ihr. Ich zog ihre Knöchel herunter, bis sie nichts tun konnte, als sich zurückzulehnen, während ich mein Gewicht auf ihr niederließ. „Also, was sagst du? Willst du Romantik? Blumen, Schmuck, Abendessen im Kerzenlicht?"

„Ja."

Fuck. Ich knirschte mit den Zähnen und schüttelte den Kopf. „Das kann ich dir nicht geben, Sloan. Ich bin einfach nicht so ein Mann. Ich will keine Ehe oder Kinder. Ich denke nicht weiter in die Zukunft als heute. Aber ich kann dir genau zeigen, was dein Körper kann. Ich lasse dich an mir deine Phantasien ausleben, so dass du dich selbst erforschen kannst."

Ihre Augen verdunkelten sich, und ich lächelte. Ich hatte sie am Haken. „Würdest du monogam sein, wenn wir zusammen sind?"

Ich wählte meine Worte sorgfältig. „Ich benutze den Begriff Monogamie normalerweise nicht, weil ich keine festen Beziehungen eingehe. Aber ich weiß, dass dein letzter Freund dich betrogen hat, und ich kann nur annehmen, dass das ein wunder Punkt für dich ist. Wenn es dir hilft, werde ich mit niemand anderem zusammen sein, während ich mit dir zusammen bin, aber ich kann nicht behaupten, dass es mehr als eine sexuelle Erfahrung ist."

Sie brach nie den Blickkontakt zu mir ab, während sie über die Vereinbarung nachdachte. Wortlos nickte sie. Sie legte die Handflächen auf meine Schultern und schob mich zurück, bis ich umkippte. Nach einem schnellen Kuss auf meinen Mund rutschte sie langsam meinen Körper hinab und streichelte mit ihrer Zunge meine Haut, bis sie zögernd meinen Schwanz erreichte.

Der Gedanke daran, dass sie mich mit ihrem süßen Mund kommen ließ, ließ mich vor Erregung glühen. Als sie sich nicht bewegte, legte ich meine Hände sanft in ihr Haar und versuchte, sie zurückzuziehen. „Du musst nichts tun, was du nicht tun willst", flüsterte ich.

„Ich will es tun. Mein Ex sagte, dass ich nicht sehr gut darin bin." Sie sah mich unsicher an. „Ich dachte nur, wenn du mich lässt, könnte ich an dir üben."

Nichts auf der Welt hätte mich dazu gebracht, dieses Angebot abzulehnen. „Nimm dir Zeit", murmelte ich heiser. Ich lehnte mich zurück, schloss die Augen und wartete.

Zuerst war sie zögerlich. Ihre Zunge leckte mich von der Basis bis zur Spitze. Sie drückte mich sanft. Dann leckte sie schnell die Spitze.

Es war erotischer, als wenn sie mich tief in ihren Hals geschoben hätte. Ich stöhnte und versuchte, meine Hüften stillzuhalten, während sie mit mir spielte.

„Ist das okay?", flüsterte sie.

„Oh ja", murmelte ich heiser. Sie würde mich noch umbringen.

Als sie endlich ihre Lippen um mich gelegt hatte und sie langsam über meinen Schwanz rutschen ließ, stöhnte ich und konnte nicht umhin, leicht in ihren Mund zu stoßen.

Als sie sich entspannte, nahm sie mehr von mir in sich auf. Ihr Kopf senkte und hob sich schneller. In diesem Augenblick hätte ich alles getan, worum sie mich bat.

„Sloan?", knurrte ich schließlich durch zusammengepresste Zähne.

Sie benutzte ihre Zunge, um mit mir zu spielen, als sie ihren Mund hin- und hergleiten ließ. „Ja?"

„Dein Ex-Freund ist ein verdammter Idiot."

# 18

# KAPITEL FÜNF

### Sloan

Als ich dieses Mal neben ihm aufwachte, ging ich nicht weg. Nachdem ich bis spät in die Nacht mit seinem Körper gespielt hatte, war ich an ihn geschmiegt eingeschlafen, als hätte ich bereits unzählige Nächte mit ihm verbracht. Er hatte einen Arm um mich gelegt und sah friedlich aus, während er schlief.

Ich zog meine Finger sanft durch seine Haare und versuchte herauszufinden, was ich tat. Ich hatte gerade eine Affäre vereinbart. Es fühlte sich aufregend an, die Kontrolle über meine Sexualität zu übernehmen.

„Du siehst heute Morgen etwas zu nachdenklich aus", murmelte er und bewegte sich, als er mich anstarrte.

„Ich dachte, du schläfst", sagte ich lächelnd. Anstatt sich von mir zu entfernen, hielt er mich näher an seinen Körper gepresst.

„Sag mir, was du denkst."

Ich drehte mich in seinen Armen um und drückte meine Hand gegen seine nackte Brust. Am Morgen sah er verdammt gut aus. Es gab keinen Zweifel, dass ich hingegen völlig chaotisch aussah. „Ich dachte über unsere Vereinbarung nach."

„Willst du sie brechen, nachdem du jetzt glücklich und zufrieden bist?"

Ich sah die Frage in seinen Augen und lächelte. „Nein. Ich dachte nur, dass sie sich gut anfühlt."

„Ach wirklich?" Seine Hand strich über meine nackte Brustwarze. Mein Körper antwortete ihm sofort. „Was willst du als Nächstes tun?"

Ich wusste, was er fragte, aber ich war nicht bereit, über meine Phantasien zu sprechen. „Ich will mich für den Unterricht fertigmachen, damit ich nicht zu spät komme."

Er stöhnte frustriert, als ich mich widerwillig seinem Griff entzog. „Du sollst mir zur Verfügung stehen. Was, wenn ich sage, dass ich möchte, dass du den Tag mit mir im Bett verbringst?"

Kichernd griff ich nach meinen Kleidern. „Ich werde dich daran erinnern, dass du ein Multi-Millionen-Dollar-Unternehmen zu leiten hast. Du hast wahrscheinlich keine Zeit, einen Wochentag im Bett zu verbringen."

„Das ist richtig. Wirst du heute Abend in mein Bett kommen?"

Heute Abend? Ich musste an diesem Abend dringend an meiner Diplomarbeit arbeiten. „Ich werde es versuchen. Ich muss noch etwas Recherche betreiben, aber danach komme ich."

„Wirst du in der Bibliothek sein?"

Ich nickte, als ich eine Jeans und ein T-Shirt anzog. Seine Augen verließen mich nie, als ich mein krauses Haar zu einem Pferdeschwanz zurückzog. „Wenn du jeden Morgen mit mir verbringst, wirst du mich nicht länger in deinem Bett haben wollen."

Er flüsterte etwas so leise, dass ich nicht einmal sicher war, dass ich ihn richtig verstanden hatte.

Das ist die Idee. So klang es jedenfalls.

Ich starrte ihn scharf an. „Was hast du gerade gesagt?"

„Nichts."

Ich atmete tief ein und drehte mich wieder dem Spiegel zu. Er starrte mich an, aber da war keine Schuld auf seinem Gesicht. Selbst wenn er versuchte, meiner überdrüssig zu werden, war es egal. Ich hatte seine Beweggründe nicht hinterfragt, bevor ich die Vereinbarung getroffen hatte, und ich hatte keinen Grund, sie jetzt infrage zu stellen. „Ich muss gehen, wenn ich vor meinem ersten Kurs noch Frühstück besorgen will", murmelte ich, als ich mich von ihm abwandte. „Wenn du dich rausschleichen könntest, ohne dass Randi dich sieht, wäre das wohl am besten."

Langsam stand er auf. Als die Decken von ihm fielen, konnte ich nicht anders, als ihn anzustarren. Lucas Montgomery war eine Augenweide. Er sah sogar noch besser in meinem Schlafzimmer aus. „Schämst du dich für mich?"

Schnaubend verdrehte ich die Augen. „Ich bezweifle, dass sich jemand für dich schämen würde. Ich will einfach nicht, dass sie dich ansabbert. Würdest du dir bitte etwas anziehen?"

Als er sich hinter mich bewegte, schlang er seine Arme um mich und erwiderte meinen Blick im Spiegel. „Stört dich meine Nacktheit?", fragte er mit heiserer Stimme.

„Vergiss es!" Ich tanzte aus seiner Reichweite und schüttelte den Kopf, als ich meine Tasche packte. „Ich gehe zum Unterricht, und du wirst aufhören, mich abzulenken." Ich genoss seinen Anblick eine letzte Sekunde, bevor ich herausschlüpfte und die Tür hinter mir schloss.

„Da bist du ja!"

Ich drehte mich herum und sah Randi hineinstolpern. Sie fuhr sich mit einer Hand durch ihre Haare und sah mich müde an. Sie trug immer noch dasselbe rosa Oberteil und die Jeans von gestern.

Ich erstickte ein Grinsen. „Wo kommst du her?"

„Warum ist kein Kaffee in der Kanne? Es ist immer Kaffee in der Kanne", stöhnte sie. „Hast du verschlafen? Warum hast du verschlafen? Sloan, ich brauche Kaffee."

„Ich habe verschlafen", sagte ich, als ich mich langsam von der Tür wegbewegte. Ich betete, dass Lucas ohne Randis Wissen leise aus der Wohnung schleichen würde, und versuchte, unauffällig hinauszugehen.

„Was hast du letzte Nacht gemacht?", fragte sie und räusperte sich. „Verdammt, ich brauche eine Dusche."

„Ich habe an meiner Diplomarbeit gearbeitet. Ich bin total spät dran, und ja, du brauchst wirklich eine Dusche. Eine schöne, lange heiße Dusche", sagte ich laut und hoffte, dass Lucas den Hinweis mitbekommen hatte.

„Ja, ja", murmelte sie, als sie den Flur entlang schlurfte. Ich blickte auf die Uhr und knirschte mit den Zähnen.

Ich würde mich definitiv verspäten.

Es war etwas, dass mein Professor nicht so einfach durchgehen ließ. Als ich endlich im Unterrichtsraum ankam, hielt er bei seinem Vortrag inne und drehte sich zu mir, während ich versuchte, unbemerkt auf meinen Platz zu gleiten. „Ms. Whitlow, wie schön, dass Sie sich uns anschließen konnten", sagte Professor Elliot trocken.

„Tut mir leid, Professor", sagte ich, als ich den Kopf senkte. Alle im Raum drehten sich zu mir um.

„Möchten Sie uns sagen, warum Sie heute über die Hälfte es Unterrichts verpasst haben?"

Ich dachte daran, ihm zu sagen, dass ich in den Armen eines herrlichen Mannes gelegen hatte. Aber ich lächelte nur kurz. „Der Wecker ging nicht an." Schnell rutschte ich auf meinen Platz, zog mein Notizbuch heraus und versuchte, mich zu konzentrieren. Als Professor Elliot mit seinem Vortrag fortfuhr, versuchte ich verzweifelt, ihm zuzuhören. Nachdem der Unterricht vorbei war, wurde mir klar, dass ich kein einziges Wort mitgekriegt hatte.

„Ms. Whitlow. Haben Sie eine Minute Zeit?", rief Professor Elliot, als ich meine Tasche packte.

„Natürlich", sagte ich mit einem angespannten Lächeln. Wenigstens wartete er, bis die anderen Studenten den Raum verlassen hatten, bevor er mich für meine Verspätung tadelte. Während ich Lucas und seine Versuchungen verfluchte, ging ich langsam zu ihm. „Professor Elliot, es tut mir leid, dass ich zu spät gekommen bin."

„Ms. Whitlow", sagte er, als er seine Hand lächelnd hochhielt. „Sie sind fast nie zu spät dran, also machen Sie sich keine Sorgen. Ich habe die Informationen, die Sie mir am letzten Wochenende per E-Mail gesendet haben, durchgelesen, und obwohl es schon spät ist, denke ich, dass Sie endlich das richtige Thema für Ihre Diplomarbeit gefunden haben."

Meine Augen weiteten sich, und ich grinste. Am Wochenende

hatte ich ihm die Informationen, die ich von der Wohltätigkeitsorganisation gesammelt hatte, in der Hoffnung geschickt, dass ich sie in meine Diplomarbeit aufnehmen könnte. Ich wollte die Notwendigkeit eines Sommerprogramms für Schüler verdeutlichen, das ihnen sowohl Bildung als auch Spaß bot und ihnen Verantwortung und Wohltätigkeit näherbrachte. „Ich kann es schaffen, Professor Elliot. Ich weiß es."

„Sie hängen Wochen hinterher. Sie müssen noch eine Gruppe von Testpersonen als Teilnehmer finden und in Kontakt mit den Wohltätigkeitsorganisationen treten, um vor dem Ende des Semesters einen Unterrichtsplan aufzustellen. Sie haben eine Menge Arbeit vor sich", sagte er warnend.

Ich nickte eifrig. „Ich weiß. Ich fange gleich an!"

Er winkte, um mich zu entlassen, und ich packte meine Tasche und rannte zur Bibliothek. Wenn ich das Mittagessen ausfallen ließ, hatte ich vier Stunden bis zu meinem nächsten Kurs Zeit, um zu arbeiten. Danach konnte ich die ganze Nacht durcharbeiten.

Schlaf war überbewertet.

Erst als die Sonne untergegangen war und ich Stunden in der Bibliothek verbracht hatte, vibrierte mein Handy. Stirnrunzelnd hob ich es hoch und sah auf den Bildschirm.

Dein Kurs hat vor Stunden geendet. Wo zur Hölle bist du?

Mein Herz sank. Ich hatte ganz vergessen, dass ich Lucas gesagt hatte, dass ich versuchen würde, ihn zu treffen.

Es tut mir leid. Ich habe beim Recherchieren in der Bibliothek die Zeit vergessen.

Er schrieb fast sofort zurück.

Also treffen wir eine Vereinbarung, und du brichst sie gleich bei erster Gelegenheit?

Was war sein Problem? Es war nur eine Nacht, und er wusste, wie wichtig meine Diplomarbeit für mich war. Ich habe gesagt, dass es mir leidtut. Ich werde es wiedergutmachen.

Er antwortete nicht, und ich versuchte, mich wieder auf meine Arbeit zu konzentrieren. Ich konnte nicht umhin, hin und wieder auf mein Handy zu schauen, um zu sehen, ob ich eine Nachricht von ihm verpasst hatte.

Aber das war nicht der Fall.

Die Bibliothek schloss erst um zwei Uhr morgens, so dass ich schnell die Zeit aus den Augen verlor. Erst als über mir ein Schatten aufragte, sah ich wieder nach oben.

Lucas stand vor mir, und es war nichts als kalter Zorn auf seinem Gesicht.

„Was machst du hier?", knurrte ich mit leiser Stimme. Ich schaute mich um und mein Herz sank, als ich sah, dass nur noch ein paar Leute in der Bibliothek waren. „Wie bist du überhaupt hier hereingekommen? Man braucht dafür eigentlich einen Studentenausweis."

„Ich habe Geld, Sloan. Du wirst feststellen, dass es mich so ziemlich überall hinbringt." Er setzte sich und sah mich erwartungsvoll an.

„Du hast mir noch nicht gesagt, was du hier machst."

„Ich wollte dich sehen. Wir hatten Pläne, erinnerst du dich?"

Ich blickte auf meine Uhr. Es war fast Mitternacht. „Lucas, es tut mir leid, dass ich es vergessen habe, aber du kannst nicht einfach hier sitzen und mich anstarren, während ich arbeite."

„Warum nicht? Ich versetze andere Leute nicht", sagte er laut.

Ich verdrehte die Augen und knirschte mit den Zähnen. „Sprich leiser", fauchte ich. „Die Menschen sind hier, um zu studieren. Reagierst du jedes Mal wie ein Idiot, wenn so etwas passiert?"

„Hast du vor, mich öfter zu versetzen? Wenn du mich angerufen und mir gesagt hättest, dass du arbeiten musst, wäre ich viel glücklicher. Stattdessen hast du es vergessen. Ich mag es nicht, vergessen zu werden", sagte er beiläufig. Er senkte seine Stimme, aber nicht viel.

„Zum Teufel", knurrte ich und schlug mein Buch zu. Es gab keine Möglichkeit, dass ich die Arbeit jetzt erledigen würde. Ich schob meine Bücher in meine Tasche und stürmte hinaus. Wie zu erwarten war, folgte er mir.

Sobald wir draußen waren, wirbelte ich zu ihm herum. „Ist das, was jedes Mal passieren wird, wenn ich dich verärgere? Du wirst mich auf dem Campus stalken und mich vor meinen Kommilitonen lächerlich machen? Ich habe eine Menge Geld und Mühe in mein Studium investiert, und diese Diplomarbeit wird mir eine Karriere ermöglichen! Eine Karriere, für die ich hart arbeite. Es tut mir leid, dass ich unsere Pläne vergessen habe, aber ich hänge Wochen hinter den anderen her, so dass meine Hauptpriorität darin besteht zu recherchieren und meine Diplomarbeit zu verfassen. Und wenn dein Ego das nicht ertragen kann, kannst du dir eine andere Frau suchen, um deine dumme Fickfreundin zu sein."

Ich drehte mich um, um die Treppe weiter hinunterzugehen, aber er griff nach meinem Arm. „Geh nicht von mir weg, Sloan", sagte er leise.

„Lass mich los." Heiße Wut trieb mich an, als ich mich umdrehte, um ihn anzustarren. „Lass mich jetzt sofort los."

Sein Zorn war so groß wie meiner, aber er gab nach und ließ mich los. Ich schüttelte den Kopf, als ich ihn anstarrte. „Hast du immer einen Wutanfall, wenn es nicht nach deinem Willen geht? Wie hält es überhaupt jemand in deiner Nähe aus?"

Sein Gesicht verdunkelte sich, und ich machte mir Sorgen, dass meine Worte zu hart gewesen waren. „Sloan", sagte er leise.

„Es war ein Fehler, Lucas. Ich weiß, dass ich dir das hätte sagen sollen, und ich weiß, dass es dich ärgert, dass ich es vergessen habe, aber ich kann nicht garantieren, dass es in Zukunft nicht wieder passieren wird. Du hast das Recht, aufgebracht zu sein, aber wenn du in einem Meeting stecken würdest, würde ich sicher nicht in dein Büro stürmen und einen Anfall bekommen." Nach einem tiefen Atemzug kehrte ich ihm den Rücken zu und schritt langsam in die Dunkelheit. Als er mir folgte, blieb ich stehen.

„Ich sorge dafür, dass du sicher zu deinem Auto kommst", murmelte er knapp. „Ich bin sicher, dass die Campus-Security nicht meinen Standards entspricht."

Kontrollierender Bastard. Ich war zu müde, um noch mehr mit ihm zu streiten und ließ ihn mir zurück zu meinem Auto folgen. Ich machte keinen Blickkontakt und sagte nichts zu ihm, als ich in den Fahrersitz glitt und die Tür zuschlug.

Ich spürte immer noch seine Augen auf mir, als ich mein Auto startete und wegfuhr.

Vierundzwanzig Stunden waren vergangen, und wir hatten das zwischen uns schon zerstört. Lucas Montgomery war niemand, der Fehler verzieh, und ich war keine Frau, die sich herumstoßen ließ.

Trotz meiner Überzeugungen konnte ich nichts gegen die Tränen in meinen Augen tun. Es war vorbei.

# 19

# KAPITEL SECHS

**Lucas**

Ich schaukelte hin und her auf meinem Stuhl und starrte stumm zu Torrence. Er sprach weiter, aber ich hörte kein Wort.

Ich hatte schon gesehen, wie Sloan sauer auf mich war. Aber dies war das erste Mal, dass ich sie wirklich wütend gesehen hatte.

Es war irritierend. Sie hatte mich versetzt. Welches Recht hatte sie, wütend auf mich zu sein?

„Hörst du überhaupt, was ich dir sage?", knurrte Torrence.

Ich rieb mir den Nacken und gähnte. „Ich bin müde, Drew", murmelte ich.

„Wenn du mich Drew nennst, musst du wirklich müde sein. Ich nehme nicht an, dass du Ms. Whitlow letzte Nacht in deinem Bett hattest?", fragte er trocken.

Ich hob meinen Kopf und starrte ihn an. „Eigentlich nicht. Sie ist ziemlich wütend auf mich. Sie denkt, dass ich kontrollierend bin."

Torrence schnaubte. „Das dürfte nichts Neues für dich sein. Du bist ein kontrollierender Bastard."

„Sie sagt, dass ich übertrieben reagiert habe."

„Ich glaube, ich könnte sie wirklich mögen", sagte mein Freund mit einem Grinsen. „Was hast du getan?"

„Ich habe nichts getan", knurrte ich. „Sie hat mich versetzt, und ich bin losgegangen, um sie zu finden!"

Er starrte mich an. „Im Ernst? Du hast sie verfolgt, weil sie dich versetzt hat? Das ist ein wenig übertrieben."

„Halt den Mund. Warum bist du hier?"

„Ich versuche, dir einen Bericht über meine Ermittlungsergebnisse zu geben. Ich habe einen ziemlich gründlichen finanziellen Hintergrundbericht von fast einem Drittel des Personals, aber auch wenn einige seltsame Menschen für dich arbeiten, habe ich keine ungewöhnlichen Aktivitäten feststellen können, die auf den Erhalt einer Zahlung für Spionagetätigkeiten schließen lassen."

„Verdammt." Ich rieb mir mit einer Hand über mein Gesicht und schloss die Augen. Letzte Nacht hatte ich nicht sofort den Campus verlassen. Ich war ein wenig umhergegangen und hatte versucht, mich an meine eigene Zeit am College zu erinnern.

Es war kurz gewesen. Nur zwei Jahre. Ich war nur hingegangen, weil mein Vater es verlangte, aber das College hatte nie zu mir gepasst. Ich war nicht der Typ, der auf Partys ging. Ich wurde dazu erzogen, diszipliniert und kontrolliert zu sein, aber das College war voller Versuchungen. Mein Vater war wütend, als ich mein Studium abbrach, aber weniger als ein Jahr später war er gestorben. Ich hätte das College sowieso nicht abgeschlossen. Es war seltsam für mich, dass es ihr so wichtig war.

Wichtiger für sie als ich.

Es war ein lächerlicher Gedanke. Sie arbeitete hart für ihre Karriere. Ich mochte sie deshalb. Sie war keine schwache Frau, die ihr eigenes Leben vernachlässigte, weil ein Mann Interesse an ihr zeigte. Sie hatte ein Ziel im Leben, das nicht nur daraus bestand, eine gute Zeit zu haben. Sie hatte Substanz, und ich bewunderte sie dafür.

Bis es dem, was ich wollte, in die Quere kam.

Verdammt, ich war ein kontrollierender Bastard.

„Montgomery! Lass es mich wenigstens wissen, wenn ich hier nur meine Zeit verschwende, damit ich einen Kaffee trinken kann, während du deinen Gedanken nachhängst."

„Ich höre dir zu", knurrte ich. „Ich kann es in einem Satz zusammenfassen. Du hast den Verräter nicht gefunden. Wie hilft mir das?"

Torrence schüttelte den Kopf und stand auf. „Du bist ein verdammter Arsch heute. Anscheinend hat es dich wirklich verärgert, dass dir jemand die Wahrheit gesagt hat. Sie denkt also, dass du kontrollierend bist. Montgomery, das bist du auch. Das ist nichts Schlimmes. Du hast ein Imperium auf Disziplin aufgebaut. Mach dir keine Vorwürfe deswegen. Wenn sie dich verärgert, kannst du eine andere Frau finden."

Ich wollte keine andere Frau. Ich wollte Sloan. Und noch seltsamer war, dass ich wollte, dass Sloan mich mochte.

Die Erkenntnis erschreckte mich. Normalerweise wollte ich, dass Frauen mich begehrten, und das war nie ein Problem. Sloan hatte mich definitiv begehrt. Ihr Körper hatte auf jede Berührung reagiert. Auf jedes Wort. Aber ich hatte mich nie zuvor dafür interessiert, ob Frauen mich mochten.

„Wie lange wird es dauern, bis du deine Suche beendet hast?", fragte ich schließlich.

„Mindestens eine Woche", seufzte er. „Vielleicht länger. Ich weiß, dass du morgen eine Vorstandssitzung hast. Ich denke, du solltest sie verschieben."

„Wenn ich sie verschiebe, muss ich den Vorstandsmitgliedern einen Grund dafür geben. Nur weil wir nicht denken, dass es ein Vorstandsmitglied ist, bedeute das nicht, dass es auch so ist. Ich muss so tun, als wäre alles normal."

„Der Verräter weiß, dass du die Wanze gefunden hast. Es ist nicht so, dass du dich vor ihm verstecken musst", sagte Torrence.

„Aber wenn ich zu viele Vorsichtsmaßnahmen ergreife, könnte er etwas Drastischeres tun. Solange wir vor den Meetings alles nach Wanzen durchsuchen, sollten wir auf der sicheren Seite sein. Wenn irgendwelche Informationen nach außen dringen, wissen wir, dass es ein Vorstandsmitglied ist. Ich muss nur auf die Informationen achten, die ich den anderen mitteile", sagte ich schließlich, als ich mich umdrehte, um aus dem Fenster zu starren.

„Montgomery, ich habe mir die Finanzen der Vorstandsmitglieder angesehen. Wenn einer von ihnen der Maulwurf ist, tut er es aus persönlichen Gründen. Hast du in letzter Zeit etwas getan, das sie wütend gemacht haben könnte?"

„Sie haben Geld in mich investiert, aber das bedeutet nicht, dass ich auf jedes Wort höre, das sie sagen. Ich leite dieses Unternehmen, wie es mir passt, und damit haben sie ab und an ihre Probleme. Aber ich kann mich an nichts erinnern, was ich in letzter Zeit getan haben könnte", murmelte ich. Hamburg hatte mich auf den Verräter aufmerksam gemacht, aber das machte ihn nicht sofort unverdächtig. Addison war seit ihrem Geburtstag in großzügiger Stimmung, aber ich hatte das Gefühl, dass das mehr mit dem Liebhaber zu tun hatte, den sie sich mehr oder weniger heimlich hielt, als mit mir. Holmes war eher zurückhaltend, und Jenson war jung und angeberisch, aber sein Sitz im Vorstand verlieh ihm Status. Er würde das nicht gefährden, nur weil er wütend auf mich war.

„Ich werde darauf achten, was ich bei dem Meeting sage, Torrence. Keine Sorge. Selbst wenn das Unternehmen bröckelt, habe ich genug Geld in der Reserve, um dich weiter zu beschäftigen", sagte ich trocken.

„Idiot", murmelte Torrence. „Ich weiß nicht einmal, warum ich versuche, dein Freund zu sein. Das sollten das Ganze ernster nehmen."

„Vertrau mir, ich nehme es sehr ernst." Und persönlich. Jemand versuchte, mich zu vernichten. Das nahm ich persönlich. „Suche weiter. Lasse mich wissen, was du findest."

Torrence nickte und öffnete die Tür. „Iris?", fragte er mit überraschter Stimme.

Iris? Ich drehte mich um und sah, wie die wunderschöne Blondine mit einem Grinsen im Gesicht in der Tür stand. „Hallo, Drew. Es ist eine Weile her", sagte sie, aber ihre Augen waren auf mir.

„Ich dachte, du wärst in Europa."

„Das war ich. Ich bin gerade zurückgekommen. Wie geht es dir?"

Torrence sah mich beunruhigt über die Schulter an. Iris und ich hatten eine kurze Beziehung gehabt, aber obwohl sie nur ein paar Monate dauerte, war es länger gewesen als sonst. Ich war mit unserer Vereinbarung glücklich, aber sie war plötzlich nach Europa gegangen und hatte nie ein Wort gesagt. Sie war einfach eines Tages verschwunden. Erst als ich anfing nachzuforschen, erkannte ich, dass sie das Land verlassen hatte. Ich hatte sie nie kontaktiert, und sie hatte mich nie kontaktiert. „Es geht mir gut. Schön dich zu sehen."

Er glitt an ihr vorbei, und Iris sah mich erwartungsvoll an. „Nun? Kann ich reinkommen?"

Vorsichtig nickte ich. Iris war immer schon berechnend gewesen. Ihre Rückkehr war nicht ohne Grund erfolgt. „Was kann ich für dich tun?"

„So formell", kicherte sie, als sie hereinkam. Ich war erleichtert zu sehen, dass sie die Tür offen ließ. „Ich dachte, du würdest glücklicher sein, mich zu sehen."

„Du hast dich nicht verabschiedet, bevor du gegangen bist."

Sie setzte sich auf die Couch und überkreuzte die Beine. Ihr kurzes blaues Kleid glitt bis zu ihrem Oberschenkel hoch, und sie lehnte sich verführerisch zurück. „Wir wissen beide, dass es dich nicht gestört hat, also tu nicht so. Ich habe dein Bett nachts gewärmt, und das ist alles, was du brauchst. Oder warst du nur deshalb aufgebracht, weil ich dich verlassen habe, bevor du mich verlassen konntest?"

Iris hatte nicht unrecht. Ich ging um den Schreibtisch herum und lehnte mich dagegen. „Was kann ich für dich tun, Iris?"

„Nichts Berufliches. Ich bin zurück in der Stadt, und ich dachte, du könntest etwas Freizeit haben."

Die Bedeutung ihrer Worte war klar, aber ich interessierte mich nicht dafür. „Es tut mir leid, Iris. Ich habe gerade viel zu tun."

„Ich bin schon eine Weile in der Stadt, Lucas. Ich habe Gerüchte gehört, dass du Interesse an einem ziemlich jungen Ding zeigst. An einer Studentin. Warum solltest du Interesse an einer Studentin haben? Normalerweise magst du mächtigere Frauen. Erfahrene Frauen."

Ich versteifte mich und spürte plötzlich den Drang, Sloan zu verteidigen und zu beschützen. „Also bist du eifersüchtig?"

„Nicht eifersüchtig. Nur neugierig." Sie fuhr mit dem Finger ihren Oberschenkel hoch.

Ich hob den Kopf und starrte sie an. „Wie lange bist du schon zurück, Iris?"

„Etwa einen Monat. Lange genug, um von dem Entführungsversuch zu hören. Lang genug, um zu wissen, wie verstört du warst, als das Mädchen verschwand. Lang genug, um von deiner gewagten Rettungsaktion zu hören."

Und lange genug, um eine Wanze in meiner Firma zu platzieren. „Einen Monat, und du hast mich bislang nicht kontaktiert?", fragte ich beiläufig. „Was genau hast du in Europa gemacht?"

Iris war die Tochter eines reichen Ölmagnaten. Obwohl sie nicht arbeiten musste, dachte sie wie eine Geschäftsfrau, und ihr Vater bat sie oft um Rat. Sie war keine naive Frau. Sie war eine Strategin, und wenn sie dachte, sie könnte mich dazu benutzen, ihren Aufstieg in der Wirtschaft zu fördern, hatte ich keinen Zweifel daran, dass sie es tun würde.

„Ich habe Zeit an den Stränden in Frankreich und den Cafés in Italien verbracht. Und mit hübschen Männern in Griechenland geflirtet. Es war ein schöner Urlaub. Du hättest mich begleiten sollen", sagte sie mit einem verruchten Lächeln.

„Du hättest mich einladen sollen." Meine Stimme war kalt. Es war unmöglich, dass sie monatelang Urlaub in Europa gemacht hatte. Iris war schon gelangweilt, wenn sie eine Stunde nichts zu tun hatte. Wochen der Untätigkeit hätten sie verrückt gemacht.

Sie stand auf und ging mit wogenden Hüften auf mich zu. Iris war eine natürliche Schönheit. Kurven an allen richtigen Stellen. Sogar völlig ungeschminkt war sie eine Augenweide. Sie war groß und hatte lange Beine. Sie wusste, dass sie faszinierend war, und sie nutzte es wie eine Waffe. „Wenn du mich vermisst hast, Lucas, wäre ich mehr als glücklich, es wiedergutzumachen."

Sie versuchte, mich zu erreichen, aber ich packte ihre Handgelenke, bevor sie mich berühren konnte. „Wenn ich du wäre, würde ich deine Absichten ganz deutlich machen, Iris. Deine wahren Absichten. Ich bin ein beschäftigter Mann, und ich mag keine Spielchen."

Das Lächeln glitt von ihrem Gesicht, aber bevor sie etwas sagen konnte, räusperte sich jemand. Ich sah scharf auf und sah, wie Sloan mich von der Tür aus anstarrte. Ihr Gesicht war eine Mischung aus Wut und Eifersucht.

„Sloan", sagte ich mit kontrollierter Stimme. „Das ist Iris Norwood."

Ich versuchte, so ruhig wie möglich zu bleiben. Iris würde ohne Zweifel versuchen, Sloan zu reizen, und unsere Beziehung war zu fragil dafür. Ich schob Iris leicht zurück, bevor ich sie in der Hoffnung losließ, dass sie den Hinweis verstand und selbst weiter zurückwich.

Sie tat es nicht.

Sloan kam langsam in den Raum. Ihre Augen begegneten den Augen von Iris. „Norwood? Die Ölgesellschaft?"

„Ja. Und wer bist du? Lucas und ich haben etwas ganz Intimes besprochen, bevor du uns unterbrochen hast", sagte Iris mit einem spöttischen Lächeln.

Verdammt. „Und unsere Unterhaltung ist vorbei", sagte ich schnell. „Iris, du musst nicht zurückkommen."

Sie sah mich scharf an, und in ihren Augen war Überraschung. Was auch immer sie über meine Beziehung zu Sloan dachte, sie hielt es eindeutig nicht für möglich, dass sie meine Beziehung zu ihr übertrumpfte.

„Gut", sagte sie steif. Sie warf einen weiteren Blick auf mich, bevor sie an Sloan vorbeistolzierte.

„Sloan, was machst du hier?", fragte ich leise.

„Du bist auf meinen Campus gekommen. Ich dachte, dass es nur fair ist, wenn ich zu dir auf die Arbeit komme", sagte sie, als sie den Kopf drehte und zur Tür starrte.

Großartig. Sie war immer noch wütend. „Sloan, das ist kein guter Zeitpunkt. Außerdem hast du letzte Nacht selbst gesagt, dass du nicht in mein Büro stürmen würdest."

„Ich bin nicht hereingestürmt", murmelte Sloan. „Ich hätte geduldig bei deiner Sekretärin gewartet, aber deine Tür war offen."

Ich spannte meinen Kiefer an und atmete tief ein. Es gab nichts an ihrer Körpersprache, das darauf hindeutete, warum sie hier war. „Können wir später reden? Ich bin ein wenig beschäftigt im Moment."

Sobald ihre Augen mir begegneten, wusste ich, dass ich das Falsche gesagt hatte. Es war keine Wut in ihnen, sondern Misstrauen. Sie verschränkte die Arme und hob den Kopf. „Es tut mir leid. Ich wäre definitiv nicht hierhergekommen, wenn ich geahnt hätte, dass ich dich und die wunderschöne Frau unterbrechen würde, die einst deinen Arm und dein Bett geziert hat."

Fuck.

# 20

# KAPITEL SIEBEN

### Sloan

„Schließe die Tür", sagte er leise. Er bewegte sich um den Schreibtisch und setzte sich auf seinen Sessel. Die neue Distanz zwischen uns beunruhigte mich noch mehr.

Ich tat, was er verlangte, aber ich hatte das Gefühl, dass ich schnell die Kontrolle über die Situation verlieren würde. Ich war gerade ins Zimmer gekommen, als er eine andere Frau berührte. Es war keine sexuelle Berührung gewesen, aber ich konnte die Intentionen auf ihrem Gesicht sehen, genauso wie den Ekel darauf, als sie an mir vorbeiging.

„Warum sagst du mir nicht, was du hier machst, bevor einer von uns etwas sagt, was wir bereuen könnten?", fragte er leise.

Die Tür schloss mit einem leisen Klick, und ich drehte mich zu ihm um. Mein Herz raste. „Ich bin gekommen, um mich zu entschuldigen."

„Wirklich?"

„Ja, also stelle dir meine Überraschung vor, als ich dich im Büro mit deiner Ex-Freundin fand", zischte ich. Ich würde ihm das sicher nicht durchgehen lassen.

„Ich habe dir gesagt, dass ich niemanden sonst ficken würde", sagte er finster, als er mich anstarrte. „Das habe ich nicht. Warum vertraust du mir nicht?"

Ich brach nicht den Augenkontakt ab. „Es sah so aus, als hättest du den Eindruck, dass ich unsere Vereinbarung gestern Abend gebrochen habe."

„Wenn das wahr wäre, könnte ich ficken, wen ich wollte."

Der Schmerz zerschnitt mich, und meine Augen weiteten sich. Ich konnte nicht darauf antworten.

„Sie kam unangemeldet in mein Büro. Ich hatte nicht die Absicht, etwas mit ihr zu tun. Wenn unsere Vereinbarung vorbei ist, wirst du es wissen."

Seine kontrollierte Wut jagte einen Schauder über meinen Rücken. „Tut mir leid", flüsterte ich. „Du warst mit so vielen Frauen zusammen, und sie ist so schön."

„Komm her."

Seine Stimme ließ keinen Widerspruch zu. Ich löste mich langsam von der Wand und ging zu ihm. Mein Herz hämmerte gegen meine Brust. Ich hatte keine Ahnung, dass er so wütend sein könnte.

Ich blieb vor seinem Schreibtisch stehen, und er schüttelte den Kopf. „Nein. Komm her."

Scheiße. Ich schluckte, umrundete den Schreibtisch und stand vor ihm. Ich hatte keine Angst vor ihm. Tief in mir wusste ich, dass er mich nie körperlich verletzt hätte. Ich wäre nicht hier gewesen, wenn ich gedacht hätte, dass das der Fall war, aber ich hatte dennoch keine Ahnung, was er tun würde.

Seine Hände bewegten sich zum Knopf meiner Hose, und meine Augen weiteten sich. „Lucas", zischte ich und versuchte, seine Hände wegzuschieben. „Wir sind in deinem Büro!"

„Mein Büro. Meine Firma. Mein Gebäude. Meine Regeln", fauchte er. „Du kannst gehen, aber wenn du bleibst, wirst du mir zuhören."

„Zuhören erfordert normalerweise nicht, dass ich meine Hose ausziehe", flüsterte ich, aber ich hielt ihn nicht mehr auf. Es hatte etwas Aufregendes an sich, ihn hier zu ficken. Ich hatte Victor vorsichtig gefragt, ob er mich jemals im Auto ficken wollte, aber er hatte mich immer abgewiesen. Es stellte sich heraus, dass er andere Frauen in seinem Auto fickte, aber das war nicht der Punkt. Das war meine Chance, etwas wirklich Wagemutiges zu tun.

Aber er war so wütend.

Ich umfasste den Rand des Schreibtisches hinter mir, und er zog langsam meine Hose nach unten. Darunter trug ich ein durchscheinendes Stück lavendelfarbener Spitze, das es wagte, sich Höschen zu nennen. Ich hatte die Angewohnheit, sexy Unterwäsche zu tragen, wenn ich dachte, dass ich ihn zu sehen bekommen könnte.

„Sie ist schön", murmelte er, aber er nahm nie seine Augen von meinem Zentrum. Er packte meine Hüften, hob mich auf den Schreibtisch und schob seinen Stuhl zwischen meine Beine. „Und ich habe sie gehabt."

Verdammt. Ich wollte nichts über ihn und andere Frauen hören. „Du musst es nicht erklären."

„Oh, ich weiß, dass ich es nicht muss", sagte er, als seine Augen meine trafen. Sein Finger strich über meinen inneren Oberschenkel, und ich seufzte. „Ich muss dir überhaupt nichts erklären, aber du solltest mir vertrauen. Wenn ich dir sage, dass ich nicht mit irgendjemandem zusammen sein werde, solange ich mit dir zusammen bin, dann musst du darauf vertrauen. Wenn es vorbei ist, Sloan, wirst du es wissen."

„Okay", flüsterte ich.

„Nicht okay." Er zog das Stück Stoff zur Seite und schob einen langen Finger in mich hinein. Es überraschte mich, und ich fiel zurück. Ich fiel auf die Ellbogen und schob versehentlich Papiere vom Schreibtisch herunter. Keiner von uns achtete darauf, wie sie auf den Boden fielen. Ich keuchte, als Schmerz sich mit Vergnügen mischte.

„Lucas?", fragte ich unsicher.

Er stand plötzlich auf und beugte sich über mich, um mich hart zu küssen. Er drückte einen zweiten Finger in mich hinein und schob ihn hin und her. „Das tue ich nicht, Sloan. Ich bin nicht nur mit einer Frau zusammen. Ich nehme nachts mit nach Hause, wen ich will.

Aber ich mache mir die Mühe, unsere Vereinbarung einzuhalten. Das Mindeste, was du tun könntest, ist, mir zu vertrauen."

Anspannung baute sich in mir auf, aber ich versuchte, sie zu ignorieren. „Lucas, es tut mir leid."

Sein Daumen drückte gegen meine Klitoris, und ich fiel ganz zurück und stieß meine Fersen gegen seinen Schreibtisch, als ich mich gegen seine Hand schob. Er sprach weiter. „Du wusstest von meiner Vergangenheit, bevor wir unsere Vereinbarung getroffen haben. Ich kann nichts davon ändern. Damit wirst du dich abfinden müssen"

Wenn er wollte, dass ich antwortete, würde er enttäuscht sein. Ich konnte kaum stöhnen, als er den Angriff auf meinem Körper fortsetzte. Hart und schnell. Langsam und einfach. Seine Finger machten mich wild.

Als ich seinen heißen Atem spürte, der auf mich wehte, und seine Zunge über mich strich und meine empfindliche Klitoris leckte, verlor ich die Beherrschung. In der Ferne hörte ich das Klappern von etwas Schwerem, das auf den Boden aufschlug, während ich nach etwas suchte, um mich festzuhalten und mich zu verankern, während mein Orgasmus meinen Körper in Ekstase zu versetzen drohte.

Er ließ mich nicht los. Nachdem es endlich vorbei war, zog er langsam meinen schlaffen Körper vom Schreibtisch in seinen Schoß, als er sich wieder hinsetzte. „Es tut mir leid", flüsterte ich an seine Schulter.

Sanft küsste er die Spitze meines Kopfes. „Ich glaube, ich mag deine Eifersucht", sagte er. Ich hörte das Lächeln in seiner Stimme. „Aber wenn du nicht vorsichtig bist, zerbrechen wir daran. Ich genieße dich, Sloan. Ich bin nicht bereit, dich jetzt schon aufzugeben."

Mir ging es nicht anders. Natürlich war der Unterschied, dass er irgendwann bereit sein würde, die Affäre mit mir zu beenden.

Ich hingegen würde vielleicht nie an diesen Punkt kommen.

„Woher wusstest du, dass Iris meine Ex war?"

„Ich habe dich gegoogelt", murmelte ich, als meine Wangen sich röteten. „Es gibt ziemlich viele Bilder von dir mit Frauen an deinem Arm."

„Tu das nicht, Sloan. Wenn du nicht mit meiner Vergangenheit umgehen kannst, dann musst du es mir jetzt sagen. Und wenn du es kannst, dann solltest du keine alten Geschichten ausgraben."

Wortlos nickte ich. Er hatte natürlich recht. Ich würde mich nur aufregen. „Ich sollte gehen."

Ich versuchte aufzustehen, aber er bewegte seine Arme nicht. „Ich schulde dir für letzte Nacht eine Entschuldigung. Du liegst nicht ganz falsch. Ich bin es gewohnt, die Umgebung um mich herum zu kontrollieren, und ich habe ein wildes Temperament. In Zukunft werde ich versuchen, mehr Verständnis für deine anderen Verpflichtungen zu haben."

Lächelnd drehte ich den Kopf, um ihn anzustarren. „Lucas. Ich hätte nie erwartet, dass du ein Mann bist, der sich leicht entschuldigt."

„Ich bin es nicht. Gehe jetzt. Ich sehe dich heute Abend."

Ich stand von seinem Schoß auf und fühlte mich ein wenig leer ohne seine Arme um mich herum. „Ich kann nicht. Ich habe mehrere Meetings morgen an der örtlichen Schule, damit ich eine Gruppe Kinder für meine Diplomarbeit zusammenstellen kann. Ich muss meine Notizen überarbeiten."

Einen Moment dachte ich, er würde aufgebracht reagieren, aber er lächelte nur. „Morgen dann?"

„Ja. Und ich verspreche, dass ich es nicht vergessen werde." Ich beugte mich hinab und gab ihm einen kurzen Kuss auf die Lippen. Es war kein Kuss der Begierde, sondern etwas, das sich vertraut fühlte. Lucas sah mich überrascht an, aber ich zog mich schnell an und rannte aus dem Büro, bevor er Fragen stellen konnte.

Die Sekretärin warf mir ein wissendes Lächeln zu, und ich errötete noch mehr. Gott. Hatte sie uns gehört?

„Soll jemand Sie nach draußen begleiten?", fragte sie.

„Nein, danke", murmelte ich. „Ich komme allein zurecht."

Ich wusste, dass ich Lucas erzählt hatte, dass ich bereit war, meine sexuelle Seite zu erkunden, aber nach dem Orgasmus in seinem Büro begann ich mich zu fragen, ob ich dabei war, mich völlig in dieser Affäre zu verlieren.

AM NÄCHSTEN TAG saß ich auf dem harten Plastikstuhl vor dem Schreibtisch der Vizedirektorin. Ich hatte es geschafft, meine krausen Locken mit einem Haarband zu zähmen und trug einen konservativen grauen Rock und ein Jackett. Ich war gut vorbereitet, aber das hielt mich nicht davon ab, mich wie eine Schülerin zu fühlen, die gerade beim Rauchen erwischt worden war.

„Es tut mir leid, dass Sie warten mussten, Ms. Whitlow", sagte eine Frau streng, als sie das Büro betrat. Torie Garret schien Mitte 40 zu sein, aber ihr Haar war grau, und es gab Linien auf ihrem Gesicht. Ich hatte gedacht, dass es einfacher sei, eine Grundschule zu leiten, aber nach dem heutigen Tag? Nach meiner dritten Grundschule?

Vielleicht doch nicht. Kinder konnten kleine Quälgeister sein.

„Ich bin noch nicht lange hier, Mrs. Garret. Ich bin nur froh, dass Sie Zeit für mich gefunden haben. Ich weiß, dass es sehr kurzfristig ist."

Sie setzte sich hinter den Schreibtisch und nickte. „Sie sind spät dran mit Ihrem Vorschlag, aber Sie sind auch die erste Diplomstudentin, die wir dieses Jahr hatten. Normalerweise höre ich mir ein oder zwei Vorschläge pro Semester an, aber Clancy Elementary ist neu und scheint für die Universität attraktiv zu sein." Was sie nicht erwähnte, war, dass das Einzugsgebiet der Clancy Elementary strategisch so gewählt war, dass mehr als 75 Prozent der Schüler aus sehr reichen Familien kamen.

Ich wollte ihr nicht sagen, dass ich die Clancy Elementary gerade verlassen hatte. Sie hatten mir dort eine Absage erteilt. Es war nicht so, dass ich reiche Kinder brauchte, um mein Projekt durchzuführen. Je weniger verwöhnt die Kinder waren, desto besser könnte mein Ergebnis sein. Clancy war zufällig nur zehn Minuten von der Uni entfernt, und Surry Elementary 30 Minuten.

Aber der Direktor hatte mir praktisch ins Gesicht gelacht, als ich vorschlug, dass seine Schüler im Sommer an Freiwilligenarbeit teilnehmen könnten.

Ich schob meinen Entwurf über den Schreibtisch und atmete tief durch. „Mittelschulen und High-Schools bieten Sommerunterricht für ihre Schüler. Es ist allgemein üblich, dass Kinder Kurse wiederholen, die sie während des Regelschuljahres nicht bestanden haben, aber einige Kurse sind optional und geben den Teilnehmern die Möglichkeit, ihren Verstand scharf zu halten und sich während der langen Sommermonate zu beschäftigen. Grundschulen hingegen bieten nichts für ihre Schüler an. Die meisten Eltern wenden sich an Babysitter, um ihre Kinder während der Ferien zu betreuen, und es gibt ein paar Kinderhorte in der Gegend, aber nicht viele."

Die Frau sah mich streng an. „Sie möchten, dass die Grundschulen ebenfalls Sommerprogramme anbieten?"

„Meine Diplomarbeit wird sich auf die Vor-und Nachteile eines solchen Projekts konzentrieren. Ich bin auf der Suche nach Unternehmen, die den Kindern praktische Erfahrungen, die Spaß machen, aber trotzdem lehrreich sind, bieten können. Im Interesse meiner Diplomarbeit konzentriere ich mich vor allem auf Tierrettungsprogramme, aber ich werde auch die Verwendung von Pflegeheimen, Bibliotheken, Suppenküchen und ähnlichen Wohltätigkeitsorganisationen in der Region hypothetisch erörtern. Ich brauche 16 Schüler. Ich bin sicher, Sie wissen, wie es abläuft. Unterschiedliche Altersstufen, unterschiedliche Lernstufen, unterschiedliche wirtschaftliche Hintergründe."

Sie legte meinen Entwurf hin und nickte. „Ms. Whitlow, ich denke, es ist eine wunderbare Idee. Ich habe immer gedacht, dass das Schulsystem mehr in das Leben der Schüler während des Sommers involviert sein sollte. Ich bin sicher, dass Sie wissen, dass in unserem Einzugsgebiet viele ärmere Familien wohnen, und viele der Kinder sich selbst überlassen sind, während ihre Eltern arbeiten. Ich unterschreibe die erforderlichen Papiere für die Bewilligung ihrer Diplomarbeit. Sobald Sie alles organisiert haben, senden wir die Teilnahmeformulare an die Eltern."

Meine Augen weiteten sich vor Aufregung. „Wirklich?"

„Ms. Whitlow, wenn ich es nicht besser wüsste, würde ich sagen, dass Sie überrascht sind", sagte sie trocken.

Ich biss mir auf die Unterlippe und nickte. „Ich weiß, wie spät es im Semester ist und wie komplex mein Programm ist. Es ist keine einfache Leseübung, die nur eine oder zwei Wochen dauern würde."

„Ja, nun, während das in der Zukunft hilfreich sein könnte, ist dies hier etwas, das den Kindern jetzt helfen wird. Sie können sehr stolz auf sich sein, Ms. Whitlow. Ich hoffe nur, dass Ihr Programm so gut ist, wie ich erwarte."

„Es wird gut sein", versprach ich, als ich aufstand. Sie kritzelte ihre Unterschrift auf die Unterlagen und gab sie mir zurück. „Sie sollten sich beeilen, wenn Sie alles vor den Sommerferien vorbereiten wollen, Ms. Whitlow. Sie haben nur zwei Monate Zeit."

Eifrig zog ich die Papiere an meine Brust und versuchte, mich professionell zu verhalten, aber ich platzte fast vor Aufregung. Ihr Lächeln ließ mich wissen, dass ich sie nicht täuschen konnte, aber sie entließ mich mit einem Winken ihrer Hand. Ich dankte ihr noch einmal und verließ ihr Büro, bevor sie ihre Meinung ändern konnte.

Lucas Montgomery wärmte mein Bett in der Nacht, und meine Diplomarbeit ging gut voran.

Die Woche wurde immer besser.

# 21

# KAPITEL ACHT

### Sloan

In seinen Armen lehnte ich mich auf der Couch an ihn. „Welchen Film willst du ansehen?", murmelte ich.

Lucas küsste die Spitze meines Kopfes. „Ich wollte ein Steak in einem Fünf-Sterne-Restaurant genießen. Hierzubleiben, Pizza zu bestellen und einen Film anzusehen war deine Idee", erinnerte er mich.

„Für Fünf-Sterne-Restaurants braucht man Make-up und elegante Kleidung. Randi wird misstrauisch werden, wenn ich weiterhin ihren Kleiderschrank plündere, und ich bin zu müde, um mich am Konturieren und Schminken von Smoky Eyes zu versuchen."

Er schnaubte. „Ich habe dich elegant gekleidet gesehen. Ich bezweifle, dass du mehr als fünf Minuten mit deinem Make-up verbracht hast."

Ich hob meinen Kopf und starrte ihn an. „Stört dich das?"

„Warum sollte es?"

„Reporter machen ständig Fotos von dir. Stell dir die Gerüchte vor, wenn die Frau an deinem Arm nicht die neuesten Styles oder Make-up-Trends trägt."

Er beugte sich herab und küsste mich. Langsam und zärtlich. Meine Zehen kräuselten sich, und ein warmes Gefühl machte sich in meinem Bauch breit. „Sloan, ich habe mich noch nie dafür interessiert, was die Reporter denken. Und dich sollte es auch nicht interessieren."

Er beugte sich über mich, griff nach der Fernbedienung und schaltete den Fernseher ein. „Ich nehme an, du willst eine romantische Komödie sehen?"

Ich sah ihn entsetzt an. „Ist das ein Scherz? Dein Fernseher ist riesig, und du hast Surround-Sound. Ich möchte Explosionen oder tolle Spezialeffekte sehen."

„Du bist voller Überraschungen", murmelte er, als er die Filmliste öffnete. Ich entschied mich für etwas, das ich schon hundertmal gesehen hatte. Ich war nicht hier, um einen Film anzusehen oder Pizza zu essen. Ich war hier, um seine Gesellschaft zu genießen. Es war fantastisch, wenn sein nackter Körper um mich geschlungen war, aber ich wollte mit ihm ohne dem schmutzigen, wilden Sex zusammen sein.

Es war gefährlich. Vorzugeben, seine Freundin zu sein, war definitiv ein Spiel mit dem Feuer, aber es schien ihn nicht zu kümmern, und ich fühlte mich wagemutig. Es lief gut.

„Ich habe dich noch gar nicht gefragt. Wie läuft die Suche nach dem Maulwurf?"

Sein Körper spannte sich an, und ich fragte mich, ob das ein Thema war, das man besser nicht ansprach. „Nicht gut. Es gibt viele Verdächtige und keine klaren Motive."

Er nahm ein Stück Pizza und hielt es mir hin, bevor ich davon abbiss und er selbst etwas davon aß. „Ich kann mich nicht erinnern, wann ich das letzte Mal Pizza gegessen habe."

Ich schnaubte. „Wirklich? Ich esse mindestens zweimal pro Woche Pizza. Der Pizzaladen hat auf dem Campus als einziger bis nach zehn Uhr geöffnet. Ich werde wahrscheinlich zehn Pfund zugenommen haben, wenn ich mein Studium endlich abgeschlossen habe. Würdest du mich dann immer noch wollen?"

Die gedankenlosen Worte hatten meinen Mund verlassen, bevor ich sie aufhalten konnte. Natürlich würden Lucas und ich nicht mehr zusammen sein, wenn ich meinen Abschluss machte. Das wäre mehr als sechs Monate in der Zukunft. Ich war nicht einmal sicher, dass ich seine Aufmerksamkeit in zwei Wochen noch haben würde.

„Du müsstest eine Menge Pizza essen, bis du zehn Pfund zunimmst", sagte er mit neutraler Stimme.

Diplomatisch. Ein Teil von mir wollte ihn unbedingt fragen, wie lange er sich wohl für mich interessieren würde, aber ich wusste, dass es gefährliches Territorium war.

„Nun, ich bin froh, dass ich dich an das normale Leben erinnern konnte. Morgen Abend werde ich eine Schale Ramen für dich zubereiten."

Er runzelte die Nase, und ich lachte. „Nein? Wie wäre es mit Makkaroni mit Käse?"

„Ich biete dir an, dich in die schönsten Restaurants auszuführen, und du bietest mir an, Ramen und Makkaroni mit Käse zu machen. Findest du das fair?"

Ich nahm noch einen Bissen von seiner Pizza und lächelte. „Ich hatte keine Ahnung, dass unsere Vereinbarung auf Fairness beruht."

Er starrte mich an und strich mit seinen Händen über meinen Körper. Obwohl Lust in seinen Augen war, hätte ich schwören können, dass es dort noch etwas anderes gab. „Nein, das ist es nicht." Seine Stimme war heiser, als er sich herabbeugte und mich küsste. Als er die Pizza auf den Teller legte, bewegte er seine Hand unter mein Shirt und bald waren der Film und das Essen vergessen.

RANDI WARTETE AUF MICH, als ich nach der Morgendämmerung wieder in die Wohnung zurückkam. Ich wäre direkt vom Montgomery Anwesen zum Unterricht gefahren, aber ich hatte meine Bücher vergessen. Lucas war bereits vor Sonnenaufgang wach und machte Liegestütze im Schlafzimmer.

Ich wäre früher zurückgekehrt, aber es war einfach unglaublich sexy, wenn er nackt trainierte.

Ich war beeindruckt, wie viele Sit-ups er machen konnte, während ich rittlings auf ihm saß.

„Ich bin vor einer Stunde nach Hause gekommen", sagte Randi anklagend. „Stelle dir meine Überraschung vor, als dein Bett unberührt war. Ich weiß verdammt genau, dass du nicht in der Bibliothek warst, also kannst du mir auch die Wahrheit sagen."

Ich konnte Lucas immer noch auf mir riechen. „Ich dachte, du würdest dich freuen, dass ich Spaß habe."

„Natürlich freue ich mich. Ich mache mir aber auch Sorgen, dass du mir nichts davon erzählst. Sloan, sei ehrlich zu mir. Schläfst du immer noch mit Montgomery?"

Sie verschränkte ihre Arme und starrte mich an. Mit einem tiefen Seufzen ließ ich die Tasche von meiner Schulter rutschen. „Wäre es wirklich so schlimm, wenn ich es tun würde?"

„Wenn es jemand anderer wäre als du, würde ich Nein sagen. Sloan, er wird dich verletzen."

Ich hob trotzig mein Kinn und funkelte sie an. „Randi, ich bin erwachsen. Ich kann meine eigenen Entscheidungen treffen. Lucas und ich haben eine Vereinbarung, die rein sexuell ist. Es war eine großartige Möglichkeit für mich, meine Anspannung loszuwerden. Ich denke, dass ich in dieser Affärensache ziemlich gut bin."

„Und warum interessiert er sich für dich?" Sie schloss sofort die Augen und schüttelte den Kopf. „Scheiße, Sloan. Ich meinte es nicht so."

„Ich weiß genau, was du es meinst", knurrte ich, als ich meine Tasche packte. „Du denkst, ich bin nicht hübsch genug oder exotisch genug, um die Aufmerksamkeit von Lucas zu erregen. Warum gibst du es nicht einfach zu? Bist du neidisch?"

„Sloan, du weißt verdammt gut, dass es nicht so ist. Ja, Lucas kann jede Frau haben. Er mag es, wenn seine Frauen mächtig sind. Er spielt nur mit dir, Sloan. So ungern du es auch zugibst, du bist nicht die Art von Frau, die einen Mann nachts fickt und am nächsten Morgen vergisst. Er ist kein Mann, der sich mit jemandem auf eine feste Beziehung einlässt. Du weißt, dass ich recht habe, aber du ignorierst es. Wenn du dich in der Fantasie in deinem Kopf verlierst, wirst du verletzt werden."

Ich spürte nichts als kalten Zorn, als ich sie anstarrte. Gott, ich wusste, dass sie recht hatte, aber das musste ich mir selbst beweisen. „Das ist mein Problem und nicht deins. Kümmere dich um deine eigenen verdammten Angelegenheiten."

Sie schnappte nach Luft, aber ich war schon halb in meinem Zimmer. Ich schlug die Tür zu, lehnte mich an sie und versuchte, nicht zu weinen. Tief in meinem Inneren wollte ich, dass sie es herausfand. Ich wollte mit jemandem darüber sprechen, aber es war offensichtlich, dass Randi mich nicht unterstützen würde.

Wir hatten uns noch nie gestritten. Zumindest nicht so. Wir hatten über Musik und Geräuschpegel diskutiert. Ich verlor manchmal meine Geduld mit ihr, wenn sie vergessen hatte, die Teller abzuspülen, und sie zickte mich an, wenn ich vergaß, in den Supermarkt zu gehen. Aber das war anders.

Das hatte wirklich wehgetan.

Die Dusche wurde aufgedreht, und ich wusste, dass ich keine Chance hatte, mich vor dem Unterricht zu waschen. Der Duft von Lucas und Sex würde mir den ganzen Tag folgen.

Ich war darüber nicht wirklich aufgebracht.

Während ich die Bücher in meine Tasche stopfte, versuchte ich, den Streit zu vergessen. Dann holte ich mir einen Heidelbeermuffin aus der Küche und schob ihn mir in den Mund. Als ich die Tür öffnete, begegnete ich direkt Matthew.

Matthew Rehn war mein seltsamer Nachbar. Er war gutaussehend, aber er arbeitete zu sonderbaren Zeiten und sprach nie viel. Randi und ich hatten endlos unsere Theorien über ihn diskutiert.

Im besten Fall war er ein geheimer CIA-Agent. Im schlimmsten Fall war er ein Serienkiller.

Aber er war immer nett zu uns, so dass wir ihn in Ruhe ließen. Ich konnte die Überraschung auf meinem Gesicht nicht verbergen, als ich ihn sah.

„Matthew!"

Der Muffin war immer noch in meinem Mund und dämpfte meine Stimme. Er hob eine Augenbraue und lächelte mich an. „Ich habe dich zu einer schlechten Zeit erwischt."

Ich zog mir den Muffin aus dem Mund und schluckte. „Es tut mir leid. Ich weiß, dass man mit vollem Mund nicht spricht. Ich war gerade auf dem Weg zur Uni."

„Okay." Er reichte mir einen Umschlag. „Das war letzte Nacht vor meiner Tür. Ich habe versucht, es bei euch abzuliefern, aber weder du noch deine Mitbewohner waren zu Hause. Er ist an dich adressiert, aber nicht frankiert. Hast du etwas erwartet?"

Ich schob den Muffin zurück in meinen Mund und schüttelte den Kopf, als ich den Umschlag nahm. Ich hätte meine Schlüssel ablegen können, aber das fiel mir erst ein, nachdem ich wie eine komplette Idiotin vor meinem Nachbarn aussah.

„Okay", sagte er leise lachend. „Schönen Tag."

Ich beobachtete, wie er seine Wohnung betrat. Eines Tages würde ich herausfinden, was es mit ihm auf sich hatte.

Ich schob den Umschlag unter meinen Arm, schloss die Tür hinter mir ab und schlurfte zu meinem Wagen. Nach nur wenigen Stunden Schlaf brauchte ich dringend Kaffee.

Obwohl ich dadurch wieder zu spät zu Professor Elliots Unterricht kam, holte ich mir einen Kaffee. Zum Glück unterbrach mein Professor dieses Mal nicht den Unterricht, um mich zurechtzuweisen.

Nach dem Vortrag, zog ich das unterschriebene Formular für meine Diplomarbeit aus meiner Tasche und eilte die Treppe hinunter. „Professor Elliot?"

„Ist Ihr Wecker immer noch defekt, Ms. Whitlow?", fragte er, ohne aufzusehen.

Verdammt. Er hatte es gemerkt. „Nein. Ich hatte nicht viel Schlaf letzte Nacht", murmelte ich.

„Ich gehe davon aus, dass Sie mit Ihrer Diplomarbeit beschäftigt waren?"

Nur wenn meine Diplomarbeit einen prächtigen nackten Mann auf der Couch enthielt. Und auf dem Bett. Und auf dem Boden. „Ich habe die Erlaubnis der Surry Elementary School bekommen.

Außerdem unterhalte ich mich gerade mit Lab Rescue und der High Tails Humane Society. Sie sehen sich die Informationen an, aber ich denke, High Tails hat bereits beschlossen, mit mir zu arbeiten. Sie melden sich bis Montag wieder bei mir, und dann kann ich hoffentlich damit anfangen, einen Zeitplan aufzustellen."

„Ausgezeichnet. Machen Sie so weiter, und Sie schaffen es bis zum Sommer. Es muss ein vollständiges zwölfwöchiges Programm sein. Sie werden es nicht kürzen können, um mehr Zeit für Ihre Analyse zu haben."

„Ich weiß."

„Gut." Endlich sah er mich an. „Ms. Whitlow, ich bin mir sicher, dass Sie wissen, dass Montgomery Industries ein großer Unterstützer der Schule ist."

„Was?" Erstaunt sah ich ihn an. „Das wusste ich nicht. Warum erzählen Sie mir das?"

Er sah aus, als wollte er etwas sagen, bevor er den Kopf schüttelte. „Es ist nicht wichtig. Ich bin sicher, Sie handeln ethisch und moralisch bei allem, was Sie tun."

Mit hängenden Schultern starrte ich ihn an. Er wusste es. Er wusste, dass ich mit Lucas schlief, und er dachte, ich nutzte diese Macht, um meine Diplomarbeit voranzubringen.

Aber woher wusste er das?

Noch wichtiger war, warum er glaubte, ich sei eine Frau, die Sex zu ihrem Vorteil nutzen würde.

„Sie müssen sich keine Sorgen machen", sagte ich leise, als ich meinen Blick senkte. „Ich habe hart gearbeitet, um dorthin zu kommen, wo ich jetzt bin, und harte Arbeit und sonst nichts ist mein Antrieb."

„Natürlich. Ich will nichts anderes andeuten."

Aber er tat es, und wir beide wussten es.

„Schönes Wochenende, Professor."

„Schreiben Sie mir, wenn Sie mich brauchen", sagte er abwesend, aber er sah mir nicht in die Augen.

Aus irgendeinem Grund konnte ich ihm auch nicht in die Augen sehen. Ich hatte keinen Grund, mich schuldig zu fühlen, aber das verhinderte nicht, dass sich ein Knoten in meinem Magen bildete.

War das, was jeder denken würde?

Erst als ich zum Auto zurückkam, erinnerte ich mich an den Umschlag. Ich setzte mich in die stickige Hitze, zog ihn heraus und riss ihn auf.

Nichts hätte mich auf das vorbereiten können, was ich darin fand. Fotos.

Alle mit Lucas und Iris. Nackt und in verschiedenen Stadien der Ekstase.

„Das war in der Vergangenheit", flüsterte ich. „Es hat nichts mit mir zu tun."

Meine Hände zitterten, als ich die Fotos durchging. Obwohl ich wusste, dass es nicht gut für mich war, konnte ich nicht aufhören.

Am Ende befand sich eine Notiz.

Das ist die Frau, mit der er jede Mittagspause verbringt. Sie scheinen ein nettes Mädchen zu sein. Ich dachte, Sie sollten es wissen.

# 22

# KAPITEL NEUN

## Lucas

„**D**ie Expansion nach Japan läuft gut. Die Fabrik sollte irgendwann im nächsten Monat in Betrieb sein", sagte ich tonlos, während ich versuchte, nicht zu gähnen. Es war nicht nur so, dass ich letzte Nacht nicht viel geschlafen habe. Es gab entspannte Momente mit Sloan. Momente, wo es sich leicht und natürlich anfühlte. Aber wenn sie in meinem Bett war, gab ich ihr alles, was ich hatte. Ich wurde von jedem Stöhnen, jedem Seufzen und jedem sanften Laut, den ich ihrem hübschen kleinen Mund entlocken konnte, angetrieben.

Es war perfekt und anstrengend.

„Und Boston?", fragte Jenson hitzig. „Wir sind nicht hier, um über Japan zu reden. Ich möchte wissen, warum Sie die Suche nach Immobilien in Boston gestoppt haben. Wir haben das nächste Quartal mit diesen Zahlen prognostiziert."

Vor zwei Jahren war Jenson nichts weiter als der verantwortungslose Sohn einer extrem reichen Familie gewesen. Seine Mutter war alter Geldadel, und sein Vater besaß ein Pharmaunternehmen. Seine Mutter war vor Jahren an Krebs gestorben, und er hatte seinen Vater bei einem Hausbrand verloren. Jenson hatte das Unternehmen sofort verkauft und konnte nun mit Millionen Dollar spielen.

Er war landesweit an verschiedenen Unternehmen beteiligt, aber er schien es zu genießen, bei mir zu investieren. Ich wollte dem kleinen Arschloch das Lächeln aus dem Gesicht schlagen, aber sein Vater und mein Vater waren gute Freunde gewesen. Wenn er älter gewesen wäre, wären wir vielleicht Freunde geworden.

Ich konnte ihm keine Schuld geben. Er sagte nur das, was jeder dachte. Ich musste sorgfältig reagieren.

„Ich habe letzte Woche einige neue Informationen erhalten, was mich dazu veranlasst hat, das Boston-Projekt zu überdenken."

Jenson grinste. „Und was für Informationen waren das?"

„Informationen, die die Wirtschaft von Boston erheblich beeinträchtigen könnten. Im nächsten Monat sollten wir mehr wissen. Dann werde ich entscheiden, ob wir mit dem Projekt weitermachen sollen oder nicht."

Addison räusperte sich. „Welche Informationen sind das? Wer ist Ihre Quelle?"

Ich lächelte. „Mrs. Addison, ich habe immer wichtige Informationen mit den Mitgliedern des Vorstands geteilt. Ich halte sie jetzt nur deshalb zurück, weil Sie als Zeugin der Anklage gegen mich aussagen könnten, wenn Sie sie kennen würden."

Nervöses Lachen füllte den Raum, und ich wusste, dass ich das Thema für jetzt abgehandelt hatte. Wir beendeten das Meeting, und als nur noch ich und Hamburg da waren, kam Torrence zu uns.

„Hast du etwas Verdächtiges gesehen?", fragte ich leise.

Torrence schüttelte den Kopf. „Nichts. Wenn es ein Vorstandsmitglied ist, verwischt es seine Spuren. Du bist gut mit der Situation umgegangen."

„Das stimmt", knurrte Hamburg. „Das Meeting war eine verdammte Zeitverschwendung. Sie haben uns nichts Neues erzählt."

„Das ist der Punkt", sagte ich leise. „Ich hasse es, meinem eigenen Vorstand zu misstrauen, aber ich kann nicht riskieren, dass sensible Informationen nach außen dringen."

Sobald die Worte meinen Mund verlassen hatten, klingelte

Torrence' Handy. Ich sah die Anspannung um seinen Mund, als er auf den Bildschirm blickte.

„Wer ist es?", fragte ich leise.

Er antwortete nicht. Er drehte mir den Rücken zu und hielt sich das Handy ans Ohr. Seine Schultern zogen sich zornig zusammen, aber er dankte dem Anrufer und legte auf.

„Torrence, was zum Teufel geht hier vor?", fragte ich.

„Es gab eine Pressemitteilung in der DC-Zeitung", sagte er leise. „Etwas über eine Fusion mit Garland Software."

Ich erstarrte und sah ihn an. „Das ist nicht möglich", murmelte ich leise.

„Montgomery?", knurrte Hamburg. „Worüber redet er? Wir haben nie über eine Fusion gesprochen."

Ein Schauder kroch über meine Wirbelsäule. „Weil die Informationen mein Büro nie verlassen haben. Mein Privatbüro. In meinem Haus."

„Verdammt", murmelte Torrence. „Das soll wohl ein Scherz sein."

„David Garland hat mich vor drei Wochen kontaktiert. Er will in Rente gehen, aber er hat Angst, dass sein Sohn das Unternehmen in den Ruin treiben wird. Er will es mir verkaufen unter der Bedingung, dass es weiterhin seinen Namen trägt. Ich sagte ihm, dass ich darüber nachdenke, aber wir beide wussten, dass ich zustimmen würde. Es ist ein lukrativer Kauf. Das Gespräch verließ nie mein Büro, wo wir telefoniert haben. Torrence, du hast mein Haus durchsucht. Du hast nichts gefunden."

„Nein", sagte er leise. „Also hat jemand die Wanze platziert, ohne dass du es weißt. Jemand hatte Zugang zu deinem Haus, Montgomery. Das ist unglaublich gefährlich."

Er musste es mir nicht zweimal sagen. Mein Geist arbeitete bereits, als ich versuchte, mich an die Leute zu erinnern, die in meinem Haus ein und aus gegangen waren. Ich hatte Reinigungskräfte. Leute, die das Gelände und den Pool pflegten. Die Reinigungskräfte hatten einen Schlüssel, wurden aber gründlich überprüft. Sie waren auch die Einzigen, die sich in meinem Haus ohne Aufsicht aufhalten durften.

„Torrence", sagte ich leise.

„Ich werde mir deine Angestellten anschauen. Hast du deine Sicherheitskameras immer noch installiert und aktiviert?", fragte er ernst.

Ich nickte. „Ich werde mir heute Abend die Monitore ansehen. Bitte lass mich jemanden mit dir nach Hause schicken, bis ich dorthin kommen kann."

„Nein. Wenn ich etwas Außergewöhnliches tue, wird der Maulwurf Bescheid wissen. Komm dann, wenn du kannst."

„Lucas."

„Ich kann selbst auf mich aufpassen."

„Was ist mit der Gesellschaft, in der du dich befindest?", erinnerte er mich leise.

Sloan. „Das war ein Schlag unter die Gürtellinie, Drew." Aber er hatte nicht unrecht. Sloan hatte die Nacht bei mir verbracht. Ich hatte jeden Zentimeter ihres nackten Körpers geleckt, und soweit ich weiß, hätte uns jemand belauschen können.

Es brachte mein Blut zum Kochen.

„Es wird kein Problem sein. Sie wird nicht in die Nähe des Anwesens kommen." Ich würde sie nicht in Gefahr bringen. Egal wie sehr ich sie wollte. „Hamburg, Sie sagen niemandem ein Wort darüber. Ich werde selbst mit Garland sprechen und sehen, was er als Nächstes tun will. Seine Aktien steigen wahrscheinlich beträchtlich an."

Der ältere Mann beobachtete mich genau. „Das können Sie nicht lange geheimhalten. Der Vorstand wird von dem Maulwurf erfahren. DC ist nicht irgendeine kleine Stadt. Nachrichten über die Fusion werden die Vorstandsmitglieder erreichen."

„Es ist noch nichts abgeschlossen. Ich werde die Zeitung kontaktieren und den Journalisten mitteilen, dass sie einen Fehler gemacht haben. Ich werde sie unter Druck setzen, den Artikel zurückzuziehen. Wenn der Vorstand fragt, können wir sagen, dass Garland die Information an die Presse weitergegeben hatte."

„Gut", murmelte er. Ich starrte ihn an. War es meine Einbildung, oder war er in Eile sicherzustellen, dass die Nachrichten über den

Maulwurf öffentlich wurden? Er hatte mich auf das erste Leck aufmerksam gemacht, aber das bedeutete nicht, dass er nicht involviert war.

„Torrence, tu das, was du hier tun musst. Schicke jemanden zum Campus, um ein Auge auf Sloan zu haben. Sie wird wahrscheinlich in der Bibliothek sein, bis sie schließt. Ich will nicht, dass sie weiß, was vor sich geht."

„Wie oft muss ich dich einen Idioten nennen, bevor du merkst, dass ich recht habe?" Er verdrehte die Augen, verließ aber das Büro.

Hamburg sah mich an, und ich bemerkte den unruhigen Blick in seinen Augen. „Montgomery, ich fürchte, das wird persönlich. Wir sollten die Polizei rufen."

„Ich kann mich selbst darum kümmern."

„Sie sind der Sohn Ihres Vaters. Das wird Sie eines Tages in große Schwierigkeiten bringen", sagte er seufzend.

Ich war der Sohn meines Vaters. Und es hatte mir Millionenprofite eingebracht. Ich würde mich jetzt durch nichts aufhalten lassen.

ICH GING LANGSAM durch das Haus und fragte mich, warum zur Hölle ich hierblieb. Ich benutzte kaum ein Viertel der Zimmer. Das meiste des Hauses wurde nur von meinem Reinigungspersonal betreten.

Es fühlte sich nie wie ein Zuhause an. Selbst als ich ein Kind war, fühlte ich mich nicht zu Hause. Mein Vater war sehr streng, wenn es darum ging, was berührt werden durfte und was nicht. Ich hatte die meiste Zeit in meinem Zimmer verbracht, und obwohl ich jetzt der Besitzer des Hauses war und im größten Raum des Anwesens schlief, hatten sich manche Dinge nicht geändert.

Die Nacht mit Sloan auf der Couch war der größte Spaß gewesen, den ich seit Jahren in dem Haus gehabt hatte.

Jetzt, da ich wusste, dass jemand in das Haus eingedrungen war, fühlte es sich wie meines an. Mein Zuhause. Mein Territorium. Mein persönlicher Bereich.

Der kalte Zorn trieb mich an, aber nichts sah anders aus als sonst.

Ich ging leise von Raum zu Raum und erst als die Türklingel erklang, hörte ich damit auf.

Als ich die Tür öffnete, starrte ich die wunderschöne Blondine finster an. Iris. „Was zur Hölle machst du hier?", fauchte ich. „Ich dachte, ich hätte deutlich gemacht, dass ich dich nicht mehr sehen will."

Sie schenkte mir nur ein selbstgefälliges Lächeln und schob sich an mir vorbei. „Beruhige dich, Liebling. Ich bin nur hier, um zu reden. Du könntest mir wenigstens einen Drink anbieten."

Ich rührte mich nicht. „Worüber willst du reden?"

Sie ignorierte mich und ging durch das Foyer. Mit einem sinkenden Gefühl schloss ich die Tür und folgte ihr. „Iris", sagte ich mit warnender Stimme.

„Du hast immer den besten Scotch", sagte sie, als sie die Bar in meinem Wohnzimmer öffnete. „Ich habe die Gerüchte erst gehört, als ich zurück in die Staaten kam. Die Gerüchte, dass du monogam bist. Erst als ich dich bei ihr sah, glaubte ich es. Sie ist so ein unscheinbares kleines Ding. Einfach zu kontrollieren für dich, hm? Ich wette, sie ist eine unterwürfige Schlampe im Bett." Ihre Augen glänzten. „Oh, wir könnten so viel Spaß mit ihr haben."

„Es reicht."

Der Zorn in meiner Stimme ließ sie zusammenzucken. „Oh, Lucas", schnurrte sie. „Du hast doch nicht etwa Gefühle für sie, oder doch?"

„Meine Gefühle gehen dich nichts an, Iris. Wir hatten ein paar gute Monate zusammen, aber wir beide wussten, dass es nicht mehr sein würde. Du bist weggegangen, um was auch immer in Europa zu tun, und das hätte das Ende sein sollen."

Sie kippte den Scotch herunter und bückte sich, als sie die Flaschen weiter unten durchsuchte. Ich wusste, dass die Bewegung bewusst war. Ihr kurzer Rock rutschte hoch genug, dass ich deutlich sehen konnte, dass sie nichts darunter trug. „Wenn du hier bist, um mich zu verführen, verschwendest du deine Zeit." Es gab eine Zeit, da wäre ich begierig in sie gesunken, aber sie hatte diese Wirkung nicht mehr auf mich.

Sie richtete sich auf und lächelte. „Ich würde lügen, wenn ich sagen würde, dass ich nicht gehofft hatte, heute ein wenig Spaß zu haben. Ich habe Informationen, und ich dachte, dass du mich vielleicht dafür bezahlen könntest. So wie du mich früher bezahlt hast."

„Ich brauche deine Informationen nicht mehr, Iris."

„Wirklich? Du hast den Maulwurf also selbst erfolgreich ausgeschaltet?"

Das hatte meine Aufmerksamkeit. Ich beobachtete sie, als sie sich auf die Couch setzte und den Platz neben sich streichelte. „Komm schon, Baby. Ich weiß, dass du es willst."

Ich bewegte mich nicht vom Türrahmen weg. „Ich will deine Informationen, aber ich werde dich nicht dafür ficken. Wenn du Geld willst ..."

Sie winkte abwehrend mit der Hand. „Ich habe selbst viel Geld", sagte Iris mit einem Schmollmund. „Was ich wirklich will, ist, deinen Schwanz wieder in meinem Mund zu spüren."

„Das wird nicht passieren. Raus."

Seufzend verdrehte sie die Augen und lehnte sich zurück. „Also gut. Aber ich bin ein guter Mensch. Ich werde dir die Informationen trotzdem geben."

Ein paar Sekunden vergingen. „Ich warte."

„Wirklich? Kannst du dich nicht einmal neben mich setzen?"

Obwohl ich wusste, dass es eine schlechte Idee war, durchquerte ich das Zimmer und setzte mich auf das andere Ende der Couch. Ich würde mir die Informationen holen und sie dann aus meinem Haus werfen. Wenn es eine Sache gab, die Iris sehr gut konnte, dann war das, die dunklen Geheimnisse der Menschen zu entdecken. Wenn sie Informationen hatte, waren sie wahrscheinlich wertvoll.

Ich hörte, wie sich die Haustür öffnete und drehte den Kopf. „Warte", murmelte ich, als ich aufstehen wollte.

Bevor ich blinzeln konnte, setzte Iris sich rittlings auf mich und drückte mich gegen die Couch.

„Iris? Was zum Teufel soll das?", murmelte ich, als ich ihre Hüften packte.

Sie schob ihr feuchtes Zentrum gegen mich und stöhnte, als ich sah, wie eine Gestalt durch die Tür kam.

„Oh mein Gott." Sloan starrte mich an, und ihre Augen waren voller Schmerz. Fotos fielen aus ihren Fingern und flatterten zu Boden. „Ich bin so eine Idiotin."

„Verdammt nochmal, Sloan, warte", rief ich, als ich Iris von mir abwarf und aufstand. Iris schrie vor Empörung, als sie auf dem Boden aufschlug, aber das war mir egal. Ich lief Sloan nach, aber sie war bereits den Flur hinunter durch die Tür gerannt.

„Sloan!" Ich lief aus dem Haus und sah hilflos zu, wie sie direkt zu ihrem Auto stürmte.

„Nicht", schrie sie, als sie sich umdrehte. „Komm mir nicht zu nahe. Ich mache das sonst nicht. Ich bin keine Frau, die einfach mit einem Mann schläft, aber ich habe dir alles gegeben, was du wolltest. Ich habe dich um eine Sache gebeten, Lucas. Nur eine, und du konntest es nicht tun."

„Sloan", knurrte ich, als ich auf sie zuging, aber sie stieg bereits in ihr Auto und machte den Motor an. Noch bevor ich sie erreichte, fuhr sie die Auffahrt hinab.

Als sie wegfuhr, sah ich, dass sie nicht einmal zurückschaute.

Zwei Minuten. Es hatte nicht länger dauern können. Zwei Minuten von dem Moment, als sie ins Haus gekommen war, bis zu dem Zeitpunkt, als sie aus meinem Leben verschwunden war.

# 23

# KAPITEL ZEHN

### Lucas

„**E**s ist okay, Baby", flüsterte Iris. Sie ließ ihre Hände über meine Schultern gleiten, und ich schüttelte sie schnell ab. Ich konnte mich nicht einmal umdrehen, um sie anzusehen.

„Du hast 30 Sekunden, um von meinem Grundstück abzuhauen. Wenn du irgendwo in der Nähe von mir oder Sloan auftauchst, werden dir die Konsequenzen nicht gefallen."

„Lucas! Was zum Teufel ist in dich gefahren? Sie ist ein Niemand!"

„Und doch würde ich sie dir immer vorziehen. Jederzeit. Jedes verdammte Mal."

„Wenn du mich jetzt zurückweist, werde ich dir nie sagen, was ich weiß. Du hast es hier nicht mit irgendeinem verärgerten Angestellten zu tun, Lucas. Diese Person will Blut, und sie wird nicht aufhören, bis sie es hat."

Ich fühlte mich taub. Als ihre Worte schließlich zu mir durchdrangen, drehte ich mich um und starrte sie an. Ein Lächeln fiel über ihr Gesicht, als sie dachte, ich würde ihr geben, was sie wollte. „Ich würde lieber alles verlieren als dir alles geben, was du willst. Raus jetzt."

Ich hatte Iris noch nie unsicher gesehen, aber ihr Mund öffnete sich etwas und ihre Augen weiteten sich. Eine Sekunde lang dachte ich, sie würde widersprechen, aber sie drehte sich um und rannte weg. Ich machte mir nicht einmal die Mühe zu beobachten, wie sie in ihr Auto stieg. Meine einzige Sorge war Sloan.

Ich lief zum Haus, schnappte mir schnell mein Handy und rief sie an. Ich wurde direkt mit ihrer Mailbox verbunden. „Sloan, ich muss dir alles erklären. Ruf mich an."

Um auf der sicheren Seite zu sein, schickte ich ihr noch eine Textnachricht.

Es ist nicht so, wie du denkst. Ruf mich an. Schreib mir. Jetzt.

Niemand hatte mich je zurückgewiesen. Bis jetzt. Ich wartete die ganze Nacht, aber sie rief mich nicht zurück.

Zuerst war da Wut. Sie hätte mir verdammt nochmal vertrauen sollen. Sie hätte wenigstens dableiben sollen, damit ich es ihr erklären konnte.

Ich öffnete eine Flasche Scotch. Jemand hatte diese Fotos geschickt. Iris? Sie hätte es nicht gewagt. Iris war berechnend und grausam, aber sie war keine Idiotin. Sie hätte nie etwas getan, das leicht zu ihr zurückverfolgt werden konnte.

Der Maulwurf. Iris hatte recht. Er wollte nicht nur meinen Ruf zerstören. Er wollte mich ruinieren.

ICH WUSSTE NICHT, warum ich hierher zurückkam. Club 9 war voller Menschen. Ich machte mir nicht einmal die Mühe, in den zweiten Stock zu gehen, wo ich mehr Privatsphäre gehabt hätte. Ich hob das Glas Whisky an meine Lippen und stürzte es hinunter.

Es war meine fünfte Nacht. Meine Augen bewegten sich über die Menschen, die auf der Tanzfläche standen und ihre Körper aneinander rieben. Sie waren so gierig nach Aufmerksamkeit. Viele von ihnen würden mit einem Fremden nach Hause gehen in der Hoffnung, dass der glanzlose Sex ihnen ein wenig Erleichterung von der Einsamkeit geben würde.

Ich hatte Sloan eine Woche nicht gesehen. Ich wollte ihr unbedingt erklären, was sie gesehen hatte. Ich wollte erklären, dass die Fotos in ihren Händen aus der Zeit stammten, bevor ich sie überhaupt getroffen hatte. Ich wollte es richtig machen. Selbst wenn sie nicht zu mir zurückkam, wollte ich, dass sie mich wenigstens nicht hasste.

Randi informierte mich nur kalt, dass Sloan an einem privaten Ort an ihrer Diplomarbeit arbeitete. Ich versuchte, Torrence zu finden, damit er nach ihr suchte, aber er hatte mir gesagt, ich solle sie gehenlassen.

Ich hätte ihn deswegen beinahe gefeuert.

Die Woche hatte sich wie Monate in der Hölle angefühlt.

Und jetzt war sie vorbei. Es war wohl besser so. Ich konnte mich auf die Arbeit konzentrieren.

Ich konnte ficken, wen ich wollte.

Als ich dem Barkeeper signalisierte, dass ich noch etwas trinken wollte, drückte sich ein schlanker Körper in einem engen roten Kleid neben mich. „Hi", sagte sie mit verführerischer Stimme.

Absichtlich hob ich meinen Kopf, als meine Augen ihren Körper musterten. Schöne Titten. Ein voller runder Hintern. Kirschroter Lippenstift. Lustvolle Augen, die mir alles sagten, was ich wissen musste.

Sie würde sich von mir nach Hause bringen lassen und tun, was ich wollte.

„Hi", murmelte ich.

„Gibst du einem Mädchen einen Drink aus?"

„Brauchst du wirklich etwas zu trinken?"

Ihre Augen weiteten sich, bevor sie lachte. „Das hat mich noch niemand gefragt. Du siehst aus wie ein Mann, mit dem ich auch nüchtern ein wenig Zeit verbringen könnte."

„Ich bin zur Zeit kein glücklicher Mann", sagte ich leise.

„Du musst nicht glücklich sein. Es reicht mir, wenn du hart bist."

Es war genug, um meine Aufmerksamkeit zu erregen. Das

nächste Glas Whisky erschien vor mir, und ich kippte es herunter, während sie zusah. Ich sagte nichts, während ich es auf die Theke stellte.

„Also, was sagst du? Nimmst du ein Mädchen an einen privateren Ort mit?"

Was sollte ich dazu sagen?

Die beste Art, über eine Frau hinwegzukommen war mit einer anderen. Ich hatte Sloan gegenüber nichts Falsches getan. Es gab keinen Grund, dass ich die sexy und willige Frau vor mir nicht genießen konnte.

Ich signalisierte dem Barkeeper, zeigte auf mein leeres Glas und hielt zwei Finger hoch.

„Heißt das, dass du mir doch noch einen Drink ausgeben wirst?", sagte sie und legte eine Hand auf meine Brust.

„Es ist nichts falsch daran, einer schönen Frau einen Drink auszugeben", murmelte ich.

Überhaupt nichts.

# 24

# WENN ER LIEBT
## KAPITEL EINS

### Sloan

Randi legte noch einmal Hand an mein geschminktes Gesicht und sorgte dafür, dass die schwarze, glatte Langhaarperücke sicher an meinem Kopf befestigt war, als ich in die High Heels schlüpfte, die sie mich ausleihen ließ. Sie musste mich nicht allzu sehr drängen, mit ihr auszugehen. Ich brauchte eine Ablenkung, eine große Ablenkung, um mir zu helfen, Lucas aus meinem Kopf zu bekommen.

Wenn meine Diplomarbeit nicht gewesen wäre, hätte ich nie die Selbstbeherrschung gehabt, mich von ihm fernzuhalten. Ich wusste nicht, warum ich mir jemals erlaubt hatte, dem Mann zu vertrauen. Er war ein Playboy. Egal wie es sich mit ihm angefühlt hatte, diese Empfindungen waren so falsch wie er gewesen.

Zumindest wusste ich das jetzt sicher.

Ich hatte mich von Randi schminken, die Perücke aufsetzen und in eines ihrer engen Kleider helfen lassen, um mich ganz anders aussehen zu lassen. Nicht, dass ich versuchte, mich zu verstecken, aber ich versuchte, jemand anderes für diese Nacht zu sein.

Mein Plan war, meine Hemmungen loszulassen, jedenfalls für

diese Nacht. Meine sexuellen Sessions mit Lucas hatten mich aufge-
lockert. Ich fühlte mich erotischer als je zuvor, da ich jetzt wusste,
dass ich im Bett nicht langweilig war, und Lucas mich auch viel
gelehrt hatte. Also suchte ich einen Fremden, durch den ich mich
besser fühlen würde.

Ich verlangte nicht viel, ich wollte nur, dass ein Mann mir das
Gefühl gab, nicht die größte verdammte Idiotin der Welt zu sein. Ich
wollte wissen, ob ich wirklich für das andere Geschlecht attraktiv war
oder Lucas mich ausgesucht hatte, weil er wusste, dass ich weder
sexy noch intelligent genug war, um herauszufinden, dass er in seiner
Mittagspause eine andere fickte.

Und dann auch noch diese reiche Schlampe!

Das Einzige, was ich bereute, war, dass ich die beiden nicht
verprügelt hatte. Das hätte sich großartig angefühlt, und ich hätte mit
der ganzen Sache abschließen können. Stattdessen fühlte ich mich,
als sei vieles offengeblieben. Manche Dinge hätte ich gern gewusst,
aber mir war klar, dass ich es nie wissen würde, weil ich nicht mehr
mit dem Mann reden konnte. Ich löschte seine Kontaktdaten und
blockierte seine Nummern, damit er mich nicht anrufen konnte. Ich
hatte an alles gedacht und diese letzte Woche bei einer anderen
Freundin von mir verbracht, weil ich wusste, dass er zu meiner
Wohnung kommen würde, um seine naive, dumme kleine Affäre
zurückzubekommen.

Aber ich war schlauer geworden und würde nicht in das Bett des
Mannes zurückfallen, egal wie gut es sich anfühlte. Ich hatte eigentlich gedacht, wir wären uns nähergekommen!

Wir waren auf der Couch vor dem Fernseher gesessen und hatten
andere langweilige Dinge getan, die Paare tun. Wir hatten uns jeden
Morgen die Bettlaken über den Kopf gezogen und fantastischen
Morgensex gehabt, und ich war sicher, dass er mich nach dem
Aufstehen mit mehr als Lust und Begehren in seinen Augen angesehen hatte. Ich hätte schwören können, dass ich Fürsorge und sogar
einen Hauch von Liebe in seinen dunklen Augen gesehen hatte.

Ich schüttelte den Kopf. Ich musste aufhören, über dieses Arschloch nachzudenken!

„Zeit zu gehen!", schrie Randi, als sie enthusiastisch in die Hände klatschte. „Ich kann nicht glauben, dass ich dich dazu überredet habe!"

„Ich muss raus hier." Ich stand auf, packte meine Handtasche und legte den langen Riemen über meine Schulter und um meinen Hals, um sicherzugehen, dass ich sie nicht verlor. Ich hatte vor zu tanzen und jede Menge Spaß zu haben, und wenn es mich umbrachte!

Als wir auf den Parkplatz gingen, nahm Randi meine Hand und fing an, mich zu ihrem Wagen zu zerren. „Du kommst mit mir mit."

„Nein!", rief ich, als ich mich ihrem Griff entzog. „Randi, ich nehme heute Abend mein Auto. Ich muss in der Lage sein zu entkommen, wenn ich anfange zu heulen. Oder ich brauche es, um zu einem Typen nach Hause zu fahren und morgen wieder hierher zurückzukommen."

„Ich verstehe schon." Sie zwinkerte mir zu. „Okay, nimm dein Auto und ich nehme meins. Aber bleibe in der Nähe, damit wir gemeinsam in den Club gehen können. Wenn ich alleine gehe, werde ich gleich abgeschleppt und wir werden nicht einmal einen Drink zusammen trinken, bevor die Paarungsrituale beginnen."

Wir grinsten uns an und gingen zu unseren jeweiligen Autos. Ich war ein wenig besorgt darüber gewesen, was sie sagen würde, als ich mein eigenes Auto nehmen wollte, und ich war glücklich, dass sie nicht versucht hatte, meine Meinung ändern.

Ich folgte ihr zum Club 9, dem Ort, an dem alles begonnen hatte, und wir parkten nebeneinander. Als wir zusammen hineingingen, hätte ich schwören können, dass ich die Stimme eines vertrauten Mannes und das Kichern einer Frau hörte. Aber als ich mich umdrehte, sah ich niemanden.

Ich hoffte, dass es nicht der Beginn einer paranoiden Nacht sein würde. Wenn ich weiterhin Männer hörte, die wie Lucas klangen, würde ich nicht viel Spaß haben.

Randi führte mich direkt zu der Bar mit dem gutaussehenden Barkeeper, der mich einen Moment ansah, dann lachte und mit einem großen Grinsen auf seinem hübschen Gesicht auf mich zeigte. „Du! Der Rotschopf, nicht wahr?"

Ich war geschmeichelt, dass er sich an mich erinnerte. Es war Wochen her, dass er mich gesehen hatte, und doch erkannte er mich sogar unter dem ganzen Make-up und der Perücke. „Beeindruckend! Wie hast du dich an mich erinnert?"

Er beugte sich zu mir, als er zwei Tequila-Gläser auf die Bar vor sich stellte. „Deine Augen, Süße. Die hier gehen aufs Haus. Du und deine Freundin seid heute von mir eingeladen. Denkt einfach daran, wieder zu meiner Bar zu kommen. Ich möchte dich noch viel öfter sehen. Ich bin übrigens Clark. Und du?"

Wow, schon ein Treffer! „Mein Name ist Sloan." Ich hielt ihm meine Hand hin, und er nahm sie mit einem Lachen und schüttelte sie. „Freut mich, dich kennenzulernen, Clark."

Er schaute zur Seite und nickte dem anderen Kerl, der mit ihm arbeitete, zu. „Übernimmst du für mich, Steve? Ich möchte dieses schöne junge Ding für ihren ersten Tanz der Nacht auf die Tanzfläche führen."

Ich war schockiert. Ich war noch nicht einmal zwei Minuten da und hatte schon einen Verehrer. Bevor ich mich versah, wurde ich von dem Mann auf die Tanzfläche gebracht, wo er mich festhielt, während wir unsere Körper zu dem harten Beat bewegten.

Dank Lucas hatte ich gelernt, meine Hüften und meinen Körper auf eine Weise zu bewegen, die Männer anzulocken schien. Clark war ziemlich gut gebaut, seine Augen waren hellgrün und er hatte ein freundliches, entspanntes Wesen. Überhaupt nicht wie Lucas.

Ich verglich die beiden unwillkürlich, als er seinen Schwanz gegen mich drückte. Alle anderen tanzten auch so eng, warum also nicht?

Aber etwas fehlte. Ich fühlte keine Hitze. Kein Verlangen, ihn zu ficken. Er war attraktiv und hatte ein Grübchen in einer seiner Wangen. Er kleidete sich gut und roch großartig - ich meine, es hatte nichts mit ihm zu tun, nur war er eben nicht Lucas.

Also entschied ich, dass ich mehr trinken musste, bis ich Lucas vergessen hatte und nur noch Clark in meiner Zukunft sehen konnte. Meine Zukunft für diese Nacht jedenfalls. Wir tanzten noch eine Weile, dann sah ich, wie er zu der Schlange an der Bar blickte, und hörte ihn seufzen. „Leider muss ich das jetzt beenden. Ich habe Arbeit zu erledigen. Komm mit zur Bar. Ich gebe dir noch einen Tequila aus und tanze wieder mit dir, sobald die Schlange abgearbeitet ist."

Ich nickte, und er nahm meine Hand und führte mich zurück an die Bar. Aber kurz bevor er meine Hand losließ, um hinter die Bar zurückzugehen, zog er mich sehr schnell an sich und küsste mich hart.

Unsere Zungen berührten sich, und ich konnte den Jubel der wartenden Clubbesucher hören, die auf ihren Drink warteten. Dann zog er sich zurück und hielt unsere gefalteten Hände hoch. „Sie gehört zu mir heute Abend, Jungs! Also Hände weg!"

Dann brachte er mich zu einem Barhocker, in dessen Nähe er arbeitete, und ich fühlte mich glücklich. So verdammt glücklich, dass ich wirklich attraktiv genug war, dass der Mann sich an mich erinnerte und so besitzergreifend mir gegenüber war. Dann wurde mein Glück getrübt.

Was machte ich da nur? Wollte ich mich wirklich zum Besitz eines anderen Mannes machen? Warum in aller Welt wollte jeder Mann, den ich traf, mich plötzlich für sich? Und war das wirklich so schlimm?

Ich würde bald 25 werden. Ein Alter, in dem eine Menge Frauen ernsthafte Beziehungen haben. Die Art von Beziehungen, die zu Ehe und Familie führen. Ich war in dem Alter, das ein und alles von jemandem zu werden.

Und der Kerl hinter der Bar gab mir die Signale, dass er das sehr gerne hätte.

Er stellte ein sehr nett ausschauendes Getränk vor mich, bevor er eine Bestellung annahm und sich herabbeugte und mir einen schnellen Kuss gab, bevor er die anderen Leute bediente. Eine Frau beugte sich zu mir und sagte: „Er muss dich wirklich lieben. Wie lange seid ihr beide zusammen?"

„Wir sind nicht zusammen", sagte ich zu ihr.

Sie fächelte sich Luft zu und sagte: „Nun, mach dich bereit für eine Aktion heute Abend. Dieser Mann steht definitiv auf dich."

Ich blickte zurück und sah, wie Clark Drinks schüttelte. Als er mich bemerkte, lächelte er. „Hast du Spaß?"

Ich nickte und nippte an meinem Drink, der wie ein Erdbeer-Vanille-Milchshake schmeckte. Es war lecker und cremig und nicht wie ein Getränk, das Lucas für mich bestellt hätte. Dann drehte ich mich um, um die Leute auf der Tanzfläche zu beobachten, und dachte, ich hätte Lucas gesehen.

Warum kann ich ihn nicht aus dem Kopf bekommen?

# 25

# KAPITEL ZWEI

### Lucas

Ich hatte Sloan eine Woche nicht gesehen. Ich wollte ihr unbedingt erklären, was sie gesehen hatte. Ich wollte erklären, dass die Fotos in ihren Händen aus der Zeit stammten, bevor ich sie überhaupt getroffen hatte. Ich wollte es richtig machen. Selbst wenn sie nicht zu mir zurückkam, wollte ich, dass sie mich wenigstens nicht hasste.

Randi informierte mich nur kalt, dass Sloan an einem privaten Ort an ihrer Diplomarbeit arbeitete. Ich versuchte, Torrence zu finden, damit er nach ihr suchte, aber er hatte mir gesagt, ich solle sie gehenlassen.

Ich hätte ihn deswegen beinahe gefeuert.

Die Woche hatte sich wie Monate in der Hölle angefühlt.

Und jetzt war sie vorbei. Es war wohl besser so. Ich konnte mich auf die Arbeit konzentrieren.

Ich konnte ficken, wen ich wollte.

Als ich dem Barkeeper signalisierte, dass ich noch etwas trinken wollte, drückte sich ein schlanker Körper in einem engen roten Kleid neben mich. „Hi", sagte sie mit verführerischer Stimme.

Absichtlich hob ich meinen Kopf, als meine Augen ihren Körper musterten. Schöne Titten. Ein voller runder Hintern. Kirschroter Lippenstift. Lustvolle Augen, die mir alles sagten, was ich wissen musste.

Sie würde sich von mir nach Hause bringen lassen und tun, was ich wollte.

„Hi", murmelte ich.

„Gibst du einem Mädchen einen Drink aus?"

„Brauchst du wirklich etwas zu trinken?"

Ihre Augen weiteten sich, bevor sie lachte. „Das hat mich noch niemand gefragt. Du siehst aus wie ein Mann, mit dem ich auch nüchtern ein wenig Zeit verbringen könnte."

„Ich bin zur Zeit kein glücklicher Mann", sagte ich leise.

„Du musst nicht glücklich sein. Es reicht mir, wenn du hart bist."

Es war genug, um meine Aufmerksamkeit zu erregen. Das nächste Glas Whisky erschien vor mir, und ich kippte es herunter, während sie zusah. Ich sagte nichts, während ich es auf die Theke stellte.

„Also, was sagst du? Nimmst du ein Mädchen an einen privateren Ort mit?"

Was sollte ich dazu sagen?

Die beste Art, über eine Frau hinwegzukommen war mit einer anderen. Ich hatte Sloan gegenüber nichts Falsches getan. Es gab keinen Grund, dass ich die sexy und willige Frau vor mir nicht genießen konnte.

Ich signalisierte dem Barkeeper, zeigte auf mein leeres Glas und hielt zwei Finger hoch.

„Heißt das, dass du mir doch noch einen Drink ausgeben wirst?", sagte sie und legte eine Hand auf meine Brust.

„Es ist nichts falsch daran, einer schönen Frau einen Drink auszugeben", murmelte ich.

Überhaupt nichts.

Aber etwas in mir wusste, dass es falsch war. Etwas in meinem Kopf sagte mir, dass ich aufstehen und von der verführerischen Frau weggehen sollte. Aber dann kamen die Getränke, und ich nahm mein

Glas, trank einen Schluck und sah sie wieder an. Ich hätte eine heiße Nacht brauchen können, denn ich hatte Sex vermisst. Aber der Sex, den ich vermisst habe, war mit Sloan und das würde nicht wieder passieren.

Ich war nicht einmal sicher, ob es genug sein würde, wenn sie wieder auftauchen und mir sagen würde, dass es ihr leidtue, dass sie mir nicht vertraut und mir keine Chance gegeben hatte, ihr etwas zu erklären. Ich weiß nicht, ob es reichen würde, um zu unserer Vereinbarung zurückkehren zu können und weiterzumachen, als ob nichts passiert wäre.

„Ich heiße Veronica", sagte die Frau. Ihr blondes Haar war mit einem Clip zurückgezogen und sie löste ihn, so dass es um ihre schmalen Schultern fiel. „Und du bist Lucas Montgomery."

„Ja", sagte ich, als ich in ihre hellblauen Augen schaute, die fast grau waren, und überhaupt keine Tiefe fand. Also sagte ich etwas zu ihr, um zu sehen, ob sie überhaupt Tiefe hatte. „Wie würde es dir gefallen, von Lucas Montgomery gefickt zu werden?" Ich nahm einen weiteren Schluck von meinem Drink und sah, wie ihre Augen aufleuchteten.

Ihre Hand bewegte sich über meine Schulter, und sie lehnte sich an mich. „Ich würde alles für dich tun. Und ich meine alles."

Ihr Atem war warm auf meinem Gesicht, und der Geruch des Alkohols war unattraktiv. Die Art, wie sich ihre Hand über meine Oberschenkel bewegte und meinen Schwanz berührte, der gar nicht begeistert von ihr war, gab mir eine Gänsehaut. Aber sie war ein warmer Körper, der alle nötigen Teile hatte, um mir für eine kleine Weile Vergnügen zu geben, also warum nicht.

Dann schlüpfte ein Wort aus meinem Mund, ohne dass ich es merkte. „Warum?"

Sie blinzelte, zog den Kopf zurück und sah mich verwirrt an. „Was meinst du?"

Ich schüttelte den Kopf, um mich von der Tiefe zu befreien, die Sloan in mein Leben gebracht hatte. Sloan würde niemals etwas so Dummes sagen, bevor sie einen Mann wirklich kannte.

Aber ich musste aufhören, Frauen mit Sloan zu vergleichen, oder ich würde nie wieder eine andere ficken wollen. Also strich ich mit der Hand über ihren Kiefer und flüsterte: „Ich will dich zuerst in meinem Wagen ficken, und wenn du mir gefällst, nehme ich dich mit zu mir. Aber ich muss dich warnen, ich bin zur Zeit kein glücklicher Mann und ich spüre den Drang, Aggressionen abzubauen. Du hast doch nichts dagegen, den Hintern versohlt zu bekommen, oder?"

Ihr Gesicht kam mir nahe und ihre Lippen berührten meine, als sie sprach. „Nicht, wenn du es machst. Fessle mich und mach mit mir, was du willst, Montgomery. Ich gehöre dir."

So sehr sie es auch versuchte, und so viel sie mir zu geben bereit war, es war es nicht genug. „Lass mich darüber nachdenken, Veronica."

Sie setzte sich zurück und nahm einen Schluck aus ihrem Glas. Ich warf einen Blick aus dem zweiten Stock auf die Tanzfläche im ersten Stock. Da war eine Frau, die mit einem Mann tanzte und Bewegungen machte, die mir ins Auge fielen.

Die Art, wie sie sich bewegte, ließ sofort Hitze in mir aufsteigen. Ich stand auf und ging hinaus, um sie vom Balkon aus zu betrachten. Ihr Kleid war eng und rot. Ihr Haar war schwarz, aber es war offensichtlich eine Perücke, und zwar eine billige. Ich sah den ganzen Weg hinunter zu ihren Schuhen, und sie waren schwarz und glänzend.

Da war etwas an der Frau, an der Art, wie sie sich bewegte, und der Art, wie ihre Kurven ihr Kleid ausfüllten. Dann drehte sie sich ein wenig, und ich sah ihr Gesicht.

„Sloan!"

Sie trug eine Menge Make-up und diese verdammte Perücke, um ihr wildes rotes Haar zu bedecken, aber sie war es. Diese Alabasterhaut und diese smaragdgrünen Augen erzählten mir so viel. Wenn ich daran dachte, wie sie sich bewegte, gab es keinen Zweifel.

Plötzlich sagte der Mann etwas zu ihr und führte sie von der Tanzfläche. Ich beobachtete jeden Schritt, den sie machten, und als sie an die Bar kamen, zog er sie zu sich und küsste sie.

Ich hörte auf zu atmen, hörte auf zu denken und musste mich davon abhalten, sofort hinunterzugehen und sie mir zu holen. Ich beobachtete, wie ihre Hände über seine Schultern glitten, während sie sich offensichtlich leidenschaftlich küssten und ich brennende Säure in mir aufsteigen fühlte.

Wie konnte sie nur?

Dann hörten sie auf, sich zu küssen, und er hob die Hände hoch und sagte etwas, das die Leute um sie herum jubeln ließ. Ich beobachtete, wie er sie hochhob und auf einen Barhocker setzte, dann ging er hinter die Theke, und sie lächelte, als wäre sie das glücklichste Mädchen der Welt.

Mein Herz schlug kaum noch. Sie war wirklich mit mir fertig. Sie musste zu dem Kerl gegangen sein, kurz nachdem sie die Fotos auf den Boden geworfen und mich verlassen hatte.

Ich denke, die Blicke, die ich in ihren Augen gesehen hatte, waren alle Lügen gewesen. Ich dachte, ich hätte mehr gesehen, als wir unsere Abende und Nächte zusammen verbrachten. Ich hatte geglaubt, Fürsorge und sogar ein wenig Liebe in ihren großen grünen Augen zu sehen. Aber es hatte nicht so sein können, wenn sie so schnell zum nächsten Mann weitergegangen war.

Scheiße! Es ist erst eine Woche her!

Weiche Hände bewegten sich über meine Arme. Eine leise Stimme flüsterte mir zu: „Ich bin bereit zu gehen, wenn du es bist."

Veronica war direkt hinter mir. Ganz bereit für mich. Also stellte ich meinen Drink auf den kleinen Tisch neben dem Geländer und wandte mich ihr zu. „Nach einem Tanz."

Ich zog sie fast die Treppe hinunter, machte mich auf den Weg zur Tanzfläche und sorgte dafür, dass ich nahe genug am Rand war, dass Sloan mich von dem Barhocker aus, auf den ihr neuer Liebhaber sie gesetzt hatte, sehen konnte.

Ich sah, wie sie sich wieder küssten, als er etwas zu trinken vor sie stellte, und die Wut brachte mich fast um. Wie konnte sie so schnell weitermachen?

Ich wusste, dass wir vereinbart hatten, nur Sex zu haben und es unverbindlich zu halten, aber verdammt nochmal! Sie hatte mir nicht einmal die Chance gegeben zu erklären, dass Iris eine Schlampe war und ich sie rauswerfen wollte. Ich wollte nicht einmal Informationen aus ihr herausholen. Und ich brauchte dringend Informationen.

Während der letzten Woche war kein einziger Hinweis aufgetaucht, der vermuten ließ, wer zur Hölle mich zerstören wollte. Und ich hätte sicherlich Sloan an meiner Seite gebraucht. Ich brauchte sie so sehr, wie ich noch nie jemanden gebraucht hatte. Und sie war gerade gegangen!

Ich tanzte mit Veronica, umfasste ihre Taille und zog sie an mich, während ich immer weiter in Richtung Sloan sah, die mit einer Frau plauderte.

Als die Frau zurücktrat, um einen Drink zu bestellen, sah ich, wie Sloans Augen über die tanzende Menge wanderten und sorgte dafür, dass ich ihnen zugewandt dastand. Ich war nicht weit von ihr entfernt und starrte sie direkt an, als ihre Augen über mich schweiften und dann zurück zu mir flackerten.

Ihr Mund öffnete sich, und sie sah erschüttert aus. Dann stand sie auf und lief weg. Ich nahm Veronicas Hand und zog sie mit mir mit, als ich Sloan nachging und sie an der Schulter packte.

Als sie herumwirbelte, warf ich meinen Arm um die kleine Blondine und sagte: „Wie geht's?"

„Geh zur Hölle, Lucas!", schrie sie, als sie die Frau an meinem Arm betrachtete. „Ich sehe, du hast schon die nächste Affäre gefunden. Glückwunsch!"

Dann kam etwas aus dem Mund von Veronica, mit dem wohl keiner gerechnet hatte. „Ja, hat er. Er leckt wie kein Mann, den ich je getroffen habe. Schade, dass du ihn verlassen hast. Aber gut für mich. Ich sitze sechs oder sieben Mal am Tag auf seinem Riesenschwanz. Er sagt mir, dass ich tausendmal besser bin als du, Schlampe!"

Sloans Augen wurden riesig, dann streckte sie die Hand aus und verpasste mir eine Ohrfeige. Ich war lang genug benommen, dass sie in der Menge verschwinden und mir entkommen konnte. Ich schaute auf das Mädchen an meinem Arm und zog ihn schnell von ihr weg. „Bist du verrückt?"

Sie griff nach meiner Hand. „Lass sie gehen. Ich will dich, Lucas. Sie eindeutig nicht. Komm, gehen wir zu deinem Auto, wie du es versprochen hast."

Ich konnte Sloan nicht mehr sehen. Dann fühlte ich eine Hand auf meiner Schulter. „Hey, Mister, entschuldigen Sie bitte", sagte der verdammte Kerl, mit dem sie getanzt hatte, als er an mir vorbeiging und offensichtlich versuchte, zu Sloan zu gelangen.

Er hatte zweifellos Interesse an ihr, und das machte mich wütend. Also ging ich ihm nach, während Veronica sich an mir festklammerte und verzweifelt versuchte, mich zurückzuhalten, während sie etwas kreischte, das so ähnlich klang wie Du brauchst die Schlampe nicht.

Aber ich konnte nur denken, wie sehr ich sie brauchte. Alles, was ich sehen konnte, war Rot, als ich mir vorstellte, dass sie den Mann küsste, der nur ein paar Schritte vor mir war. Dann schlug mir etwas auf die Seite meines Kopfes, und ich ging zu Boden.

# 26

## KAPITEL DREI

### Sloan

Mein Herz klopfte, als ich in meinen High Heels so schnell lief wie ich konnte, um von Lucas und der Schlampe mit dem engen Kleid und den Silikonbrüsten wegzukommen. Als ich an die Tür kam, hörte ich, wie ein Mann meinen Namen rief, und es war nicht Lucas' tiefe Stimme. Ich drehte mich um und erhaschte einen Blick auf Clark, der hinter mir herlief und auf den Türsteher blickte, der zwischen mir und dem Ausgang war.

„Können Sie ihm sagen, dass es mir wirklich leidtut, aber ich hier raus muss?", fragte ich den sehr großen Mann, der mich mit einem Stirnrunzeln ansah.

Er trat zur Seite und sagte: „Ich werde es ihm sagen."

Als ich aus der Tür trat, griff ich nach unten, zog meine Schuhe aus und rannte direkt zu meinem Auto. Es war hinter mehreren anderen geparkt, so dass ich ziemlich sicher war, dass Lucas es nicht von der Tür aus sehen würde. Wenn er so weit ging, den Parkplatz zu durchsuchen, würde er mich finden, aber ich bezweifelte sehr, dass er das jetzt tun würde, wenn er dieses Flittchen zur Unterhaltung hatte.

Ich schlüpfte hinter das Lenkrad und verstellte den Sitz nach hinten, um sicherzugehen, dass niemand mich sehen konnte. Wenn ich mit dem Auto umdrehte und versuchte wegzukommen, könnte er mich verfolgen und dann würde ich sicher mit ihm sprechen müssen.

Die Nacht war heiß und feucht, so dass ich sowohl das Fahrerfenster als auch das Beifahrerfenster einen Spaltbreit öffnete, während ich auf den richtigen Zeitpunkt zum Losfahren wartete.

Als ich geduckt wartete, drang eine Stimme über den Parkplatz. Sie war leise und weiblich und kam mir irgendwie bekannt vor, aber ich war nicht sicher, zu wem sie gehörte.

„Sie sollte jeden Augenblick mit ihm herauskommen. In ihrer Nachricht schreibt sie, dass sie ihn in ihren Klauen hat", sagte die weibliche Stimme.

Ich hörte ein klatschendes Geräusch, das sich wie ein Kuss anhörte, und dann einen Mann. „Er ist dabei, das Ende seiner Herrschaft als der wohlhabendste Mann Washingtons einzuläuten. Es ist Zeit für unsere Wohltäterin, die Gerechtigkeit zu bekommen, die sie braucht."

„Lucas hat einen großen Fehler gemacht, als er diese Lady verletzt hat", sagte die Frau.

Ich spitzte die Ohren, als ich seinen Namen hörte. Wen hatte er verletzt, und war das die Person, die ihn ruinieren wollte?

Der Mann stieß ein tiefes Lachen aus, an dem ich ihn erkannte. „Drew Torrence, der Leiter seines Sicherheitsteams!", flüsterte ich.

Meine Fenster waren hinten stärker getönt als vorn, also schlüpfte ich zwischen den Sitzen nach hinten durch, um zu sehen, wo sie waren, und zu versuchen, ein Bild mit meinem Handy zu machen. Jetzt wusste ich, warum Torrence alles selbst in die Hand nehmen und die Cops außenvorlassen wollte!

Als ich mich umsah, fand ich endlich das Auto, wo die Stimmen herkamen. Es war nicht das Auto, das Torrence normalerweise fuhr. Es war ein kleines blaues Auto mit dunkel getönten Fenstern, aber ich konnte den Mann auf dem Fahrersitz deutlich sehen.

Torrence bewegte sich ein wenig, um sich neu zu positionieren, während er sagte: „Lila Sheffield war definitiv keine Frau, die er lieben und verlassen hätte sollen. Sie ist wild entschlossen, ihn dafür bezahlen zu lassen, dass er sie nicht zu seiner Zufriedenheit befand."

Die Frau beugte sich vor, und ich erkannte auch sie. Es war seine Sekretärin Cecelia. Ich schrie fast, als ich sie sah. Lucas vertraute dieser Frau ganz und gar. Wie konnte sie ihm das antun?

Und wer ist Lila Sheffield?

Als ich mein Handy aus meiner kleinen Handtasche nahm, googlete ich ihren Namen und fand sofort heraus, wer sie war. Eine sehr reiche Frau und die Besitzerin mehrerer großer Unternehmen in New York.

Sie sah so aus wie diese Schlampe Iris, und nach einer kurzen Suche fand ich interessante Informationen. Iris war scheinbar die Cousine der anderen Frau. Somit machte das plötzliche Auftauchen der anderen Frau Sinn. Iris war ebenfalls ein Teil dieser Sache!

Scheinbar gab es ziemlich viele Leute, die Lucas Montgomery ruinieren wollten, und ich meine völlig ruinieren. So sehr, dass er mich auch verlieren musste.

Jetzt, da ich wusste, dass eine enttäuschte Frau der Schlüssel zu dem Ganzen war, machte alles Sinn. Und die Schlampe, die an ihm hing, war auch Teil dieser Sache, und ich musste Lucas das wissen lassen.

Mir fiel ein, dass die Bilder, die mir geschickt worden waren, von Torrence oder Cecelia gewesen sein mussten, und ich war sicher, dass sie aus der Zeit stammten, als Iris und Lucas ein Paar gewesen waren. Und ich hatte ihm keine Chance, überhaupt darüber zu reden!

Ich erkannte, dass ich mich geirrt hatte. Lucas brauchte meine Hilfe, und ich musste etwas tun. Ich glitt zurück in den Vordersitz und machte den Motor an, wobei ich die Rückenlehne so tief einge-stellt hatte, dass niemand mich sehen konnte, als ich losfuhr.

Ich war ziemlich sicher, dass Danny O'Brien, Lucas' Fahrer, in einem der vielen Autos sein würde, die auf der Rückseite des Clubs geparkt waren, und auf Lucas wartete. Ich wusste auch, dass es möglich war, dass Lucas dieses Flittchen mit in den Wagen genommen hatte und weiß der Himmel was mit ihr machte, aber ich musste zu ihm, egal was geschah.

Und ich plante, mein Pfefferspray direkt in das Gesicht der Schlampe zu sprühen, wenn ich sie wiedersah. Ich hatte ein paar Leute auf meiner Negativ-Liste und versuchte, mir einen Plan auszudenken, um sie alle unschädlich zu machen, bevor sie es schafften, Lucas zu vernichten.

Als ich mit meinem Auto umdrehte, sah ich, wie Danny sich an ein schwarzes Auto lehnte, das ich noch nie gesehen hatte, aber ich wusste, dass er es war, so dass ich hinter ihm parkte und ausstieg. Danny sah mich mit einem Lächeln an. „Hey."

„Danny, ist Lucas im Wagen?", fragte ich. „Bitte sagen Sie mir die Wahrheit. Ich weiß, dass er mit einer Frau zusammen sein könnte, aber ich habe etwas sehr Wichtiges herausgefunden, und er muss es wissen."

Danny machte ein paar Schritte und öffnete die Hintertür. „Der Wagen ist leer. Er ist immer noch im Club."

Ich zeigte auf die Tür an der Rückseite des Clubs und fragte: „Kommt er normalerweise dort raus?" Danny nickte, und ich ging zur Tür. Dann drehte ich mich plötzlich um und fragte: „Würden Sie mit mir mitkommen?"

„Ich kann das Auto nicht verlassen", sagte er. „Aber kommen Sie her und erzählen Sie mir schnell, was Sie ihm sagen wollen. Vielleicht kann ich Ihnen helfen."

Ich war mir nicht sicher, ob Danny involviert war oder nicht. Ich schüttelte den Kopf, ging durch die Tür und fand mich in einem sehr schwach beleuchteten Flur wieder. Ich ging die Treppe dort hoch.

Die Schläge der harten Beats der Musik ließen die Wände des Treppenhauses erzittern. Ich schaute auf meine nackten Füße und erkannte, dass ich meine Schuhe nicht wieder angezogen hatte, aber es war nicht wichtig. Ich musste zu ihm.

Als ich Lucas das erste Mal gesehen hatte, war er im zweiten Stock gewesen, und ich wusste, dass er wahrscheinlich immer noch dort sein würde. Als ich die Tür oben an der Treppe erreichte, machte ich mich bereit, sie zu öffnen und ihn mit einer anderen Frau vorzufinden. Ich versuchte, mein Temperament zu zügeln. Lucas hatte betrunken gewirkt, und ich hätte ihn vorhin ganz anders behandeln sollen. Lucas war sonst nie betrunken. Vielleicht hatte diese Schlampe ihn unter Drogen gesetzt.

Drei Männer sahen mich an, als ich auf den Balkon kam. Einer kam sofort zu mir und sagte: „Was zum Teufel machen Sie da? Versuchen Sie, sich reinzuschleichen?"

„Nein, ich schleiche mich nicht rein, ich suche Lucas Montgomery. Haben Sie ihn gesehen?", fragte ich, als ich mich umsah.

„Er war vor einiger Zeit hier oben. Er hat eine Frau zum Tanzen mitgenommen. Er könnte irgendwo dort unten sein", sagte der Mann und machte einen Schritt zurück, damit ich Zugang zum Balkon hatte.

Ich konnte die gesamte Tanzfläche im ersten Stock sehen und bemerkte eine blonde Frau, die mit Lucas in einer dunklen Ecke stritt. Er hielt sich die Seite seines Kopfes, während sie in verschiedene Richtungen zeigte. Er schien verwirrt zu sein.

Schließlich begann er, von ihr weg zur Treppe zu gehen, um auf den Balkon zu kommen. Sie folgte ihm und versuchte, sich an ihm festzuklammern, aber er sah sehr entschlossen aus, von ihr wegzukommen.

Ich sah sie in ihre Handtasche greifen und einen vergoldeten Schlagring herausziehen, mit dem sie ihm auf die Seite des Kopfes schlug. Er stolperte ein wenig und schüttelte den Kopf. Sie wich zurück, um ihn wieder zu schlagen, während er auf der Suche nach seinem Angreifer benommen auf die falsche Seite schaute.

Aber er gewann wieder genügend Balance, um vorwärts zu gehen, und sie verfehlte ihn beim zweiten Mal. Ich wartete darauf, dass er zu mir kam und die Frau loswurde. Plötzlich öffnete sich die Tür, durch die ich hereingekommen war, und ein großer Mann schaute auf meine nackten Füße.

Er machte ein paar schnelle Schritte und umschloss mich schnell mit seinen Armen. „Sie gehen wieder so raus, wie Sie reingekommen sind, Lady!"

Ich kämpfte und schrie: „Ich bin mit Lucas Montgomery hier! Lassen Sie mich runter!"

Er tat es aber nicht. Stattdessen trug er mich nach draußen und stellte mich erst neben meinem Auto wieder auf die Füße. „Steigen Sie in Ihr Auto und verschwinden Sie von hier. Jetzt!"

„Aber ich muss auf Lucas warten!"

Er öffnete die Autotür, die ich unverschlossen gelassen hatte, da mein Schlüssel immer noch im Zündschloss steckte, und drückte mich zurück in mein Auto. „Verlassen Sie diesen Bereich jetzt oder ich rufe die Polizei."

Also beschloss ich, einfach zu tun, was er sagte. Ich sah Danny, der meine Verbindung zu Lucas bestätigen konnte, nirgendwo, so dass ich entschied, dass es das Beste war, zu seinem Anwesen zu gehen und dort auf seine Rückkehr zu warten.

Als ich zurück auf den vorderen Parkplatz fuhr, um den Club zu verlassen, sah ich, dass die blonde Schlampe in dem roten Kleid herauskam und auf dem Weg zum Auto von Torrence und Cecelia war.

Irgendetwas in mir drehte durch, und ich parkte mein Auto, sprang aus ihm heraus, rannte zu der Frau, die keine Ahnung hatte, dass ich kam, und kreischte: „Ich weiß, was ihr tut! Ihr werdet nie damit davonkommen!"

Dann sah ich Torrence aus dem kleinen blauen Auto aussteigen. Er schrie: „Wir müssen sie kriegen, bevor sie Lucas alles erzählt!"

Plötzlich kamen die blonde Frau, Torrence und Cecelia auf mich zu, und Torrence hielt etwas, das wie ein Baseball-Schläger aussah, in seinen Händen. Also rannte ich zurück zu meinem Auto und fuhr mit quietschenden Reifen an ihnen vorbei vom Parkplatz. Aber Torrence schaffte es, meinem Auto einen Schlag zu versetzen. Er zertrümmerte mir den rechten Scheinwerfer, so dass ich nur noch einen hatte und so schnell fuhr, wie ich konnte.

Im Rückspiegel sah ich sie alle wieder ins Auto steigen. Ich war ihr neues Ziel in dieser Nacht. Ich konnte ihren Plänen ein Ende setzen, und sie saßen in einem Auto, das viel schneller war als meines.

Es dauerte nicht lange, bis sie mich eingeholt hatten. Ein Schuss ließ mich zusammenzucken, und ich konnte nicht glauben, was ich sah, als ich in den Rückspiegel sah. Cecelia lehnte sich mit einer Pistole aus dem Wagen.

Ich war erledigt!

# 27

# KAPITEL VIER

### Lucas

Mein Kopf schmerzte furchtbar, und ich hatte mich mit diesem kleinen Flittchen Veronica gestritten, weil ich sicher war, dass sie diejenige war, die mich geschlagen hatte, aber sie bestand darauf, dass sie es nicht gewesen war. Sie erzählte mir, dass ein Mann aus der Menge herausgekommen war und es getan hatte. Sie sagte, sie habe ihn gesehen, und zerrte mich durch die Menge, um ihn zu finden.

Etwas stimmte nicht - ich konnte es spüren. Und ich konnte nur an Sloan denken. Als wir in einer abgelegenen Ecke des Clubs ankamen, drehte Veronica sich zu mir um. „Lass uns einfach hier abhauen. Ich kann ihn nicht finden. Komm schon. Wir können mein Auto nehmen."

Mit einem Stirnrunzeln sagte ich: „Nein. Ich gehe nach Hause. Ohne dich."

Ich löste mich von ihr, aber sie klammerte sich wie eine Verrückte an mich und schrie: „Nein! Du kommst mit mir mit!"

Ich ignorierte sie und ging weiter, bis ich endlich spürte, wie ihre Hand meinen Arm verließ. Aber nur Sekunden später wurde mir wieder auf die Seite des Kopfes geschlagen. Ich blickte schnell zurück, sah aber niemanden. Der Schlag schien viel zu hart zu sein, um von ihr gekommen zu sein, aber ich würde keine Risiken eingehen. Ich duckte mich ein wenig und eilte zur Treppe und weg von der wahnsinnigen Frau.

Mein Kopf hämmerte von den beiden Schlägen und zu viel Alkohol, und ich stolperte fast, aber ich schaffte es dennoch irgendwie die Treppe hinauf zur Ausgangstür.

Drei Männer standen in der Nähe davon, und einer von ihnen streckte die Hand aus und berührte meinen Arm. „Hey, Sie sind Lucas Montgomery, nicht wahr?"

„Ja", sagte ich, schüttelte ihn ab und versuchte weiterzugehen.

„Da war eine Frau auf der Suche nach Ihnen", sagte er und ließ mich aufhorchen.

„Schwarze Perücke?", fragte ich.

Er nickte. „Aber ein Türsteher hat sie hinausgetragen."

Ich zeigte auf die Tür nicht weit von mir. „Dort hinaus?"

Er nickte, und ich eilte die Treppe hinunter. Als ich die Ausgangstür aufstieß, sah ich das Auto, mit dem wir zum Club gefahren waren, aber Danny war nirgendwo. Als ich versuchte, die Autotür zu öffnen, stellte ich fest, dass sie verschlossen war.

„Scheiße!"

Ich nahm mein Handy und rief Danny an, aber der Anruf ging direkt zur Mailbox. Ich hatte keine Lust, auf Danny zu warten, also rief ich ein Taxi. Ich war unheimlich wütend darüber, wie die Nacht verlaufen war. Dann rief ich Sloan an und bemerkte, dass ich immer noch gesperrt war. Eine Idee tauchte in meinen Kopf auf, und als der Taxifahrer kam, fragte ich, ob ich sein privates Handy benutzen könnte. Nachdem ich ihm 100 Dollar für seine Mühe gegeben hatte, gab er es mir und ich tippte ihre Nummer ein.

Nach dem zweiten Klingeln antwortete sie. „Hier spricht Sloan Whitlow. Ich kann jetzt nicht reden."

Ich hörte einen Schuss, dann schrie sie: „Scheiße!"

Lautes Rumpeln erklang, dann war die Leitung tot. Mein Herz blieb stehen. Was zum Teufel war da los?

Ich gab dem Taxifahrer Sloans Adresse und betete, dass ich sie auf dem Weg zu ihrem Haus finden würde. Dann dachte ich, dass ich besser die Polizei anrufen sollte. Ich hatte Schüsse gehört, was dem Vorfall höchste Priorität verleihen sollte.

Um sicher zu sein, dass man mich ernst nahm, rief ich Detective Allen an. Er klang besorgt, als er an sein Handy ging. „Hier spricht Detective Allen." Ich hörte, wie sein Motor aufheulte.

„Hier spricht Lucas Mont..."

„Montgomery! Wo sind Sie?", fragte er, als ich hörte, wie seine Reifen quietschten und er eilig davonfuhr.

„Ich bin auf dem Weg zu Sloan Whitlows Wohnung. Ich glaube, sie ist in Schwierigkeiten. Ich habe einen Schuss gehört, als ich sie anrief, aber dann brach der Anruf ab."

„Sie hat mich angerufen. Ich bin auf dem Weg zu ihr. Gehen Sie zur Polizeistation und bleiben Sie dort. Ich werde dort anrufen und meinen Kollegen sagen, dass sie Sie in mein Büro bringen sollen, bis ich das hier erledigt habe", sagte er, während ich wieder quietschende Reifen hörte.

„Was ist los?", fragte ich verwirrt.

„Ich kann jetzt nicht reden. Ich muss fahren. Ich muss zu ihr. Ich bringe sie in mein Büro, wenn sie unverletzt ist." Er beendete den Anruf.

Ich wusste nicht, was ich denken und tun sollte. „Bringen Sie mich zur Polizeistation", sagte ich zu dem Taxifahrer. Dann sah ich ein Polizeiauto, das die Straße hinunterraste, die sich mit der Straße kreuzte, auf der wir unterwegs waren. „Folgen Sie dem Auto!"

„Dem Streifenwagen, Sir?", fragte der Taxifahrer. „Sind Sie sicher?"

Ich legte einen weiteren 100-Dollar-Schein auf den Sitz neben ihm. „Ja, und wenn Sie es schaffen, in seiner Nähe zu bleiben, gebe ich ihnen noch einen Schein, wenn wir dorthin gelangen, wo er hinfährt."

Der Taxifahrer war sprachlos, und mein Telefon klingelte. Es war Danny. „Boss!", sagte er, als ich ans Telefon ging.

„Danny, wo zum Teufel sind Sie?", knurrte ich ihn an.

„Jemand wollte mich entführen. Es hat eine Weile gedauert, aber ich konnte fliehen. Es waren ein paar Kerle, und ich bin ziemlich erledigt, Lucas. Aber ich bin am Leben. Ich muss allerdings ins Krankenhaus. Ich habe eine Stichwunde in meiner linken Seite und eine weitere auf meinem Arm, mit dem ich versucht habe, sie abzuwehren."

„Was zum Teufel geht hier vor?", schrie ich. „Scheiße! Haben Sie einen Krankenwagen?"

„Ich bin im Auto. Ich werde selbst fahren. Tut mir leid wegen des Bluts, Lucas. Ich verspreche, den Wagen sauberzumachen", sagte er, aber seine Stimme war schwach. Ich wusste, dass der Mann stark wie ein Ochse war, aber Blutverlust ist stärker als jeder Mensch.

„Halten Sie an und rufen Sie einen Krankenwagen, Danny. Tun Sie es!", sagte ich zu ihm.

Er stieß ein kleines Seufzen aus und sagte dann: „Ich stelle das Auto auf einem Parkplatz ab, schließe es ab und nehme die Schlüssel mit. Ich komme zurück und hole den Wagen, sobald sie mich wieder entlassen."

„Verdammt nochmal, Mann!", schnappte ich. „Machen Sie sich keine Sorgen um dieses verdammte Auto! Ich habe jede Menge davon. Rufen Sie den Krankenwagen und dann Ihre Frau, damit sie bei Ihnen sein kann. Lassen Sie mich wissen, in welches Krankenhaus Sie gebracht werden, damit ich Sie besuchen kann, sobald ich mich um diesen Mist hier gekümmert habe."

„Höre ich da eine Sirene, Lucas?"

„Ja. Ich werde Ihnen alles erzählen, sobald ich weiß, was hier vor sich geht. Jetzt machen Sie den Anruf, Danny." Ich legte auf.

Wer auch immer das alles tat, ging zu weit. Erst meine Frau, dann mein Fahrer, und ich denke, es war auch jemand in diesem Club hinter mir her gewesen. Ich hätte nie gedacht, dass jemand so weit gehen würde, um mich zu zerstören. Und alle anderen Menschen in meinem Leben.

Ich wusste, dass ich noch einen Anruf machen musste, um Torrence mitzuteilen, was los war. Also machte ich diesen Anruf, aber er ging nicht ran, was völlig untypisch für ihn war. Bevor ich das Handy wieder in die Tasche stecken konnte, klingelte es.

Es war Torrence. „Hey, was ist los?", fragte er.

„Jemand hat auf Danny eingestochen", sagte ich hastig. „Es scheint auch jemand hinter Sloan her zu sein. Ich glaube, jemand hat mich im Club 9 attackiert. Und ich möchte wissen, wo meine Security ist."

„Beruhige dich, Lucas", sagte er in einem leicht scharfen Ton, der mich noch mehr verärgerte.

„Mich beruhigen?", brüllte ich ihn an. „Du hast keine Ahnung, was los ist. Sloan ist auf der Flucht vor jemandem. Sie hat die Polizei gerufen, die auf dem Weg ist, um ihr zu helfen."

„Ach ja?", fragte er. Dann hörte ich ein Klickgeräusch, und er schien verschwunden zu sein. Ich wusste, dass er sein Telefon auf stumm gestellt hatte. Dann gab es einen weiteren Klick, und er war wieder das. „Du musst an einen sicheren Ort gehen. Vielleicht ist die Person, die dich verfolgt, immer noch in der Nähe. Dein Büro ist der sicherste Ort, den ich kenne. Du musst so schnell wie möglich dort hingehen. Ich werde zu dir kommen."

„Nein, ich muss Sloan finden. Ich bin vorsichtig. Finde heraus, wer zur Hölle sie verfolgt. Finde heraus, wer meinen Fahrer attackiert hat."

„Danny wurde attackiert?", fragte Torrence, und ich konnte hören, dass er mit zusammengebissenen Zähnen sprach.

„Ihm wurde in die Seite und in den Arm gestochen. Er hat einen Krankenwagen gerufen, um ins Krankenhaus gebracht zu werden. Was auch immer diese Person von mir will - ich muss es wissen, bevor noch jemand verletzt wird. Wenn etwas mit Sloan passiert, werde ich vor nichts Halt machen, um sicherzugehen, dass der Täter dafür büßt", sagte ich und kochte vor Wut.

„Ich weiß, dass du wütend bist, Lucas. Aber du musst tun, was ich dir sage. Geh zu deinem Büro", sagte er, und dann hörte ich ein Niesen. Das Niesen einer Frau.

„Wer ist bei dir?", fragte ich.

„Niemand", sagte er, und seine Antwort machte mich mehr als ein wenig misstrauisch.

„Ich rufe dich später wieder an", sagte ich und beendete diesen Anruf, bevor er etwas anderes sagen konnte.

Ich wusste, dass etwas nicht stimmte. Und ich wusste, dass ich zu Sloan musste. Also folgten wir dem Detective, und ich lehnte mich zurück und dachte darüber nach, was zur Hölle geschah und wie ich es stoppen konnte, bevor jemand getötet wurde.

Mein Handy klingelte wieder und ich sah, dass der Anruf von Dannys Handy kam, also ging ich ran. „Wie geht es Ihnen?"

Es war seine Frau, und sie brüllte mich an: „Wo zum Teufel haben Sie meinen Mann da hineingezogen? Er wird operiert, und ich schwöre Ihnen, Lucas Montgomery, ich werde Sie verklagen, wenn er stirbt!"

„Operiert?", fragte ich, als mein Herz bei der Nachricht sank.

„Ja!", kreischte sie wie eine Furie. „Was haben Sie getan, dass die Leute um Sie herum in Gefahr sind? Diese arme junge Frau, die Sie in diesem Club angesehen haben, wurde deswegen fast entführt! Also bringen Sie Ihren Mist besser in Ordnung, oder Sie bekommen es mit mir zu tun. Ich werde mit einer Pistole auftauchen und Ihnen den Kopf wegblasen, damit meinem Mann nichts mehr wegen Ihnen passiert. Hören Sie mich, Montgomery?"

„Scheiße! Wer nicht?", sagte ich zu ihr. „Ich versuche, mich darum zu kümmern. Ich werde dem Detective sagen, dass er einen Polizisten bei Danny stationieren soll, bis alles vorbei ist. Stellen Sie sicher, dass ein uniformierter Polizist ihn bewacht, überprüfen Sie das Abzeichen des Mannes und achten Sie darauf, dass der Name mit seinem Ausweis übereinstimmt. Wir dürfen kein Risiko eingehen."

Sie wurde leise, und ich konnte Tränen in ihrer Stimme hören, als sie sagte: „Lucas, wenn ihm etwas passiert, wird es mich umbringen. Finden Sie heraus, wer das getan hat und setzen Sie dem Ganzen ein Ende. Ich flehe Sie an."

„Das werde ich", sagte ich und beendete den Anruf.

Die Lichter des Polizeiautos bewegten sich an die Seite der Straße und blieben stehen. „Halten Sie direkt hinter ihm“, sagte ich zu dem Taxifahrer.

„Was, wenn es eine Schießerei gibt?“, fragte er mit zitternder Stimme.

„Dann ducken Sie sich“, sagte ich. „Ich zahle für alle Schäden, die Ihr Fahrzeug davonträgt.“

„Vergessen Sie das Taxi! Was ist mit Schäden an mir?“, sagte er.

„Für die auch“, sagte ich ihm, als er hinter dem Streifenwagen anhielt und ich aus dem Taxi stieg.

Das Auto von Sloan war vor dem Streifenwagen, und sie fiel schluchzend vom Fahrersitz in Detective Allens Arme. Mein ganzer Körper erstarrte vor Schreck, als ich sah, wie Blut über ihren Arm strömte.

# 28

# KAPITEL FÜNF

### Sloan

Ich hatte keine Ahnung, dass ich angeschossen worden war, bis ich spürte, wie das Blut meinen Arm herunterrann. Ich war sicher, dass es nur eine Fleischwunde war, da es nicht wirklich wehtat, jedenfalls nicht, bis ich das Blut sah.

Sobald meine Augen die rote Linie bemerkten, die meine Hand erreichte, mit der ich das Lenkrad so fest umklammerte, dass meine Knöchel weiß waren, fühlte ich ein brennendes Gefühl in der Nähe meiner Schulter.

Zum Glück bog Torrence kurz darauf aus irgendeinem Grund scharf nach links ab, und ich war wieder allein. Ich fuhr an den Straßenrand und begann zu weinen wie ein Baby, bis das Polizeiauto hinter mir hielt. Als ich sah, dass es Detective Allen war, stieg ich aus dem Auto und fiel in seine Arme.

Dann hörte ich die Stimme eines Mannes und schaute auf, nur um Lucas zu sehen. „Baby", sagte er.

Ich löste mich von dem Detective, fiel in Lucas' Arme und rief: „Es sind Torrence, Cecelia und das kleine Flittchen, mit dem du zusammen warst, die hinter mir her waren!"

Lucas' Arme umschlangen mich fester, als ich den Detective sagen hörte: „Ich rufe einen Krankenwagen für Sie. Und ich werde ein Team auf die Suche nach Torrence schicken."

„Sein Auto ist blau", sagte ich und drehte meinen Kopf von Lucas' Brust weg.

Lucas wiegte mich hin und her, und seine Hand strich über die Perücke, die er mir herunterzog, um dann mit seinen Fingern meine Haare zu kämmen. „Es ist alles okay, Baby. Ich habe dich."

„Lucas, ich weiß, wer es ist. Ich weiß, wer hinter der ganzen Sache steckt", sagte ich durch ersticktes Schluchzen.

„Gut, Baby. Wir bringen dich ins Krankenhaus. Dann kannst du mir und dem Detective alles erzählen", sagte er. Dann hob er mich hoch und hielt mich wie ein Baby, als ich auf seine Schulter weinte.

„Ich hatte noch nie so viel Angst", sagte ich.

Seine Lippen drückten sich gegen die Seite meines Kopfes. „Ich weiß, Baby. Ruhe dich jetzt aus. Niemand wird dir jemals wieder wehtun."

Ich versuchte, meinen Arm um seinen Hals zu legen, aber der Schmerz fuhr in meine Schulter und ich schrie vor Schmerz. „Scheiße!"

„Halt still, Sloan. Du wurdest angeschossen. Du musst den Arm ruhig halten", sagte er mit einem so beruhigenden Tonfall, dass es mir schon etwas besser ging.

„Es tut mir leid, Lucas", flüsterte ich. „Es tut mir leid, dass ich dir keine Chance gegeben habe, mir alles zu erklären. Kannst du mir jemals verzeihen?"

„Ich habe es schon getan. Glaubst du, du kannst mir verzeihen, dass dir all das passiert ist, nur weil ich dich eines Abends in diesem Club angestarrt habe?", fragte er mit einem Lachen, das seine Brust erbeben ließ.

„Ich habe es schon getan", sagte ich. „Ich habe dich mehr vermisst, als ich je für möglich gehalten hätte."

„Ich dich auch, Baby", flüsterte er. „Versprich mir, mir nie wieder davonzulaufen."

„Nie", sagte ich. „Heißt das, dass du mich immer noch willst? Und unsere Vereinbarung?"

„Nein", sagte er.

Mein Herz blieb stehen, und mein Körper begann zu schmerzen. Er wollte mich nicht mehr. Er hatte mir vielleicht verziehen, aber er wollte mich nicht mehr!

Ich konnte nicht sprechen, als der Krankenwagen kam, und die Sanitäter mich auf eine Trage legten, während Lucas danebenstand und mit solcher Traurigkeit auf seinem Gesicht zusah, dass es mich wieder weinen ließ. Nicht, dass ich ganz damit aufgehört hatte.

Er kam zur Tür des Krankenwagens und beugte sich hinein. „Ich bringe dein Auto zum Krankenhaus. Ich bin gleich hinter dir."

„Kannst du nicht mit mir mitfahren?", fragte ich, als eine Sanitäterin eine riesige Nadel in die Vene auf meinen Handrücken stieß, und ich bei dem Schmerz zusammenzuckte.

„Ist er Ihr Ehemann oder ein anderer Verwandter?", fragte sie mich.

„Nein", sagte ich, als ich ihn ansah.

„Nur Familie ist erlaubt, tut mir leid", sagte sie.

„Ich nehme dein Auto, Sloan", sagte er zu mir. „Und mach dir keine Sorgen, ich komme zu dir."

Ich schloss meine Augen, als die Medizin, die sie in die Infusionsnadel gegeben hatte, mich benommen machte. „Okay."

Plötzlich war nichts wichtig. Ich glaube, die Medizin war eine Mischung aus Schmerzmitteln und Beruhigungsmitteln. Was immer es war, ich fühlte mich sehr entspannt. Schließlich war ich ruhig, und mein Weinen verstummte.

Meine Worte waren verschwommen, als ich sagte: „Ich habe alles kaputtgemacht. Dieser Mann will nicht mehr mit mir zusammen sein."

Die Sanitäterin sah mich mit einem Stirnrunzeln an. „So sah er aber nicht aus. Machen Sie sich jetzt keine Sorgen über diese Sache. Die Kugel steckt in Ihrem Bizeps. Es wird eine kleine Operation nötig sein, um sie zu entfernen."

„Fantastisch", murmelte ich.

Der Rest der Fahrt verlief ruhig, und ich trieb hin und her zwischen Schlaf und Wachzustand. Dann wurde ich aus dem Krankenwagen getragen und an Glastüren vorbeigeschoben. Es gab eine Menge Chaos in der Notaufnahme, aber ich registrierte es kaum.

Meine Sanitäterin sagte jemandem, dass eine Kugel in meiner Brachialarterie steckte und ich sofort operiert werden musste.

„Aber es tut gar nicht so sehr weh", murmelte ich. „Sind Sie sicher, dass es nicht nur eine Fleischwunde ist?"

Sie lächelte, als sie zu mir kam. „Ich bin sicher. Sie werden gleich behandelt."

„Kann ich Lucas sehen?", fragte ich mit plötzlich heiserer Stimme. „Ist er hier?"

„Ich habe keine Ahnung", sagte sie, als sie den Kopf schüttelte. „Auch wenn er hier ist – ich fürchte, es ist keine Zeit für einen Besuch. Man würde ihn sowieso nicht hierherkommen lassen. Sie werden ein paar Stunden operiert und erholen sich danach eine Weile in einem eigenen Zimmer. Dort kann er sie besuchen."

„Warum fühle ich mich so müde?", murmelte ich.

„Weil ich Ihnen schon ein bisschen Anästhesie verabreicht habe, damit wir nachher schnell mit der Operation beginnen können." Sie blickte auf und lächelte. „Hier sind wir."

Die Trage stieß zwei Türen aus Edelstahl auf, und ich befand mich in einem eiskalten Zimmer. Mehrere Männer erwarteten mich in blauen Kitteln und Gesichtsmasken. Dann kam einer von ihnen zu mir und sagte: „Hallo, ich bin Doktor Stan. Ich werde die Kugel entfernen. Keine Sorge, meine Liebe."

„Okay", flüsterte ich.

Zwei Männer kamen zu mir und trugen mich auf einen kalten, harten Tisch.

Ein Mann folgte ihnen und sah mich mit blauen Augen freundlich an. „Hallo, ich bin Peter, und ich werde Ihren Blutdruck überwachen und für die Betäubung sorgen, während er diese Kugel herausnimmt. Ich kann mir nicht vorstellen, wie ein nettes Mädchen wie Sie angeschossen wurde, aber ich wette, Sie haben eine tolle Geschichte zu erzählen."

„Es ist in Ordnung", murmelte ich. „Nichts Besonderes."

Er lachte und legte eine Maske über meinen Mund und meine Nase. „Machen Sie einfach normale Atemzüge, und bald schlafen Sie ein."

Kurz bevor ich meine Augen schloss, sah ich, wie Lucas seinen Kopf an das Glas am oberen Ende der Wand lehnte. Dann erkannte ich, dass dies ein Operationssaal war und er da war, um meine Operation zu beobachten.

Ich hob meine Hand und winkte ihm zu, und er winkte zurück und warf mir einen Kuss zu. Mein Inneres schmolz bei der Geste, und ich dachte nur eine Sekunde lang, dass es bedeutete, dass er mich immer noch sehen wollte. Vielleicht hatte er seine Meinung geändert und war bereit, wieder zu unserer Vereinbarung zurückzukehren.

Ich hoffte es so sehr.

Dann wurde alles schwarz, und ich erlag dem Betäubungsmittel.

Als ich aufwachte, fühlte ich mich steif und mein Arm schmerzte. Es tat mehr weh als direkt nach dem Schuss. Ein Stöhnen brach aus mir heraus, als ich versuchte, mich zu bewegen. „Halt still", hörte ich eine Stimme sagen.

Es ist seine Stimme!

Ich hielt ganz still und blinzelte, bis meine Augen sich fokussierten. Dann sah ich ihn über mir und meinem Krankenhausbett schweben. Ich versuchte zu sprechen, aber etwas hielt mich davon an und ließ mich würgen.

Plötzlich war sein schönes Gesicht verschwunden, und eine Krankenschwester war da. Sie legte ihre Hand auf meine Stirn, als sie sagte: „Lassen Sie mich den Atmungsschlauch herausnehmen."

Ich hustete, als etwas Großes aus meiner Kehle gezogen wurde. Als es endlich herauskam, versuchte ich zu reden, aber meine Stimme war ganz kratzig. Lucas legte seinen Finger auf meine Lippen, dann drückte die Krankenschwester einige Tasten, um den oberen Teil des Bettes anzuheben.

Lucas nahm eine große Tasse mit einem Deckel und einem Plastikstrohhalm und legte ihn mir an meine Lippen. „Trink langsam."

Ich tat, was er sagte, und fühlte, wie das kühle Wasser durch meine wunde Kehle floss. Nachdem ich den Strohhalm wieder aus dem Mund genommen hatte, murmelte ich: „Au."

Er lächelte und küsste meine Stirn. Dann trat die Krankenschwester neben mich. „Jetzt, da Sie wach sind, können wir Sie in Ihr Zimmer bringen. Mr. Montgomery hat keine Kosten gescheut, und Sie sind in einem unserer schönsten Zimmer untergebracht. Für seinen Fahrer Mr. O'Brien hat er ebenfalls ein schönes Zimmer besorgt. Ich würde sagen, Sie beide haben viel Glück, dass dieser Mann sich um Sie kümmert."

„Danny?", krächzte ich, als ich Lucas ansah.

„Ich werde dir alles darüber später erzählen. Im Moment will ich, dass du dich entspannst und wieder gesund wirst, Baby. Ich bleibe bei dir", sagte er.

Ich fühlte mich schon besser mit dem Wissen, dass er für mich da sein würde. Aber ich fühlte mich schlecht, als ich hörte, dass Danny auch im Krankenhaus lag. Dann fiel mir ein, dass ich Lucas noch den Namen der Frau hinter all dem erzählen musste.

„Lucas, die Verschwörung gegen dich ...", sagte ich, aber die Hälfte der Worte war kaum hörbar.

Er tätschelte meine Schulter und sagte: „Mach dir keine Sorgen. Deine Stimme wird heute Abend zurück sein. Dann kannst du uns alles sagen, was du weißt."

Ein Pfleger kam herein und schenkte mir ein Lächeln. „Hallo, ich bin Leo und ich werde Ihr Pfleger sein, bis die Abendschicht beginnt." Er schob mein Bett aus dem winzigen Raum in einen großen Flur. „Wir gehen bis ins oberste Stockwerk."

Zusammen mit Lucas fuhren wir mit dem Fahrstuhl nach oben. Ich hatte mich noch nie sicherer gefühlt. Lucas war wie ein Fels, und er hatte recht. Er sah mich an, und da war etwas in seinen Augen, das ich noch nie gesehen hatte. Ich wollte es Liebe nennen, aber das war Lucas. Liebe kam nicht einmal in seinem umfangreichen Vokabular vor.

Als der Aufzug anhielt und wir ausstiegen, schob mein Pfleger das Bett den breiten Flur entlang in einen großen Raum, der bereits mit Blumen gefüllt war. Tränen traten mir in die Augen, weil ich wusste, dass Lucas das alles arrangiert hatte.

Ich sah ihn dankbar an und er lächelte mich an, während der Pfleger mein Bett in die Mitte stellte und neben meine linke Hand eine Fernbedienung legte. Erst in diesem Moment bemerkte ich, dass ich meinen rechten Arm nicht bewegen konnte. „Hey", krächzte ich. „Was ist passiert?"

Der Pfleger setzte sich auf die linke Seite meines Bettes und schob ein Thermometer in meinen Mund. Dann überprüfte er meinen Blutdruck. „Sie haben Glück, dass Sie noch am Leben sind. Diese Kugel hat eine sehr wichtige Arterie erwischt. Als der Arzt sie herausnahm, war überall Blut. Sie haben mehrere Transfusionen gebraucht. Ihr Mann hat den Transfusionen zugestimmt, sonst hätte der Arzt sie Ihnen nicht geben können und die Folgen hätten schrecklich sein können."

Er nahm das Thermometer aus meinem Mund, und ich sagte: „Meine Güte!"

„In der Tat!", sagte der Pfleger, als er seine Augenbrauen hob und die Blutdruckmanschette abnahm. „Ihr Blutdruck ist immer noch niedrig, aber das ist normal nach einer Operation. Ich bin sicher, dass er in ein paar Stunden steigen wird. Wie auch immer, wenn es niemanden gegeben hätte, um die Papiere zu unterschreiben, dann hätte der Arzt die Operation unterbrechen und Sie aufwecken müssen, um Ihre Erlaubnis für die Transfusion zu erhalten. Es wäre sehr hart für Ihren Körper gewesen."

Alles, was ich tun konnte, war, Lucas dankbar anzusehen. Er war wirklich mein Held.

# 29

# KAPITEL SECHS

## Lucas

Als der Pfleger schließlich das Zimmer verließ, setzte ich mich auf das Bett neben Sloan und strich mit meiner Hand über ihre Wange. Sie sah so schwach und hilflos auf dem Krankenbett aus. Ich wusste ohne Zweifel, dass es meine Begierde nach ihr war, die sie dorthin gebracht hatte.

„Was willst du, Baby?", fragte ich sie. „Egal was, ich besorge es dir."

Sie lächelte schwach und flüsterte: „Ich will nur dich."

Sie wollte nur mich, und ich dachte darüber nach, ihr genau das zu geben. Sie hatte Romantik gewollt, und ich hatte ihr sehr wenig davon gegeben. Das Zimmer war voller Blumen, die ich mitgebracht hatte, und es gab noch etwas für sie, aber ich wartete damit, bis sie klarer bei Bewusstsein war.

Die Tür öffnete sich, und der Detective trat ein. „Ich war in Ihrem Büro. Ihr Sicherheits-Chef war bei ihrer Sekretärin. Keiner von beiden hat sich schuldbewusst verhalten, als ich ihnen von dem erzählte, was letzte Nacht passiert ist. Ich sagte ihnen, dass Sloan verwirrt war, als ich zu ihr kam, und mir nichts berichten konnte. Ich

erzählte ihnen auch, dass sie noch nicht von der Operation aufge-
wacht und in der Lage ist, mir zu sagen, wer es war, der sie gejagt und
angeschossen hatte. Aber als ich Torrence fragte, ob er zu Polizeistation kommen kann, damit wir formeller miteinander sprechen
können, sagte er, er habe keine Zeit wegen eines geschäftlichen
Risikos bei Ihnen."

Ich blickte zu Sloan hinunter, als sie mit schwacher Stimme
sprach. „Es war Cecelia, die geschossen hat."

„Ernsthaft?", fragte ich erstaunt. Ich hätte das nie erwartet!

Sie nickte, und ich hielt ihr eine riesige Tasse Wasser an die
Lippen. Sie trank und sagte: „Und der Name der Frau, die hinter
allem steckt, ist ..."

Die Tür öffnete sich wieder, und da stand Drew Torrence. Ich
wollte mich auf ihn stürzen, aber der Detective warf mir einen Blick
zu, der mir befahl, ruhig zu bleiben. Ich wusste, dass wir mehr
bekommen mussten als nur Sloans Aussage darüber, was sie gehört
hatte, um sie alle hinter Gitter zu bringen.

Sloan ergriff meine Hand und ich fühlte, wie sie aufhörte zu
atmen. Sie hatte Angst. Also streichelte ich ihr Haar und flüsterte ihr
ins Ohr: „Alles in Ordnung. Ich bin da. Tu so, als ob du dich an den
Vorfall nicht erinnerst."

Ihr Griff lockerte sich ein wenig, als der Detective Torrence fragte:
„Was machen Sie hier? Ich dachte, Sie wären zu beschäftigt, um
irgendwo hinzugehen."

„Ich muss mit meinem Arbeitgeber sprechen." Seine dunklen
Augen schossen zu mir. „Allein. Es geht um unser Leck."

„Ich komme zu dir, wenn ich Zeit habe. Sloan ist alles, worum ich
mich jetzt kümmere." Ich wollte nicht irgendwo allein mit dem Mann
sein, von dem ich wusste, dass er die Frau, in die ich mich verliebt
hatte, zu töten versucht hatte.

Er verlagerte sein Gewicht und verschränkte die Arme. „Ich muss
wirklich wissen, was ich tun soll, Lucas."

Er sollte von einer Klippe springen, aber ich sagte es nicht. „Ich
sage dir etwas, Drew. Ich gebe dir die Erlaubnis, frei vor diesen
Leuten zu sprechen. Ich weiß, dass Sloan nichts damit zu tun hat, da

sie fast getötet wurde. Und der Detective ist hier, um zu helfen. Also sag mir, was du mir zu sagen hast."

„Lucas, dieser Raum könnte abgehört werden", sagte er und versuchte immer noch, mich dazu zu bringen, irgendwo mit ihm hinzugehen. „Haben Sie eine Ahnung, wer Sie verfolgt haben könnte, Ms. Whitlow?"

Sie schüttelte den Kopf, und ich antwortete für sie. „Sie kann sich an nichts von letzter Nacht erinnern. Ich habe Angst, dass der Alkohol und der Schock zusammen mit der Anästhesie ihr Gedächtnis ausgelöscht haben." Er sah erleichtert aus bei meiner Lüge.

Es war zweifelhaft, dass er mich verletzen würde, wenn der Detective wusste, dass ich das Zimmer mit ihm verlassen hatte, aber ich traute mir nicht, ihn nicht zu verletzen.

Der Detective übernahm die Führung und sagte: „Es ist unmöglich, dass dieses Zimmer abgehört wird. Nur Krankenhausangestellte waren hier drin."

„Das kann man nie wissen", sagte er. „Diese Informationen sind sehr wichtig. Der Täter könnte davon Wind bekommen, dass wir ihm auf der Spur sind, und das Land verlassen. Dann verlieren wir die Chance, ihn zu fassen und das alles zu beenden." Er sah mich an. „Du möchtest, dass es endet und du nicht mehr bedroht wirst, oder?"

„Natürlich", sagte ich. „Aber ich will, dass du jetzt frei sprichst. Sag mir, was du weißt, und der Detective macht sich Notizen. Nicht wahr, Detective Allen?"

Er zog sein Handy heraus und drückte eine Aufnahme-App. „Ja. Beginnen Sie, wann immer Sie wollen, Mr. Drew Torrence. Ich werde alles aufnehmen."

Plötzlich schien Drew überhaupt nicht mehr sprechen zu wollen. Schließlich sagte er: „Ich möchte nicht, dass es aufgezeichnet wird. Der Mann, um den es geht, ist sehr mächtig. Wenn er herausfindet, dass ich es war, der ihn verraten hat, bin ich so gut wie erledigt."

Der Detective erinnerte ihn an etwas. „Wenn das vor Gericht geht - was es auch tun wird-, dann müssen Sie sowieso aussagen. Also sagen Sie jetzt Mr. Montgomery, was Sie zu sagen haben."

„Tu, was er sagt, Torrence. Es wird mir die Mühe ersparen, es ihm selbst zu sagen. Ich werde mich damit rechtlich auseinandersetzen müssen. Also, verrate uns allen, wer dahintersteckt. Diese Person wird wegen Spionage, versuchten Entführungen und zwei versuchter Morde angeklagt werden – und mit ihr diejenigen, die ihr dabei geholfen haben." Ich setzte mich und starrte ihn an, als er sich unter dem Druck wand.

„Du scheinst das nicht zu verstehen. Er wird mich töten." Er erbleichte ein bisschen bei seinen dramatischen Worten.

Sloan sprach leise mit kratziger Stimme, als sie ein Wort sagte: „Warum?"

Er sah sie mit verengten Augen an. „Das würden Sie nicht verstehen. Sie sind jung und naiv und wissen nicht, wie die Welt funktioniert. Ich bin auch gekommen, um herauszufinden, wer Ihnen das angetan hat, Miss Whitlow."

Sie antwortete ihm schnell: „Nicht nötig. Die Polizei untersucht den Mordversuch an mir. Ich ermächtige Sie nicht, etwas zu tun, Mr. Torrence. Halten Sie sich aus meinen Angelegenheiten heraus."

Er sah mich an und fragte: „Ist es das, was du willst, Lucas?"

Ich nickte. „Sie ist eine erwachsene Frau, und es ist ihre Entscheidung."

„Ich verstehe", sagte er und begann, aus dem Zimmer zu gehen. „Angesichts der Konsequenzen, die höchstwahrscheinlich bei meinen Informationen eintreten werden, möchte ich zu diesem Zeitpunkt nichts verraten."

Der Detective lächelte. „Das ist Ihr Vorrecht zu diesem Zeitpunkt. Wenn ich diese Informationen brauche, werde ich Sie zur Vernehmung abholen lassen. Sie können einen Anwalt mitbringen, wenn Sie möchten."

Torrence nickte, dann sah er mich an. „Bist du sicher, dass du das nicht privat besprechen willst? Wenn du der Polizei den Namen des Mannes gibst, dann bin ich raus."

Meine Augenbrauen hoben sich, als ich sagte: „Nicht sehr loyal von dir, oder?"

„Nun, wenn ich hier das Sagen hätte, würde diese Situation ohne Polizei geregelt werden. Ich glaube, du wusstest das, Lucas", sagte er.

„Nun, die Polizei ist jetzt involviert, nicht wahr?", sagte Sloan. „Und sie wird es auch bleiben."

„Bei allem?", fragte er mich.

Ich nickte, und er sah ängstlich aus. Es war das erste Mal, dass ich Angst in dem Gesicht des Mannes sah. Aber ich wusste, es würde nicht das letzte Mal sein.

Er verließ das Zimmer, und der Detective legte seinen Finger auf die Lippen und ging dorthin, wo Torrence gestanden war. Er zeigte auf den Türgriff, und ich ging hin, um zu sehen, was er meinte.

Auf der Rückseite des Griffs, wo niemand hinsehen würde, hatte Torrence eine winzige Wanze gelegt. Der Detective machte ein Foto von ihr, ließ sie aber an Ort und Stelle.

Er deutete an, dass ich ihm zu Sloans Bett folgen sollte, wo er die Fernbedienung nahm und den Fernseher einschaltete. Ich verstand, was er vorhatte, und sagte: „Wie wäre es mit Fernsehen, Baby?"

Sie sah mich an, als ich den Ton lauter machte. Dann beugte ich mich zu ihr und flüsterte: „Er hat eine Wanze am Türgriff platziert. Das ist eigentlich eine gute Sache. Wir können ihn in die falsche Richtung führen und einen Überraschungsangriff machen."

Sie nickte und flüsterte zurück: „Gib mir einen Stift, und ich werde alles aufschreiben."

Ich beschloss, Smalltalk zu machen, während der Detective darüber nachdachte, was wir sagen sollten, um sie alle in falscher Sicherheit zu wiegen. „Es ist schade wegen deines Gedächtnisverlusts, Sloan. Aber ich muss dir sagen, dass es vielleicht gar nicht so schlecht ist. Du und ich hatten einen kleinen Streit, und es ist gut, dass du dich nicht daran erinnern kannst."

„Warum haben wir uns gestritten?", fragte sie und zwinkerte mir zu.

„Das ist nicht mehr wichtig", sagte ich, als ich ein kleines Stück Papier und einen Bleistift fand. Ich zog den Klapptisch über ihr Bett, und legte den Bleistift in ihre linke Hand und das Papier auf die

Tischplatte. „Ich möchte, dass du an nichts denkst. Es ist mir wichtiger, dass du gesund wirst."

Der Detective gab uns weitere Informationen, die wahr waren und es so aussehen ließen, als ob wir nie den Täter finden würden, der Sloan angeschossen hatte. „Ich habe die Aufnahmen der Verkehrskameras überprüfen lassen, und wir haben Aufnahmen der Nummernschilder eines kleinen blauen Autos, das Sie über mehrere Ampeln verfolgt hat. Aber die Nummernschilder gehörten nicht zu diesem Wagen. Sie wurden von einem der Täter von einem Auto auf einem Schrottplatz abmontiert."

„Waren Sie in der Lage zu sehen, wie viele Menschen im Auto waren und ob es Männer oder Frauen waren?", fragte ich.

„Es war zu dunkel, um etwas im Auto sehen zu können. Die Straßenlaternen haben sich auf der Windschutzscheibe gespiegelt, was es unmöglich machte, jemanden zu erkennen", sagte der Detective, als Sloan sich abmühte, mit der linken Hand zu schreiben.

Dann hielt sie inne und sah mich besorgt an. „Lucas, ich muss meine Diplomarbeit fertigstellen. Wie kann ich das tun, wenn ich meine rechte Hand nicht bewegen kann? Ich werde dieses Jahr mein Studium nicht abschließen können und es verlängern müssen."

Ich legte meine rechte Hand um ihre linke, um sie zu stützen, als ich sagte: „Ich werde dir helfen. Ich bin sicher, angesichts der Umstände wird dein Professor dir erlauben, jemanden für dich tippen zu lassen, während du diktierst."

„Ich hoffe, du hast recht", sagte sie, als sie den ersten Buchstaben formte. Es war ein ‚L'. Dann schaffte sie es, ein ‚I' zu schreiben, und bevor ich mich versah, war der Name ‚Lila' auf dem kleinen Blatt Papier zu lesen.

Ich hatte keine Ahnung, wer das war. Also half ich ihr mit dem Nachnamen, und als ich sah, dass er ‚Sheffield' lautete, dämmerte es mir endlich, wer die Frau war.

Ein One-Night-Stand und eine schwierige Persönlichkeit. Lila war die Cousine von Iris, und ich hatte keine Ahnung, warum sie mich so sehr vernichten wollte, dass sie dafür sogar Menschen töten würde.

Ich schrieb den Namen der Stadt auf, in der sie nördlich von New

York wohnte, und der Detective nickte und sagte: „Ich lasse Sie beide jetzt allein. Wenn ich irgendwelche Informationen erhalte, werde ich es Sie wissen lassen, Mr. Montgomery."

„Danke, Detective", sagte ich, als ich ihn zur Tür begleitete. „Und ich werde es Sie wissen lassen, wenn ich etwas herausfinde."

„Wir müssen diese Menschen vor Gericht bringen", sagte er.

„Das machen wir", stimmte ich ihm zu, und wir schüttelten uns die Hände. Dann ging er.

Ich brauchte einen Ort, den niemand kannte und an den ich Sloan nach ihrer Entlassung bringen konnte. Er musste genügend Platz bieten, damit ich auch Danny, seine Frau und ihre Kinder dort unterbringen könnte. Ich hatte keine anderen Menschen in meinem Leben, die mir nahestanden.

Aber jetzt, da wir den Namen der Frau hatten, die alle Fäden in der Hand hielt, musste ich handeln.

# 30

# KAPITEL SIEBEN

### Sloan

Zwei Tage vergingen, und Danny und ich wurden aus dem Krankenhaus entlassen. Lucas konnte sich von seinem Büro fernhalten, indem er seinen Mitarbeitern sagte, er würde meine Seite nicht verlassen, bis ich mich wieder vollständig um mich selbst kümmern konnte.

Lucas und der Detective arbeiteten zusammen, und schließlich fanden sie einige Bankkonten von Torrence und Cecelia, die nicht in den Akten in seinem Büro erwähnt wurden. Mithilfe des Bankpräsidenten wurden die Konten überprüft, und man fand zwölf Personen, an die Lila Sheffield Geld überwiesen hatte.

Es schien, als sei sie diejenige gewesen, die alle Konten mithilfe eines Computers im Firmensitz ihres Unternehmens verwaltet hatte. Natürlich nicht in ihrem eigenen Büro. Aber nur zwei Türen weiter, im Büro einer niederen Angestellten, hatte sie ihre schmutzige Arbeit getan.

Noch schlimmer war, dass sie den Arbeitsrechner der armen Frau benutzt hatte, um Leute anzuheuern, die undercover Aufträge für sie erledigen sollten. Sie hatte anscheinend vor, diese Frau die Konsequenzen dafür tragen zu lassen. Aber zum Glück war Lucas viel schlauer als sie.

An dem Tag, an dem wir das Krankenhaus verließen, wurden wir zu jemandem nach Hause gebracht, den der Detective kannte und der mit seiner Familie die Woche über weggefahren war. Lucas sorgte dafür, dass Torrence eine falsche Fährte hatte, damit wir nicht verfolgt wurden. Er hatte Torrence gesagt, dass wir alle zu seinem Anwesen gehen würden, bis es Danny und mir wieder besser ging.

Detective Allen traf uns in dem bescheidenen Haus in einem Vorort, in dem niemand nach einem Milliardär Ausschau halten würde. Wir saßen am Abend im Wohnzimmer, als er uns über den Stand der Ermittlungen informierte. „Die Videos der Verkehrskameras wurden von unserem Experten-Team bearbeitet, und wir können jetzt die Personen auf dem Vordersitz sehen. Bis zur Waffe in Cecelias Händen."

„Gibt es Aufnahmen, auf denen sie sich aus dem Fenster beugt, um auf mich zu schießen?", fragte ich, als ich mich an Lucas lehnte und er mich umarmte.

Mit einem Lächeln zog der Detective mehrere Fotos aus seiner Aktentasche und übergab Lucas die Bilder. Auf dreien von ihnen beugte sich Cecelia aus dem Fenster und schoss mit einer Pistole.

Die nächsten Fotos waren von den Außenkameras im Club 9. Das Flittchen, das anscheinend Veronica hieß, stieg darauf mit den beiden anderen in ein Auto ein. Es gab auch Bilder aus dem Inneren des Clubs, die zeigten, wie sie zweimal auf Lucas einschlug und ihn beim dritten Mal verfehlte. Wir hatten Farbfotos als Beweise, und die Bankunterlagen zeigten den Rest. Sie würden alle ihre gerechte Strafe bekommen.

Die Polizei war bereit für die Schlacht, die die Gefangennahme von Torrence sicher werden würde. Er hatte schließlich ein Waffenarsenal und viele Männer, um ihn zu schützen. Deshalb hatte Lucas sichergestellt, sie von ihm zu dem Zeitpunkt zu trennen, wenn die Polizei die Verhaftungen zeitgleich durchführen wollte.

Lucas erzählte Torrence eine kleine Lüge. Er bat ihn, zu seinem Anwesen zu kommen, damit sie reden konnten. Er würde nicht dort sein, aber die Polizei. Er hatte dafür gesorgt, dass kein Personal da war, aber die Autos der Reinigungskräfte dort geparkt waren, damit Torrence nicht misstrauisch wurde und floh.

Detective Allen blieb bei uns, damit wir alles, was passierte, erfuhren. Er war mit allen beteiligten Polizisten per Funk verbunden. Ich hielt Lucas' Hand und lehnte meinen Kopf an seine Schulter, als wir auf Informationen warteten.

Er küsste die Seite meines Kopfes und flüsterte: „Ich kann es kaum erwarten, dass es vorbei ist und es für uns wieder normal wird."

Wir hatten nicht über unsere Vereinbarung oder das Fehlen selbiger gesprochen. Es gab einfach keine Privatsphäre, und ich fühlte mich zu schwach für jede Art von Drama. Ich konnte nicht noch mehr Stress aushalten.

Das Funkgerät des Detectives machte ein quietschendes Geräusch, dann sprach ein Mann: „Die Zielperson ist auf dem Gelände des Anwesens von Montgomery. Bleibt wachsam."

Mein Körper war angespannt bei seinen Worten, und Lucas fuhr mit der Hand über meinen Arm. „Es ist okay, lehne dich zurück und entspanne dich."

Ich versuchte zu tun, was er sagte, aber ich war unheimlich nervös. Ich ahnte, dass Torrence sich nicht so leicht erwischen lassen würde. Aber Lucas versicherte mir, dass das Team in seinem Haus eine Spezialeinheit war. Sie würden ihn kriegen, selbst wenn sie ihn töten mussten.

Ich wollte wirklich nicht noch mehr Blutvergießen als bereits geschehen war. Ich wollte nur, dass Lucas in Sicherheit war. Ich verliebte mich immer mehr in den Mann. Er würde mich vielleicht niemals auf die gleiche Weise lieben, da er nicht versucht hatte, mich richtig zu küssen. Ich war unsicher, wie es zwischen ihm und mir weitergehen würde, wenn das hier einmal vorbei war.

Wir hörten das Geräusch der Türklingel auf dem Anwesen und der Polizist, der die Verhaftung ausführte, flüsterte: „Stacy öffnet die Tür."

Der Detective sagte uns, wer Stacy war. „Sie ist Polizistin. Sie trägt eine der Uniformen der Dienstmädchen, um ihn zu täuschen. Unsere Männer sind in den beiden Räumen neben dem Flur stationiert."

Sein Funkgerät ging wieder an, als ein anderer Polizist sagte: „Wir sind dabei, Lila Sheffields Anwesen zu betreten. Sie ist nach unseren Informationen im Haus."

Dann sagte ein anderer Polizist: „Wir sind direkt vor dem Büro von Lucas Montgomery und können unsere Zielperson sehen."

Lucas sah wütend aus und zischte: „Ich kann es nicht glauben. Ich kann nicht glauben, dass sie das tun würde."

Er war von Cecelia mehr als von allen anderen verletzt. Sie war eine großartige Schauspielerin, das musste ich ihr lassen. Aber ihre Kinder taten mir leid. Lucas hatte mir versprochen, dass er sich darum kümmern würde, ihren Vater zu finden, damit sie versorgt wurden. Die Kinder waren an diesem Tag in der Schule. Ihre kleine Welt würde völlig auf den Kopf gestellt werden, und mein Herz schmerzte für sie.

Die letzte Person, die sie abholten, war Veronica. Sie arbeitete in einem Strip-Club, und der Polizist, der für ihre Festnahme verantwortlich war, gab seine Anwesenheit bekannt. „Wir gehen jetzt in die Leopard Lounge."

Die Stimmen der Männer, die per Funk kommunizierten, waren verwirrend, als sie alle anvisierten Täter erwischt hatten und Befehle schrien. Dann ertönte ein lautes Geräusch, und einer der Polizisten sagte: „Er ist unbeweglich, legt ihm Handschellen an."

Detective Allen lächelte. „Sie mussten bei Torrence den Taser einsetzen."

„Ich hoffe, dass sie ihn an den Eiern erwischt haben", sagte Lucas hart. „Der Mann hat es nicht besser verdient."

Ich lachte ein wenig. „Ein bisschen barbarisch, oder?"

Die Art, wie er in meine Augen blickte, ließ mein Herz einen Schlag aussetzen. „Wenn es um dich geht, definitiv."

Er sah nicht aus wie ein Mann, der mich einfach so gehenlassen würde. Er sah mich an, als würde er mich noch lange bei sich haben wollen.

Eine Verhaftung nach der anderen wurde durchgeführt, und

Lucas hatte mit dem Richter, der die Kautionen festsetzen würde, gesprochen, so dass sie extrem hoch ausfallen würden, da die meisten der Angeklagten eine Menge Geld hatten.

Das FBI arbeitete eifrig daran, ihre Vermögenswerte einzufrieren. Nach der Nachricht, dass auch Lila verhaftet worden war, sagte uns der Detective, wir könnten nach Hause gehen. Diese Leute würden uns nie mehr bedrohen.

Wir verließen das Haus, kletterten auf den Rücksitz der Limousine, in der Lucas uns vom Krankenhaus abgeholt hatte, und fuhren zurück nach Washington, um unser Leben normal weiterzuleben.

Danny und seine Frau Lane waren sehr glücklich, wieder nach Hause zu kommen. Als wir sie zuerst dort absetzten, umarmten sie uns beide vor dem Aussteigen. „Es wird großartig sein, wieder an die Arbeit zu gehen, Lucas."

„Machen Sie einen Monat Urlaub. Lassen Sie mich wissen, wo Sie hinwollen, und ich bezahle für alles. Außerdem erhalten Sie einen Bonus. Und Lane bekommt ein neues Auto. Rufen Sie meinen Händler an und lassen Sie sich von ihm ein paar Autos zeigen, die Sie interessieren."

Lane bedeckte ihren Mund mit den Händen, als Tränen in ihre Augen traten. „Ach, Lucas! Es tut mir leid, dass ich Sie an diesem Tag umbringen wollte!"

„Schon vergessen", sagte er.

Ich sah ihn überrascht an, als sich die Tür hinter den beiden schloss und wir weiterfuhren. Ich vermutete, er würde mich als Nächstes zu meiner Wohnung bringen. „Sie sagte, dass sie dich töten will?"

„Ja, aber ich habe es ihr nie geglaubt", sagte er. Dann nahm er meine Hand und zog sie an seinen Mund. Seine weichen Lippen auf meiner Haut fühlten sich wundervoll an. „Ich möchte dich etwas fragen, Sloan."

Er ging vor mir auf ein Knie, und mein Herz blieb stehen. Ich konnte nicht sprechen, als er etwas aus seiner Tasche herauszog. Als er seine Hand öffnete, sah ich einen Ring in einer kleinen schwarzen Schachtel.

„Lucas", sagte ich flüsternd.

„Shh", sagte er. „Ich habe einen Anruf gemacht, nachdem ich die Nummer deiner Eltern auf deinem Handy gefunden habe. Ich habe deinen Vater um seine Erlaubnis gebeten und sie bekommen. Also möchte ich dich, Sloan Rivers Whitlow, fragen, ob du mich zum glücklichsten Mann der Welt machst und meine Frau wirst."

Geschockt brachte ich kein Wort heraus. Ich starrte nur auf diesen wunderschönen, riesigen Diamanten und sah dann in seine Augen. Ein Kloß bildete sich in meiner Kehle, und ich musste dreimal schlucken, während er geduldig auf meine Antwort wartete.

Dennoch wollten meine Worte nicht herauskommen. Er fing an, die Stirn zu runzeln, und mein Herz sagte mir, dass ich mich beeilen sollte. „Ja!"

Sein Stirnrunzeln verwandelte sich in ein Lächeln, und er nahm den Ring aus der Schachtel und schob ihn auf meinen zitternden Finger. „Gott sei Dank! Du hast mir schon Sorgen gemacht."

„Ich konnte nicht sprechen. Ich war zu überwältigt, um darüber nachzudenken, ob ich dich heiraten soll oder nicht."

Er setzte sich neben mich und zog mich in seine Arme. „Danke. Vielen Dank, Sloan. Du hast keine Ahnung, wie sehr ich dich liebe, und ich werde es dir jeden Tag unseres Lebens beweisen."

Seine Hand bewegte sich die Seite meines Halses hinauf. Dann hielt er meinen Hinterkopf umfasst und gab mir den ersten wirklichen Kuss seit einer Woche. Mein Mund öffnete sich und lud ihn ein, und unsere Zungen trafen sich.

Mein Körper entzündete sich mit dem Kuss, den ich so vermisst hatte, dass es wehtat. Wir würden heiraten und eines Tages Babys haben, die auf dem Anwesen herumkrabbeln würden.

Ich beendete den Kuss plötzlich. „Deine Bekannten werden es dir nicht leichtmachen, Lucas. Denke daran, wie sie mich bei diesem Wohltätigkeits-Event behandelt haben. Sie werden mich niemals als eine von ihnen akzeptieren. Das ist ein Fehler, den du da machst. Ich bin deiner nicht würdig!"

Er nahm mein Gesicht in die Hände und zwang mich, ihn anzuschauen. „Du sollst nie wieder so reden. Du bist bald Mrs. Lucas

Montgomery, und die Leute werden dich schon allein deshalb respektieren. Kein Grund zur Sorge. Und wenn jemand es wagt, auch nur ein Wort gegen dich zu sagen, dann werde ich ihn zum Duell herausfordern."

Ich lachte über seine scherzhaften Worte. Er konnte so lustig sein, wenn er es wollte. Aber er hatte höchstwahrscheinlich recht. Wenn ich seinen Namen tragen würde, würden die Leute mich anders ansehen. Sie könnten mich sogar als jemand ihres Niveaus betrachten.

Jedenfalls hoffte ich es!

# 31

# KAPITEL ACHT

### Lucas

Mein Herz klopfte wild. Ich konnte meinen Ohren nicht trauen. Da war ein Teil von mir, der dachte, sie würde Nein sagen. Ich wusste, dass sie sich bei den Leuten, mit denen ich verkehrte, unsicher fühlte, aber sie konnte sich an sie und ihre exzentrischen Vorstellungen gewöhnen.

„Ziehe bei mir ein", sagte ich.

Sie sah mich mit geweiteten grünen Augen an und schüttelte den Kopf. „Was ist mit Randi, meiner Mitbewohnerin? Sie kann die Miete und alle Rechnungen nicht allein bezahlen."

„Ich werde dafür sorgen, dass dein Anteil bezahlt wird, bis sie jemanden gefunden hat, der dein Zimmer mietet." Ich ließ meine Hand über ihre Schultern gleiten und zog sie fest zu mir. „Ich will dich nicht nur einfach bei mir haben, Sloan. Ich brauche dich bei mir."

Die Art, wie ihre Augen sich fokussierten, sagte mir, dass sie darüber nachdachte. „Wirst du mir Zeit lassen, meine Diplomarbeit und alles, was ich sonst noch tun muss, zu erledigen?"

„Ich gebe dir dein eigenes Büro, Baby", sagte ich ihr, als ich sie umarmte. „Was auch immer du brauchst oder willst, wirst du bekommen. Ich will dich nur bei mir haben."

„Randi wird wahrscheinlich wütend auf mich sein", sagte sie.

„Ich schicke eines meiner Zimmermädchen einmal pro Woche zum Putzen und Wäschewaschen in ihre Wohnung. Ich werde ihr auch ein neues Auto kaufen."

„Wow!", sagte sie, als sie nickte. „Nun, das könnte helfen. Okay, dann ziehe ich bei dir ein. Wie kann ich Nein sagen und Randi deine Großzügigkeit verwehren?"

Ich setzte mich zurück, hielt sie in meinen Armen und fühlte mich besser, als ich mich jemals gefühlt hatte. Sie würde jeden Abend und jeden Morgen bei mir sein. Ich hing mehr an ihr, als ich je erwartet hätte. Ich hatte dagegen angekämpft, aber sie fast zu verlieren ließ mich erkennen, dass die Zeit mit ihr ein Geschenk war, das ich viel mehr schätzen musste.

In unserer ersten Nacht zurück zu Hause sahen wir im Bett fern, während ich sie mit Crackern und Käse fütterte, damit sie etwas im Bauch hatte, wenn sie ihre Schmerzmittel einnahm. Ich hatte gar nicht gewusst, dass ich so fürsorglich sein konnte, aber bei ihr fühlte es sich ganz natürlich an.

Ihre süßen roten Lippen teilten sich, um das Essen, das ich gegen sie schob, anzunehmen. Ihre Augen funkelten, als sie den Bissen aß und dann seufzte. „Du bist wirklich süß, wenn du es sein willst."

„Du auch", sagte ich und gab ihr etwas zu trinken.

Sie schenkte mir ein Lächeln. „Ich bin immer süß."

„Ich will nicht mit dir streiten", sagte ich lachend.

Ich glaube, wir wussten beide, dass sie temperamentvoll war, aber warum sollte ich es erwähnen? Nach einem weiteren Cracker mit Käse, reichte ich ihr die Tablette, um ihre Schmerzen zu lindern.

Sie gab mir das Glas Wasser zurück, nachdem sie die Tablette eingenommen hatte, und sagte: „Lucas, glaubst du, wir können Sex haben? Ich meine, ich muss ziemlich viel liegen, weil mein rechter Arm immer noch wehtut, aber ich bin in der Stimmung dafür."

„Für Sex?", fragte ich, während ich ihr in die Nase kniff. „Nein, das glaube ich nicht."

Ihr Stirnrunzeln brachte mich zum Lachen, bevor ich begann, das Pyjama-Oberteil, das sie trug, aufzuknöpfen. „Ich denke, wir sollten uns lieben."

Ihre Lippen verzogen sich zu einem Lächeln. „Du hast mir schon Sorgen gemacht."

„Das ist fair, meinst du nicht? Da du so lange gezögert hast, meinen Heiratsantrag anzunehmen", sagte ich, während ich das Seidenhemd vorsichtig von ihrem Arm zog.

Sie nickte und fuhr mit der Hand über meine nackte Brust. „Ich habe es so sehr vermisst, dich zu berühren. Du hast keine Ahnung."

„Im Gegenteil. Wenn du wüsstest, wie sehr ich zu dir ins Krankenhausbett steigen wollte."

„Du hättest es tun sollen. Ich wollte es. Ich wollte aber nicht fragen", sagte sie, als ihre Hand sich bis zu meiner Pyjama-Hose bewegte.

Ich stieg aus dem Bett und zog erst mich und dann sie aus, bevor ich ihren perfekten Körper betrachtete. Schließlich trafen sich unsere Augen. „Du bist wunderschön."

Sie lächelte. „Du auch. Jetzt zeige mir, wie unsere Nächte jetzt, da wir verlobt sind, sein werden."

Ich ließ meine Hände ihre Beine streicheln. Als wir vor dem Schlafengehen badeten, hatte ich ihre Beine für sie mit einer teuren Rasiercreme rasiert, und das Ergebnis war atemberaubend. „Wie Seide", sagte ich. Dann beugte ich ihre Knie und küsste die süße Stelle zwischen ihren Beinen.

Ihr Stöhnen machte mich sofort hart. Einer ihrer Füße bewegte sich über meinen Rücken, als sie ihren Hintern für mehr hob. Sie war nicht mehr das Mädchen, das sich Sorgen machte, ob es mehr als einen Orgasmus haben konnte. Jetzt war sie bereit, so viele zu haben, wie ich ihr geben konnte.

Ich hatte nicht vor, mit ihr in dieser Nacht zu wild umzugehen. Ich musste mich daran erinnern, wie zerbrechlich sie war. Egal wie erregt ich war, musste ich mich daran erinnern, dass sie erst zwei Tage zuvor angeschossen worden war. Aber ihr Körper lockte mich, genauso wie ihr Mund. „Baby, zeig mir, dass du mich liebst."

Mein Magen spannte sich bei ihren Worten an. Wir hatten sie kaum benutzt und jedes Mal, wenn ich das Wort ‚Liebe' aus ihrem Mund hörte, spürte ich eine intensive Reaktion. Meine Lippen streiften ihr Geschlecht, als ich flüsterte: „Ich liebe dich, Sloan."

Dann leckte ich ihre geschwollene Knospe, legte meine Lippen um sie und saugte sanft daran. Der Laut, den sie machte, ließ mich erschaudern. Ich liebte die kleinen Laute, die sie machte, während ich ihr Freude bereitete.

Ich hob sie hoch und umfasste ihre Pobacken mit beiden Händen. Ich liebte es, wie fest, aber auch weich und geschmeidig sie waren. Ich knetete sie, bis sie schnurrte und ihre Hüften bebten.

Mein intimer Kuss vertiefte sich, als ich meine Zunge durch ihre nassen, warmen Schamlippen streichen ließ, ihren heißen Kanal fand und meine Zunge in seine nasse, salzige Tiefe stieß. Ihr Rücken verließ das Bett, als sie ihn wölbte und tief Luft holte. „Ja!"

Ihre linke Hand bewegte sich durch meine Haare, als ich sie küsste und leckte, bis sie meinen Namen schrie und ihre heiße Nässe meiner hungrigen Zunge begegnete. Ich konnte nicht aufhören, ich musste sie trinken. Sie stöhnte und schrie, als sie an meinem Haar zog. Ihr Körper gehörte mir - es war nicht zu leugnen.

Als mein Mund ihre süße Hitze verließ, küsste ich sanft ihren Körper. Ihre Beine wickelten sich um mich, als ich in sie eindrang. Wir beide stöhnten vor Erleichterung, uns wieder so nah zu fühlen. „Oh Himmel!", stöhnte ich. „Eine Woche ist viel zu lang, um auf dieses Gefühl zu verzichten."

Ihre Hand bewegte sich über meinen Rücken, während ihre Lippen sich gegen meinen Hals drückten. „Was du mit mir machst, ist fantastisch."

Ich entspannte mich und zog mich zurück, um sie anzusehen. „Bist du in Ordnung? Ich tue dir nicht weh, oder?"

„Nicht ein bisschen", sagte sie, als sie auf ihre Unterlippe biss. „Nimm mich, Lucas. Ich will für immer dir gehören."

„Oh, Baby, du hast keine Ahnung, wie sehr ich das hören wollte", knurrte ich. Ihr Körper reagierte auf meinen mit einer heißen Leidenschaft, an die ich mich bei ihr nicht erinnern konnte. Ich vermutete, dass es die dauerhafte Natur unserer Beziehung war, die sie so innig und intensiv machte.

Was auch immer es war, ich mochte es. Sie wölbte sich mir entgegen, als ich in sie stieß, und wir beide machten Laute, die wir noch nie gemacht hatten. Ihre inneren Muskeln packten mich und zogen mich in sie, als ich meinen harten Schwanz in sie schob.

Sie hatte ihren ersten Höhepunkt, und ich machte immer weiter. Ich wollte, dass sie mindestens noch einen weiteren hatte. Ihre Nägel gruben sich in das Fleisch meines Rückens, als sie mich fest um die Taille packte und bei ihrer Erlösung aufschrie.

Es spornte mich an, und ich machte schneller, während ihre Atemzüge stoßhafter wurden und sie sich unter mir wand. Ihre wilde Reaktion trieb mich über den Rand der Ekstase. Ich ergoss mich in sie, während mein Körper zitterte.

Es war erst neun Tage her, dass ich bei ihr gewesen war, aber es hatte sich wie eine Ewigkeit angefühlt und jetzt hatte ich sie. Der Ring war an ihrem Finger, und bald würden wir heiraten und für immer zusammen sein.

Zwischen sporadischen Atemzügen flüsterte ich: „Ich lasse dich nie wieder gehen."

„Nicht einmal, wenn ich schrecklich wütend werde?", fragte sie mit einem müden Lächeln auf ihrem schönen Gesicht. Ihre Wangen waren gerötet, und sie glühte vor Freude.

Ich rollte mich von ihr und legte mich auf die Seite, während ich ihre heiße Wange streichelte. „Nicht einmal, wenn dein Temperament hochkocht, Baby. Ich liebe dich. Und jetzt musst du bei mir bleiben."

Sie lachte, zog einen meiner Finger in ihren Mund und saugte daran. „Ich glaube, ich möchte bei dir bleiben. Solange du mich bei dir sein lässt. Aber dass du mich zu deiner Frau machst, bedeutet nicht, dass du mich kontrollieren kannst. Das ist nicht Teil des Deals."

„Nicht einmal ein wenig?", fragte ich, als ich ihre alabasterfarbene Schulter küsste. „Ein wenig Kontrolle ist nicht schlecht, oder?"

Sie strich mit der Spitze ihres Fingers über meine Oberlippe, während sie in meine Augen schaute. „Nicht mal ein wenig. Und ich verspreche, dass ich dich auch nicht kontrollieren werde. Tatsächlich möchte ich, dass wir unsere eigenen Ehegelübde schreiben. Diesem Gerede von Ehren und Gehorchen kann ich nicht zustimmen."

„Nun, könntest du zustimmen, mich zu ehren? Ich werde dich immer ehren." Ich streichelte mit dem Finger ihre harte Brustwarze und entlockte ihren süßen Lippen ein leises Stöhnen.

Sie leckte sich über die Lippen. „Du wirst mich immer ehren? Gut, dann sollte ich das auch tun, nicht wahr?"

Ich beugte mich über sie, nahm ihre Brustwarze zwischen meine Lippen und legte meine Hand auf ihren Bauch. Die Muskeln dort spannten sich an, als sie ihre Hand durch meine Haare gleiten ließ und wieder stöhnte.

Als ich ihre Brust losließ, sagte ich: „Und ich gehorche bei einigen Dingen, die du von mir verlangst. Ich werde nichts mit anderen Frauen anfangen und auch nicht gemein zu dir sein."

„Vergiss nicht das Wichtigste, Lucas", sagte sie, als sie an meiner Brustwarze zog, so dass sie hart wurde und mein Schwanz pulsierte. „Du wirst immer den Klodeckel herunterklappen."

Ich lachte und sagte: „Natürlich. Ich hänge an meinem Leben."

Ihre Lippen waren leicht geteilt, und ich wollte sie so sehr küssen. Als ich ihren Mund eroberte, legte sie ihre Hand auf meinen Nacken und presste mich an sich.

Die Art, wie ihre Lippen zu zittern begannen, ließ mich zurückweichen, und ich sah Tränen in ihren hübschen Augen. „Was ist, Baby?"

Sie blinzelte ein paar Mal, als ich die Tränen von ihren Wangen wischte. „Ich kann nicht glauben, dass das echt ist. Ich hätte niemals gedacht, dass ich mit einem Mann wie dir zusammen sein würde. Das kann nicht wahr sein. Ich bin ein Niemand, und du bist ein Mann mit viel Geld, Macht und Klasse. Ich verdiene dich nicht."

Ich küsste sie wieder, um sie davon abzuhalten, noch mehr zu sagen. Als ich den Kuss beendete, sah ich ihr in die Augen und sagte: „Ich bin es, der dich nicht verdient. Obwohl das in jeder Hinsicht wahr ist, werde ich dich haben. Du und ich werden nie einen Schritt hintereinander gehen. Wir werden Hand in Hand durch dieses Leben gehen und echte Partner sein. Ich liebe dich und dein hartnäckiges, störrisches und liebenswürdiges Wesen. Du bist eine Inspiration für mich, und ich werde stolz sein, dich meine Frau zu nennen."

Dann brach sie in Tränen aus, von denen sie sagte, dass es Tränen des Glücks waren. Ich liebte sie wieder, damit sie aufhörte zu weinen und anfing, diese sexy Laute zu machen, die ich so mochte.

Unser Leben würde großartig sein. Ich hatte keinen Zweifel daran.

# 32

# KAPITEL NEUN

### Sloan

Ein Jahr nachdem unsere Heirat nach einer netten kleinen Hochzeit in meiner Heimatstadt mit nur wenigen Freunden und Familienmitgliedern als Zeugen offiziell geworden war, waren wir im Begriff, eine Familie zu gründen.

Ich hatte meinen Abschluss gemacht und einen netten kleinen Job in einem der ärmeren Schulbezirke in Washington begonnen. Ich war dazu entschlossen herauszufinden, was diese Kinder, die von allem viel zu wenig hatten, im Leben am meisten brauchen konnten.

Mehr Aufmerksamkeit, Liebe, Vorteile, Wahlmöglichkeiten und vor allem Bildung. Und ich war angenehm überrascht, als Lucas mir mit allem, was ich implementieren wollte, half, ohne mich herumzukommandieren.

Er tat genau, was er mir gesagt hatte. Er behandelte mich als seine ebenbürtige Partnerin. Er hörte mir zu, und statt von oben herab mit mir zu sprechen, wenn er eine Idee hatte, die ein wenig besser funktionieren würde, diskutierte er alles mit mir. Lucas' Verstand war wie eine Maschine. Er war unglaublich, und ich wäre eine komplette Idiotin gewesen, ihm nicht zuzuhören und einige seiner großartigen Ideen umzusetzen.

Gemeinsam wurden wir ein Powerpaar. Aber im positiven Sinn. Wir setzten uns dafür ein, anderen Menschen zu helfen, und ich fühlte mich großartig, wenn ich auf der Straße an Menschen vorbeikam, die von unseren Bemühungen wussten.

Ich ging an einem anderen Milliardär vorbei und bekam das gleiche Lächeln und Nicken wie von der ärmsten Person in der Stadt. Es lief alles so viel besser, als ich es mir je erhofft hatte. Und jetzt waren wir bereit, unsere eigene kleine Familie zu gründen.

Nun, klein trifft es nicht ganz. Lucas wollte mindestens vier Kinder haben. Und als er mir erzählte, wie einsam es für ihn war, als Einzelkind aufzuwachsen, tat es mir im Herzen weh. Also stimmte ich der magischen Zahl vier zu, da er erklärte, dass er in einigen meiner alten College-Bücher gelesen hatte, dass eine gerade Anzahl von Kindern sich besser miteinander verstand als eine ungerade Anzahl.

Wie konnte ich ihm nicht zustimmen?

Also ging ich an diesem Abend früher als er nach Hause und lag in einem verführerischen Negligee auf unserem großen Bett neben einer Flasche seines Lieblingsweins auf dem Nachttisch. Das Negligee war tiefgrün - seine Lieblingsfarbe an mir. Es hatte einen tiefen Ausschnitt und war so kurz, dass es kaum meine Pobacken bedeckte. Ich ließ das Höschen einfach weg.

Ich trug meine Haare offen, und da ich jetzt reich und in der Lage war, jede Menge Geld für Haarpflegeprodukte auszugeben, konnte mein rotes Chaos endlich gezähmt werden.

Mein Handy klingelte und ich hob es hoch, um zu sehen, dass es Lucas war. „Hey, du", sagte ich, als ich ranging.

„Es tut mir leid, Baby. Ich werde spät nach Hause kommen. Die verdammten Vorstandsmitglieder sind aufgebracht wegen eines internationalen Abkommens, das sie für eine schlechte Idee halten. Ich muss sie zur Vernunft bringen. Das könnte bis spät in die Nacht dauern", sagte er und dämpfte meine sexy Stimmung erheblich.

„Oh, Mann!", sagte ich völlig enttäuscht.

„Gab es etwas, das du machen wolltest?", fragte er.

„Ähm, ja", sagte ich, da wir es in der Nacht zuvor besprochen hatten. „Ich wollte ein Baby mit dir machen. Wenn du dich erinnerst?"

„Oh, das", sagte er lachend. „Wir können das jederzeit machen. Es ist keine große Sache."

Keine große Sache?

„Wow! Ich meine, wow! Lucas, wir haben gerade darüber gesprochen, und du hast beschlossen, dass die verdammten Vorstandsmitglieder in dieser speziellen Nacht zwischen uns kommen? Ich habe nicht vor, so zu tun, als wäre ich nicht sauer. Ich sehe nicht ein, warum dieses Meeting nicht bis morgen warten kann! Und was meinst du damit, dass wir das jederzeit tun können? Das soll etwas Besonderes sein, verdammt nochmal!"

Die Schlafzimmertür wurde aufgestoßen, und da stand mein Mann und zog seinen teuren Anzug aus, als er zur Tür hereinkam. Er lachte und warf sein Handy auf die Kommode. Dann stieß er die Tür zu und schaute mich an. „Sehr schön. Und ich liebe dieses Rot auf deinen hübschen kleinen Wangen."

„Was zum Teufel sollte das?", schrie ich ihn an. „Du hast mich völlig grundlos wütend gemacht."

„Oh, ich hatte meine Gründe, Baby. Du bist eine Wildkatze, wenn du wütend bist, und ich habe diese Seite von dir schon eine ganze Weile nicht mehr gesehen. Alles ist so sehr zu deiner Zufriedenheit verlaufen, dass ich dieses Funkeln vermisst habe, das in deinen Augen ist, wenn du wütend bist." Er hatte sich völlig entkleidet, als er aufgehört hatte zu reden, und mein Temperament war noch heißer, als ich herausfand, dass er das nur getan hatte, um mich aufzuregen.

Ich hüpfte auf dem Bett auf meine Knie und fing an, mit dem Zeigefinger zu wedeln, während ich schrie: „Nun, jetzt bin ich wirklich wütend!"

Er grinste und lächelte dann. „Du bist so verdammt süß, wenn du wütend wirst."

„Ich werde dir süß zeigen, Kumpel!"

„Ich weiß, dass du es bist", sagte er. Seine Hände wanderten zu meiner Taille, als er mich hochhob. Ich wand mich und schrie. „Ganz ruhig, Kleines."

Unsere Körper berührten sich, als er mich wieder herunterließ und mich hart küsste, während seine Hand meinen Nacken festhielt, so dass ich nicht vor ihm zurückweichen konnte. Ich wollte wütend bleiben, aber ich konnte es nicht. Wenn er mich küsste, nahm er mir all meinen Kampfgeist.

Ich wickelte meine Beine um seine Taille, als er zum Ende des Bettes ging. Der Kuss wurde leidenschaftlicher, als er mich darauf legte. Sein Schwanz schwoll an, als er ihn gegen mein Zentrum presste. Ich wölbte mich ihm entgegen, aber er zog sich zurück. „Auf die Knie", sagte er mit Autorität.

Er wusste, dass ich diesen Ton eigentlich hasste, aber im Schlafzimmer sehr mochte. Meine Augen weiteten sich. „Dominanz im Schlafzimmer, Lucas?"

„Oh, ja", sagte er. „Also beeile dich und tue, was ich sage."

Während ich ihn die ganze Zeit beobachtete, bewegte ich mich auf dem Bett, bis mein Hintern ihm zugewandt war. Plötzlich fiel mir etwas in dem riesigen Raum auf, der seit etwas mehr als einem Jahr unser Schlafzimmer war. Ein großer Spiegel zierte die Wand, und ich konnte uns beide darin sehen.

Das schummrige Kerzenlicht ließ Lucas in einer goldenen Farbe leuchten, als er hinter mir stand. Sein schönes Gesicht verzog sich zu einem Lächeln. „Magst du den neuen Spiegel, den ich heute installiert hatte?"

Ich nickte. „Ich muss sagen, dass ich es tue. Und ich muss gestehen, dass ich ihn nicht einmal bemerkt hatte, bis er mit deinem wunderschönen Spiegelbild gefüllt war." Seine Hand bewegte sich über meinen Hintern, und ich fühlte es, konnte es aber auch im Spiegel sehen. Es machte das Gefühl intensiver, und ich wurde schon allein dadurch nass.

„Ich dachte, es wäre schön, wenn wir beide alles sehen könnten, während wir unser Baby machen." Er beugte sich vor und küsste die Oberseite meiner linken Pobacke, während ich ihn im Spiegel beobachtete. Es ließ mich stöhnen, und mein Körper begann, sich nach ihm zu verzehren.

„Ich glaube, du hattest eine sehr gute Idee, Ehemann", sagte ich, während ich ihn weiterhin beobachtete und gleichzeitig fühlte.

Er beugte sich über mich, ohne in mich einzudringen, aber alles von ihm berührte mich. Seine Brust war warm auf meinem Rücken, und er zog mir die Haare von einer Seite meines Halses und ließ seine Zähne über meinen Nacken gleiten.

Sein dunkles Haar fiel über die Seite seines Gesichts, als ich ihm zusah, wie er an meinem Hals saugte. Alles, was ich tun konnte, war zusehen, wie anmutig er seinen Körper um meinen bewegte. Meine Seiten zitterten, als seine Hände meine Taille hielten, und er zog mich zurück, bis sein harter Schwanz zwischen meinen Pobacken war. Als er anfing, ihn gegen mein Rektum zu schieben, schickte es eine Mischung aus Angst und Hoffnung, dass er ganz in mich stoßen würde, durch mich.

Ich schloss meine Augen bei dem neuen Gefühl, und seine Hand traf meinen Hintern. „Augen auf!", kam sein Befehl. „Ich will diese wunderschönen grünen Augen sehen, während ich dich nehme."

Ich nickte und lächelte. „Verstanden, Boss."

Er lächelte zurück und fuhr fort, meinen Hintern auf eine Art zu stimulieren, von der ich selbst nicht gewusst hatte, dass sie mir gefallen würde. Während er sich bewegte, schaute er mich durch den Spiegel an und saugte an zwei seiner langen Finger. Er legte sie auf meine Klitoris und begann, sie zu reiben, bis sie hart wie ein Fels war. Die Kombination der Aktionen hatte mich in Brand gesetzt.

Als seine Finger in mich eindrangen, spürte ich, wie meine inneren Wände ihn umfassten. Ich wollte mehr als nur seine Finger, aber wenn das alles war, was er mir dieses Mal erlaubte, dann würde ich auf ihnen kommen.

Ich schaukelte zurück zu ihm, und unsere Körper bewegten sich hin und her in einer rhythmischen Bewegung. Ich fing an zu zittern, während der Orgasmus in mir wuchs. Er lächelte, bewegte seine Finger aus mir heraus und legte seine Hände auf meine Schultern.

Dann drückte er mich nach unten, bis meine Schultern auf dem Bett waren und mein Hintern sich hoch oben in der Luft befand.

Seine Nägel kratzten über meinen Rücken, als er wieder aufstand, und dann wurde sein großer, heißer Schwanz mit einer harten Bewegung in mich gedrückt. Er blieb vollkommen still, während mein Orgasmus meinen Körper um seinen Schwanz bewegte. Ich fühlte, wie er in mir pulsierte, und es verlängerte meinen Orgasmus und machte ihn noch intensiver. Ich glühte vor purem Vergnügen.

Sobald meine Wände aufgehört hatten, sich um ihn zusammenzukrampfen, zog er seinen Schwanz langsam zurück. Seine Hände glitten zu meinen Hüften, und seine Augen trafen meine im Spiegel. „Ich möchte, dass du wartest, bis ich dir sage, dass du kommen sollst. Ich möchte, dass wir zusammen zum Höhepunkt kommen."

„Okay, das klingt gut für mich", sagte ich, als ich auf meine Unterlippe biss und hoffte, ich könnte meinen Orgasmus zurückhalten.

Das war nichts, was wir sonst praktizierten. Er erlaubte mir, so viele Male zu kommen, wie mein Körper es brauchte. Aber er hatte recht. Ein Baby zu machen war anders als alltäglicher Sex. Es musste unvergesslich bleiben. Es musste darum gehen, dass wir zusammenkamen, um ein neues Leben in diese Welt zu bringen.

Niemand konnte Lucas vorwerfen, nicht emotional zu sein. Er schien im Sitzungssaal steif und unbeweglich zu sein, aber im Schlafzimmer und wenn wir unsere intimen Momente hatten, war er voller Emotionen und so fürsorglich, dass es fast unwirklich war.

Seine Bewegungen waren zunächst langsam und kontrolliert. Er entspannte sich in mir, während wir einander ansahen, aber meine Augen wanderten zu seinem muskulösen Körper, der sich hinter mir bewegte. Er hielt eine Sekunde an, hob mich hoch und machte ein paar Schritte, um uns so zu positionieren, dass der Spiegel uns von der Seite zeigen würde.

Jetzt konnte ich seinen massiven Schwanz in mich hinein- und aus mir herausgleiten sehen, und ich war wie hypnotisiert. Sein großer Schaft stieß in mich und kam mit einem feuchten Glanz aus meinem Inneren wieder heraus. Ich beobachtete seine Hand, die meine Taille ergriff, dann schob er sie tiefer und ließ sie über meinen Hintern gleiten.

Ich stöhnte vor Verlangen, seine Hand ganz über meinem Hintern zu fühlen. Er hob sie und brachte sie mit einem schönen Klatschen auf meine Pobacken, bis ich stöhnte. Er lächelte. „Du bist noch nasser geworden."

„Es macht mich heiß wie die Hölle, wenn du das machst." Ich leckte meine Lippen und hoffte, dass er es wieder tun würde.

Wenn Lucas im Schlafzimmer dominierte, erlaubte er mir nicht, ihm zu sagen, was er mit mir machen sollte. Sonst konnte ich es, aber wenn er diese Rolle spielte, sollte ich ruhig sein und das Vergnügen akzeptieren, das er mir schenkte. Es war etwas, das ich hin und wieder nur zu gerne tat. Es war ein wenig verrucht und sehr heiß. So, als ob er ein Höhlenmensch war und ich seine Höhlenfrau. Und solange wir beide es mochten, würde es auch weiterhin von Zeit zu Zeit passieren.

# 33

# KAPITEL ZEHN

### Lucas

An einem Montag im Juli bekam meine Frau unser erstes Kind, einen Sohn. Ich war bei der Geburt bei ihr, und sie ertrug die Wehen wie ein Champion. Bis auf die kleine Szene, als sie eine Krankenschwester anschrie, die nicht auf sie hörte, als ich zum Auto ging, um eine Decke zu holen, die ihr wichtig war. Ich musste sie beruhigen und mich bei der Krankenschwester entschuldigen.

Aber Sloan entspannte sich ziemlich schnell durch einen Kuss von mir und durch die Decke, die um sie gewickelt wurde. Dann entschuldigte sie sich dafür, dass ihr Temperament mit ihr durchgegangen war. Ich hielt die ganze Zeit ihre Hand, und als unser Sohn das Licht der Welt erblickte, küssten wir uns. Ein süßer Kuss, der mir mehr sagte als Worte.

Sloan liebte mich. Sie hatte gerade dieses acht Pfund schwere Kind aus ihrem Körper gepresst, das mit meiner Hilfe in ihr herangewachsen war, und sie war nicht ein bisschen aufgebracht deswegen. Sie liebte mich so sehr!

„Ich liebe dich", sagte ich ihr, als ich ihre gerötete Wange streichelte. „Du warst fantastisch."

„Danke", sagte sie. „Es war ziemlich hart. Aber dein Gesicht zu sehen, war es wert. Ich liebe dich, Lucas Montgomery."

Ihr Lächeln war strahlend und ihre Augen glänzten voller unvergossener Tränen. Als unser Sohn hochgehalten wurde, damit wir ihn sehen konnten, fielen diese Tränen wie Regen, und ich fühlte ebenfalls Tränen in mir aufsteigen. Aber ich wischte sie weg, damit ich bei Jackson, unserem neugeborenen Sohn, die Nabelschnur durchschneiden konnte.

Seine Schreie ließen mein Herz schmerzen, und ich fragte die Ärztin: „Weint er, weil es ihm wehtut?"

Sie schüttelte den Kopf. „Er weint nur, weil das alles neu für ihn ist und er friert und Angst hat. Es ist Ihre Aufgabe, ihn wissen zu lassen, dass alles gut ist und Sie die nächsten 18 Jahre gut für ihn sorgen werden."

Nachdem seine Nabelschnur abgeklemmt und durchgeschnitten war, wurde er in eine kleine blaue Decke gewickelt. Dann wurde eine blaue Mütze auf seinen Kopf gesetzt, und er wurde in meine wartenden Arme gelegt. Als er sofort aufhörte zu weinen, waren alle im Raum gerührt.

Meine ersten Worte an ihn waren: „Hallo, kleiner Kumpel. Daddy hat dich jetzt. Es wird alles gut. Ich habe die perfekte Mama für dich ausgesucht, und sie und ich werden uns um dich kümmern und dich für immer lieben."

Sloan lachte und sagte: „Ich dachte, ich bin es, die den perfekten Vater für ihn ausgesucht hat."

Ich ging an ihre Seite und hielt das Baby für sie, damit sie es sehen konnte. Sie fuhr mit der Hand über seine weiche Wange. „Wir beide wissen, dass ich es war, der dich ausgesucht hat, Sloan. In einem überfüllten Nachtclub voller Frauen habe ich dich gesehen, und ich wusste, dass du anders warst. Du warst etwas Besonderes."

Sie schniefte, als eine Träne über ihre Wange rollte. „Ich bin froh, dass du mich gesehen hast. Wir haben ein wirklich süßes Kind gemacht."

Ich küsste ihre Wange, als die Krankenschwester kam, um unseren Sohn zu nehmen, damit er weiter untersucht werden konnte. Dann wandte ich meine Aufmerksamkeit seiner Mama zu. Ich ließ meine Hand durch ihre Haare gleiten und lächelte sie an. „Tut mir leid wegen der versuchten Entführung und der echten Entführung."

Sie lachte: „Vergiss nicht die Schießerei."

Ich lachte auch. „Wie könnte ich das vergessen?" Ich drückte meine Lippen auf ihre und sagte: „Aber du bist bei mir geblieben. Es schien, als ob die Welt dagegen war, dass wir beide zusammenkamen, aber du hast mich nicht so leicht aufgegeben und mich immer weiter getroffen."

„Außer einer Woche", sagte sie, als sie mein Kinn in ihre Hand nahm. „Diese schreckliche Woche."

„Die längste Woche aller Zeiten", sagte ich, als ich in ihre rot umrandeten Augen schaute. „Danke, dass du zu mir gekommen bist. Danke, dass du mich geheiratet hast und danke, dass du mir einen Sohn geschenkt hast. Unseren ersten. Danke, dass du mich liebst, Sloan. Dieses Leben wäre nichts ohne dich. Ich könnte jeden Cent verlieren, den ich habe - solange ich dich und den kleinen Kerl da drüben habe, bin ich der reichste Mann der Welt und würde nie mehr als deine Liebe wollen."

Ich hörte ein Schniefen vom anderen Ende des Zimmers und schaute auf, um festzustellen, dass eine der Krankenschwestern sich die Augen abwischte. Sie bemerkte, dass ich sie ansah und sagte: „Oh, Himmel! Es tut mir leid. Ich wollte nicht zuhören. Es ist nur, dass Sie das so schön gesagt haben und es offensichtlich war, dass Sie es wirklich gemeint haben, und verdammt, es tut mir leid. Ich wünschte nur, ich hätte einen Mann, der mich so liebt, wie Sie Ihre Frau lieben."

Sloan betrachtete die junge Frau und bot ihr einen kleinen Rat an. „Um diese Art von Liebe zu bekommen, muss man sie geben. Wenn Sie wüssten, wie sehr wir beide versucht haben, uns nicht zu verlieben, würden Sie staunen. Diese ganze Sache begann als Lust und hat sich in mehr verwandelt. Und wenn es schwierig wurde, haben wir uns aneinander festgehalten. So entsteht wahre Liebe. Wenn das Leben einem Hürden in den Weg stellt und man sie zusammen überwindet. Weil der Gedanke, einander zu verlieren, nicht zu ertragen ist."

Ich hörte noch ein Schniefen und sah, dass eine weitere Krankenschwester Tränen in den Augen hatte. „Sie auch?", fragte ich mit einem Lachen.

„Was sie sagt, ist so wahr, und doch habe ich nie darüber nachgedacht. Mein Mann und ich sind seit 15 Jahren verheiratet. Und die letzten drei waren miserabel. Wir sprachen sogar über Trennung, aber keiner von uns wollte wirklich mit jemand anderem zusammen sein. Und nachdem ich Sie beide eben gehört habe, denke ich, dass es wichtig ist, sich daran zu erinnern, warum man einst zusammengefunden hat – um sich mit vereinten Kräften ein gemeinsames Leben aufzubauen. Irgendwann hatten wir das wohl vergessen. Aber ich werde heute Abend auf ein Date mit meinem Mann gehen und versuchen, das zu ändern."

„Das ist gut", sagte ich. „Ich bin sicher, dass wir auch unsere Schwierigkeiten haben werden, aber wenn man durchhält und nicht gleich das Handtuch wirft, gewinnt man etwas."

„Verbindung", sagte Sloan. „Man gewinnt eine Verbindung, die man vorher nicht hatte. Man merkt, dass der Partner durch eine schwere Zeit geht, aber anstatt zu gehen, hält man sich an ihm fest, und er vertraut darauf, dass man ihn stützt. Eine Verbindung wird hergestellt, und sie wächst und wächst, bis man sich wie zwei Teile eines Ganzen fühlt." Ihre Hand packte meinen Arm, als sie zu mir aufblickte. „Es gibt keine besseren Hälften, es gibt nur dieses eine ganze Wesen, das zwei Körper, Seelen und Herzen hat und zusammenarbeitet, um das Leben lebenswert zu machen."

Ich küsste ihre Wange, während die Frauen zusahen, und wusste, dass unser Leben auch weiterhin gut sein würde. Ich wusste ohne Zweifel, dass Sloan und ich alles durchstehen konnten, nach all dem, was wir zusammen erlebt hatten.

„Nur noch drei weitere", sagte sie.

„Was?", fragte ich verwirrt.

„Drei weitere Schwangerschaften", sagte sie.

Dann begann das Baby wieder zu weinen, und die Krankenschwester sah uns lachend an. „Sieht so aus, als ob dieser kleine Kerl ein Einzelkind bleiben möchte."

Sloan und ich sahen einander an und lächelten. Dann sagten wir beide gleichzeitig: „Er kommt nach dir. Ein echter Sturkopf!"


ENDE

❀ Erstellt mit Vellum